彼女持ち
リア充だが、とある理由で
留年となり……？
白《しら》坂《さか》キラ
高校二年生の
現役モデル。女優を志し、
無愛想で無表情な自分を
変えたいと思っている。

あたし達はただなんとなく
一緒に居るだけの集まりだった。
それでも、他に居場所が無いから
抜け出せずにいた。
そんな薄い友情だから、
きっとあんなことが起きちゃったんだ。
全てを失った。だけど、今は……

黒沢《くろさわ》未月《みつき》
生徒会を追放された
元生徒会長。
真面目な優等生だったが
グレてしまった。
「もう……バカ茂中」
問題児の
私たちを
変えたのは、
同じクラスの
茂中先輩
2
mondaiji
watashitach
kaetano
onajikuras
monakaser

金田《かねだ》綾世《あやせ》
サッカーのユース日本代表でクラスの中心人物だったが、とある事件をきっかけに周囲から見放されている。
赤間《あかま》鈴《すず》
SNSで大炎上し、周りから腫れ物扱いを受けている。依存体質。

「キラって呼べばいいのか？」
「……うん」
先ほどまでの大きな態度は
急に丸くなり、小さくこくりと頷いた。
今までずっと苗字呼びだったこともあり
少し気恥ずかしいが、キラのためなら
我慢できるし対応していかないと。
「じゃあ、これからはキラで」
「ふむふむ。よろしい。非常によろしい」
さっきまで怒られていたと思ったら、
今度は珍しくご機嫌な様子を見せてくる。
「もう一回呼んでみて」
「キラ？」
「……はい。何でしょうか」

目の前の扉が開いた。
そして、真っ暗闇の絶望をかき消すような
眩い光が差し込む。
「なっ、警察が何の用だよっ！」
扉の前にいるのは警察官。
馬地は私から手を放し、
慌てふためいている。

どうしよう……私、
このまま捕まっちゃうの？
こんな悪い事をしてるんだもの、
捕まって当然よね。
「黒沢未月、お前を捕まえに来た」
ほら、やっぱり――
「えっ？」
私は警官に手を掴まれ、
部屋からいきなり連れ出された。

灰《はい》原《ばら》アリス
茂中の年上彼女。
しっかり者で
意外と甘えたがり。

問題児の私たちを変えたのは、同じクラスの茂中先輩2

桜目禅斗

角川スニーカー文庫

23347

contents

プロローグ
思い出になる前に
004

第一章
余計な言葉
006

第二章
いけない遊び？
071

第三章
私達だけの思い出
131

第四章
一人じゃない
182

第五章
救うとは何か
214

第六章
嘘を諦めた日
284

エピローグ
323

あとがき
334

design work:arcoinc
illustration:ハリオアイ

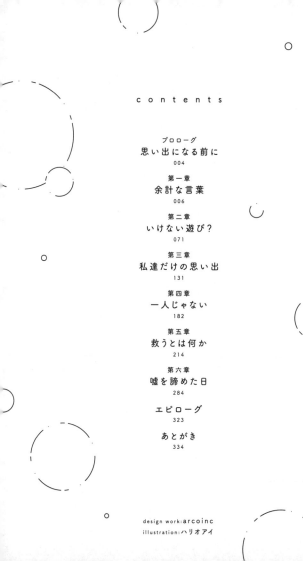

プロローグ　思い出になる前に

アリスの墓の前で、両手を合わせて目を閉じる。
瞼《まぶた》の裏に浮かぶのは、はっきりとしたアリスの姿。
ずっと付いていきたくなるような、美しくて華奢《きゃしゃ》な後ろ姿。
アリスが振り返ると俺と目が合い、優しく微笑《ほほえ》んでくれる。
そしてゆっくりと近づいてきて、俺の頬《ほお》に手を伸ばしてくる。
じっくり見つめ合った後、腰に手を回してきて抱きしめてくれる。
温かくて、柔らかくて、抱き返すと手には確かな感触がある。
それでも、しばらくするとアリスの身体《からだ》は薄れていき、やがては空虚になる。
独りぼっちになると、目は自然と開く。そしてまた、墓の前。
いったい、どれくらい目を閉じていただろうか……
心地が良くて幸せだったため、時間を忘れてアリスとの時間を楽しんでいた。
「ちゃんと自慢できるような立派な男になるから」
墓に語りかけたって返事は無い。それでも、聞いてくれている気はする。
「だから、もう少し待っててくれ」

もっと褒められたかった、もっと楽しませたかった、もっと幸せになってほしかった。

そして、もっと好きになってもらいたかった。

自分自身の未熟さが本当に嫌だった。何もしてあげられない自分が憎くて仕方なかった。

その思いはアリス亡き後も消えない。むしろ、強くなってすらいる。

「いつか必ず、プロポーズをしてみせるからさ」

この苦しい後悔と自分自身への憎しみを消すには、理想の自分に成長してアリスにプロポーズをするしかない。

アリスに認めてもらえれば、きっとこの思いから解放されるはず。

「じゃあ、行ってくる」

アリスの墓がある墓地から出て、学校へ向かう。

今日はアリスに無性に会いたくなったので、珍しく登校前に墓参りをした。

「碧《あお》」

「……アリス？」

名前を呼ばれたので振り返る。家以外で碧と呼んでくれるのはアリスだけだ。

「違うわ。黒沢未月《くろさわみつき》よ」

俺を呼んだのは、アリスではなく黒沢だった。

そうだ……アリス以外にもう一人、俺の名前を呼び始めた問題児がいたんだったな。

第一章　余計な言葉

学校の昼休みが始まった途端、大きな破裂音が何発も鳴り、思考が一瞬止まる。

周囲を見て状況を確認する。どうやら何人かの生徒が一斉にクラッカーを鳴らしたようだ。予期せぬ出来事だったので、何か大惨事でも起きたのかと焦ったな。

「流《ながれ》ちゃん誕生日おめでと～」

そう言いながら大きなケーキを持って教室に入ってきた学級委員の板倉《いたくら》。どうやら今日はクラスメイトの女子生徒、三条《さんじょう》流の誕生日のようだ。

「え？　なになに？」

祝われている三条はわざとらしいリアクションをしている。きっと、自分が誕生日なので何かがあると察していたのだろう。

「サプラ～イズ」

クラスの中心人物である板倉と水野《みずの》の女性陣が先陣を切ってバースデーソングを歌い始める。学級委員の木梨《きなし》や現生徒会長の四谷《よつや》もそれに合わせて歌う。

身内だけでなく、わざわざ学校でクラスメイトを巻き込んでの誕生日パーティーだ。

「ほら、みんなも祝ってあげて～」

板倉は教壇からクラスメイト全員に向けて声をかける。あんな真似《まね》はクラスの中心でみんなに好かれている生徒じゃないとできない。

板倉の呼びかけに応じて、あまり繋《つな》がりのない生徒達も拍手を送っている。

俺は一旦手を胸の前まで持ってきたが、その手を叩《たた》くことはできなかった。

（いや、お前は関係ないだろ）（頑張ってクラスに馴染《なじ》もうとしてるのウケるんだけど）なんて周りから思われてしまいそうで、どうしても拍手をすることができなかった。

いつから俺はこんな臆病になってしまったのだろうか……

留年する前は気軽にクラスメイトにも話しかけることができたし、ノリは良い方だったはずだ。本来ならここにいるべきではない、留年という立場が想像以上に俺の精神を蝕《むしば》んでいるようだな。

だが、他にも空気を読まずに拍手をしてないクラスメイトが四人いた。

スマホを弄《いじ》り、気づいていないフリをしているモデルの白坂《しらさか》キラ。

下を向き、別の空間にいるような負のオーラを纏《まと》っている赤間鈴《あかますず》。

まるでゴミを見るような目でお祝いの光景を眺めている元生徒会長の黒沢未月《くろさわみつき》。

大きなあくびをした後、どこか恨めしそうに教室を眺めている金田綾世《かねだあやせ》。

修学旅行で強制的に一緒の班になった、二年四組の問題児四人。相変わらずクラスに溶け込めていなくて、むしろ安心したな。

「茂中《もなか》さん、早くこっから出よ」

前に座っていた白坂が立ち上がって俺に催促する。この教室の空気に耐え切れなかったのか、まるで逃げるように教室を出ていった。

俺達が向かうのはアジトのような秘密の場所。一応、間隔を空けてバラバラに来るようにと金田に言われているが、今日はみんな我慢できずにぞろぞろと出て行ってしまった。

年上の俺は一番我慢しないといけない立場なので、この空気にも少し耐えてから席を立ち上がった。まるで一秒が三十秒ぐらい長く感じたな。

「祝ってあげないんですか？」

教室を出る直前でドアの前にいた木梨に話しかけられてしまう。何故《なぜ》かこのクラスメイトだけは問題児のみんな以外で唯一、俺に遠慮なく話しかけてくる傾向があるな。

「ほとんど関わりのない俺に祝われたって、相手は何一つ嬉《うれ》しくないだろ」

「三条さんは優しいので人を見下したりしていませんよ。関わりの薄い人であれ、クラスメイトが祝ってくれたら喜ぶ人です」

そう、クラスの中心になっている生徒は優しい。性格が良くて気が利いて容姿も良い。だから周りに自然と人が集まる。

その輪に入れない人は勝手に相手から見下されていると悲観してしまう。木梨が三条は人を見下す人ではないとわざわざ言ってきたのは、その心理を理解しているからだろう。

俺達のような問題児は優しくないから周りに人が集まらない。むしろ遠ざかっていく。

でも、優しくなくても一緒に居ると安心感があるから、群れはするようだ。

「悪いが、知らない人は祝えない。性格悪くて申し訳ないな」

「こっちは性格が良いので許します……ってのは冗談ですよ。問題児をまとめてくれていて学級委員として助かっています。そんなこと、性格悪い人にはできないと思いますよ」

笑顔で去っていく木梨……なんたる余裕。あいつ本当に年下か？

濁った気持ちを抱えながら教室を出て、問題児のみんなが待つ空き教室へと入った。

明るい声が飛び交う華やかな教室とは真逆で、静かに黙々と食事を始めている一同。

人によっては居心地が悪いと思うかもしれないが、俺達にとっては居心地が良い。

修学旅行が終わると自然消滅する関係性かもしれないと危惧していたが、その心配は杞《き》憂《ゆう》に終わったようだ。

仲の良かった友達と別のクラスになって付き合いが自然消滅した。付き合っていたカップルがいつの間にか自然消滅的に別れていた。なんてケースは珍しくない。

どうしてそんなことが起こるのか……今となれば理由も分かるな。

お互いがお互いを必要としなくなる。新しいクラスで新しい友達ができた。恋人といるよりも楽しい時間ができた。そうやって関係は自然消滅していくのだろう。

だが、嬉しいことに俺達の関係が自然消滅するという可能性は低いようだ。

今はお互いを必要としている。自分達の居場所を作るために。俺達の関係性が消滅するタイミングがあるとすれば、それはきっと進級してクラス替えが行われる時だろうな。

「あ、あの、ちょっといいかしら……」

黒沢がみんなに向けて話し始める。黒沢から声を上げるのは珍しい光景だな。

「気軽に何でも言ってくれ」

俺は黒沢の心情の変化が嬉しくて一番に返事をしていた。きっとこの集まりでの関係にも慣れて、気軽に話せる間柄になってきた証拠だ。

「でも、悪いことに巻き込むのはちょっと気が引けるのよね。まぁ、あなた達なら問題児だから既に悪い感じもあるしで……」

言《い》い辛《づら》いことなのか、珍しくおどおどした様子を見せている。

「おいおい、まさかパンツでも売って金稼ごうってか？」

金田が絶対にありえない予想を言い出す。頭の中どうなっているんだ？

「誰も私のパンツなんていらないでしょ」

金田は否定できずに俺を見てくる。俺もいるかいらないかを問われれば、簡単にいらないとは言えないが。

「きもい」

白坂が苦言を吐きながら俺と金田に空になった飲むゼリーの容器を投げてくる。

金田の奴《やつ》、俺まで巻き込みやがって……

「でも、まぁそれに近いことね」

黒沢の発言にみんなが息を飲んだ。まさか下着ではなく身体を売ろうとでもいうのか？

「もったいぶらないで早く言ってよ」

白坂が黒沢を急《せ》かす。赤間も食事を一旦止めているので気になっているようだ。

「ゲームセンターに行きたいのだけど」

黒沢の発言に思わず椅子からずり落ちそうになった。それのどこが悪いことなんだよ。

「……何か行きたい理由があるのか？」

とりあえず理由を聞いてみる。今思えば、黒沢はどこか抜けている天然気質だったな。

「前に駅前でカワウソのキーホルダーを付けている女子高生を見かけて、その人にそれはどこで手に入ったのと質問したの」

通行人にいきなりそんなことは聞かない方が良い。赤間も黒沢を引いた目で見ている。

だが、それだけ黒沢はカワウソが好きということだ。早速、鞄《かばん》にも沖縄の水族館で買った手のひらサイズのカワウソのぬいぐるみが付いているしな。

「そしたらゲームセンターのクレーンゲームで取ったって教えてくれたのよ」

私も欲しいと言わんばかりの顔をしている黒沢。急に乙女な一面を見せてきたな。

「いいじゃん。みんなで行こうよ」

真顔だが発言は乗り気な白坂。相変わらず表情筋が硬く、感情が表に出ない。

モデルとして大活躍していた前年度は忙しさのあまり学校も休みがちだったそうだ。

だが、今は芸能活動を休止しており、俺達と行動を共にしている。一緒に居られること自体が貴重だし、芸能活動を再開したらきっと俺達とも関わらなくなるはずだ。

「いいんじゃねーの、それぐらい」

金田も乗り気な姿勢を見せる。この件に関しては、みんな特に断る理由はなさそうだ。

俺もみんなで遊びたいとは思っていたが、上手《うま》く言い出せずにいた。だが、まさかの黒沢が助け船を出してくれたので、俺としては助かる流れになったな。

「あっ、あの……ごめんなさい」

赤間は助けを求めるような目で俺の顔を窺《うかが》い、震えた声で謝ってくる。

「あたし、その、親が……」

人生というものは、何故か上手くいかない。都合の悪いことはいつでも何度でも起こってしまう。それはもう痛いぐらい思い知っている。

「この前も、ちょっと放課後に寄り道したんですが、それでも怒られて」

赤間は炎上の件以降、両親が厳しくなって放課後は即帰宅するように言われていると前に伝えてくれた。どうやら、その状況は今も変わっていないようだな。

「じゃあ、赤間は抜きで遊ぶしかないね」

白坂は冷たい……ではなく、合理的な考えと言うべきか。

遊べないなら仕方ないし、赤間が駄目なら四人で行くしかない。

「まだ親には心配されているんだな」

「……はい。また炎上するんじゃないかって。顔が知られてるから絡まれたりするんじゃないかとか、自暴自棄になって恐《こわ》い人たちと繋がって変な薬に手を出すんじゃないかとか、パパ活みたいなことするんじゃないかとか、そういう心配もされてるみたいで」

過保護な両親だなと思うが、普段の赤間を見ていると少し危なっかしさを感じる傾向はあるので両親の気持ちも理解はできる。

「パパ活って何かしら？　父親と何か活動するの？」

黒沢は引っかかった疑問を白坂に聞いている。

「大人の男にご飯をご馳走《ちそう》してもらって、ついでにプレゼントとかお小遣いを貰《もら》うの」

白坂は臆せず、分かりやすく簡潔に説明している。

「なによそれ。与えてばかりで男側にメリットが無いわね」

「若い女の子と食事できて気分良いし、中にはエッチさせてくれる人もいるからね」

「そ、そんなの自分をお金で売っているようなものじゃない」

「恐ろしいほど正論だね。まぁ人によってそれぞれ色んな立場や状況があると思うからさ、あんまり悪く言わないであげてよ」

「意外とそういう人でも擁護するんだな」

白坂はパパ活とか断じてありえないでしょと言い張るタイプだと思ったので、フォローしたのは意外だった。

「お金って、人を変えちゃうからさ」

実体験でもあるのか、何かを思い返すように語った白坂。二年生になるまではモデルとして活動していたこともあり、金銭問題に敏感なのだろうか……

「それにしても別に赤間が悪いわけじゃねーのに、心配されて遊べないのはなんだか納得できねーよな」

金田の意見に俺も頷《うなず》く。炎上の件は、赤間の友達が原因であり赤間は被害者側だった。

個人的な理由で行きたくないなら置いていくが、行きたいのに行けないなら可哀想《かわいそう》だ。

「赤間は一緒にゲーセンに行きたいか？」

「……はい。先輩と一緒に行きたいです」

それなら、赤間の現状を変えるしかない。絶対に無理なこと以外は仕方ないなと納得することができない。むしろ、こんな小さな問題も解決できないんじゃ駄目だ。

「なら、両親を説得するしかないな」

俺の言葉を聞き、白坂だけがため息をついていた。

「どうしてそこまでするのよ。そんなに赤間と一緒にゲーセン行きたいの？」

「そうだな。どうしてもこの五人でゲーセンに行きたいんだ」

白坂の言葉に俺は数を増やして答える。一緒に行きたい女の子を理由付けて置いていく器の小さな男なんて、アリスが自慢できる男じゃないからな。

「それに難しい話じゃない。赤間の炎上の件は実際に赤間が悪かったわけじゃないから、それを理解してもらえれば両親の考え方も変わるはずだ」

「あ、あたしが今さら何か言っても両親は信じてくれないと思います」

「……なら、当事者に説明してもらえばいいだけの話だ」

赤間が線路に立ち入って炎上した件は、別の高校に通っている赤間の友達が原因だった。その赤間の友達に私達が原因ですと説明してもらえば、両親から向けられている厳しい目も多少は緩和されるはずだ。

「良い案じゃない。私も赤間さんだけを犠牲にして今のうのうと生きている人達が許せないと思っていたし、ガツンと説教もできそうじゃない」

正義感の強い黒沢。グレたとはいっても、その性根は変わっていない。

不良の人も仲間や家族を大切にする傾向があるしな。世の中に不満があっても、自分を支えてくれる身内が大事なのは誰にも共通なのだろう。

「みんな簡単に言ってるけど、大変なことだと思うよ。面倒なことにもなるかもしれないのに自ら首を突っ込むの？」

冷静な白坂。だが、あえて難しいことに挑戦する方が自分をより成長させられるはず。

「大変だが難しいとは思わない」

「……お人好《ひとよ》し過ぎ」

「引いたか？」

「う～ん、むしろ逆みたいな？」

呆《あき》れた様子とは裏腹に、俺を認めてくれている白坂。予期していなかった答えに、安堵《あんど》して思わず笑顔になる自分がいる。

「でも具体的にどーすんだよ。赤間を犠牲にして逃げた奴らが、私達が原因ですと素直に認めてくれる可能性は低そうだぜ」

金田の言う通り、その友達が素直に俺達の要求に応えてくれるとは思わない。

少しでも後ろめたさがあるのなら、赤間に謝罪や釈明を伝えているはず。それをしていないということは、炎上の件を無かったことにしたいと考えているに違いない。

「金田はどんな人に自分の過ちや失敗談を話す？」

「えっ？　親とかか？」

「確かに、信用している人なら打ち明けるかもしれないな。家族の他に、恋人や親友にも打ち明けることは多いと思う」

「おいおい、まさかその友達と付き合おうって作戦か？　いや、流石《さすが》にそれはねーよな？

付き合う振りならワンチャン……いや、流石にないか？」

　お前ならやりかねんという目で俺を見てくる金田。付き合うことは頭に入れてなかったが、もし行き詰まったのならその手も考慮するかもな。

「恋人になるには時間がかかり過ぎる。それとは別に、実は信用されてなくても打ち明けてきそうなパターンが俺には一つ思い当たる」

「セフレになるとかか？」

「おいっ、余計なこと言うな。同じ過ちを犯した人にも、過去の悪さや失敗談を打ち明けることが多いはずだ。同じ境遇の人となら理解し合えるし傷を舐《な》め合うことができる」

「あ～なるほど、確かにそれ一理あるな」

「だから、その友達と知り合いになって、俺はこんなことをしてしまったんだと話す。そうすれば、私も似たようなことがあって～と安心して話し始めるかもしれない」

　赤間の炎上の件の真相、白坂が青春をしたい理由、金田がクズを演じている理由。みんなずっと一人で抱えてきていた問題を、修学旅行時に打ち明けてくれた。

　それは、同じクラスの余り者の問題児という共通点や、この俺にも留年したという失敗があったからだ。その件を踏まえた上で、俺はこの考えに至っている。

「過ちや失敗、悲しみや辛さは一人で抱えきれないからな」

　俺の言葉を聞いたみんなが、何故《なぜ》か物悲しそうな目で見てくる。

「……だから、その友達と知り合いになって似たようなエピソードを話す。それで向こうから打ち明けてくれるのを待つ。その会話をスマホとかで録音すればいい」

視線に耐え切れなかった俺は、居心地が悪くなって空気を変えようと話を続けた。

「そのやり方で問題ないか赤間？」

「……先輩に任せますけど、そんな上手くいきますかね？」

「初日で話す可能性は低いかもしれない。それなら話すまで仲を深めていけばいい」

まるで相手を騙《だま》すような形になってしまうが、その相手も赤間を騙して陥れた。ならば非を感じる必要はないはず。

俺は別に正義の味方になりたいわけではない。どう取り繕っても留年という肩書がある限り、真っ当な人間ではなく問題児として扱われてしまうからな。

「あ、あたしのためにそこまでしてもらうのはちょっと……」

「これは自分のためでもあるから気負わなくて大丈夫だ。赤間の一緒にゲーセンに行きたいっていう、そんな小さな願いさえも叶《かな》えられない男なんて俺は嫌だからな」

「あぅ……もぅ素敵です」

顔を真っ赤にした赤間が、両手でその顔を覆いながら俺を見つめてくる。赤間のためじゃないと突き放したのに、この反応では逆効果だったかもな。

「ということで、すぐに問題を解決してみせるからみんなはそれまで待っててくれ」

「何を言ってるのよ。私も手伝うわ」

俺の我儘《わがまま》に間髪入れずに付き合う意思を示してくれる黒沢。

「いいのか？　あんまり楽しい流れにはならないと思うぞ」

「私は無理するあなたを支えたいのよ」

黒沢の真《ま》っ直《す》ぐな言葉。沖縄の修学旅行ではみんなの希望を叶えるために一人で行動していたが、もうそれはさせてくれないようだな。

「俺も暇だし手伝うぜ。事情も知らないで赤間を馬鹿にしちまったこともあったしな」

意外と義理堅い金田。クラスメイトからはヤリチンクズ野郎と言われているが、実際には童貞紳士だ。

「私は……まぁ付いていくことぐらいは」

悩んだ白坂だが、一緒に行動はしてくれるみたいだ。

「……ありがと。誰かが困った時は、あたしも何かできることはするから」

みんなの言葉を聞き、自分が助ける側になった時は頑張る姿勢を見せてくれる赤間。

最初はバラバラだった俺達だが、一ヶ月程度で多少のまとまりが生まれている。

問題があれば、バラバラな人達でもその問題を解決するために協力をする。俺達は問題児で問題が次々と起こるから、団結する機会が嫌でも多くなる。

不思議なことに、俺達みたいな集まりの方が絆《きずな》というのが芽生えたりするのかもな。

昼休みが終わりに近づいてきたので空き教室からバラバラに廊下へ出た。

最後に教室を出たが、黒沢が廊下で待ち構えていた。

「さっきの話で出てきた、セフレってどういう意味かしら？」

金田が余計なことを言った時に、後で絶対に聞かれるだろうなと思っていた。そのため最後に教室を出たのだが、どうやら黒沢は俺を逃がしてはくれないようだ。

「セックスフレンドの略称だ。恋人でもなく、そういうことするだけの関係ってことだ」

「……そう」

腕を組みながらこくこくと頷き、徐々に顔を赤くしていく黒沢。

だから気まずいって……何故か俺に聞いてくることが多いから損な役回りだな。大半は金田が余計なことを言うからいけないのに。

「世の中にはまだまだ私の知らない言葉があるのね」

「知らなくていい言葉ばかりだけどな」

「そんなことないわ。みんなが知っていることを知らないのは恥ずかしいことよ」

プライドが高い黒沢。意識も高く、知らない知識を得る努力も惜しまないようだ。

「私もグレたから、ちょっとそういうアウトローな言葉も自ら学んでいこうと思っているのよ。最近だとキスにも二種類あるって学んだのよ。浅いキスはフレンチキスで、濃厚なキスはディープキスと言うらしいわ。知ってたかしら？」

自慢げに知識を披露している黒沢。まるで小学生だなと言いかけたが、黒沢に子供扱いは厳禁だったな。

「や、やるじゃんか。まぁそれなら俺もギリギリ知ってたけど」

「凄《すご》いでしょ。逆に碧《あお》が私に説明を求めてくる日も、そう遠くはなさそうね」

生徒会長の時の黒沢は常に上から目線なのが鼻につくとか、真面目過ぎて空気読めないとか言われて嫌われていたらしい。だが、今はしょうもないことで上から目線になっているので可愛《かわい》いものだ。自称だがグレてはいるので真面目過ぎることもなくなったしな。

今の黒沢なら、生徒会長の時よりも嫌われる要素は薄いはずだ。

いや、同性の女子からは逆に不気味さが増したように見えるかもしれないか。

放課後になり、赤間が抜けた四人で駅前のけやきひろばに集まった。

「それで、どうすんの？」

学校を出てからは帽子をかぶりサングラスをかけている白坂。変装をしても美しさや綺《き》麗《れい》さは隠し切れずに滲《にじ》み出ている。

「赤間に例の友達と一緒に写った写真を送ってもらっておいた。まずはこの友達と接触するところから始めないとな」

赤間から貰《もら》っていた写真をスマホでみんなに見せる。そこには仲睦《なかむつ》まじそうな姿を見せている三人組の女子高生達の姿があった。

「こんな仲良さそうに見えて、自分達が助かるために赤間を切り捨てるなんて……何か悲しい写真だね」

白坂の言う通り今の関係を知った上で見ると、この写真には物悲しさがある。今とは異なる楽しそうな赤間を見ていると、みんなを信じて待っていた理由も頷《うなず》けるな。

みんなで色鮮やかなジュースを持ち、自撮りのため密着して寄り添っている写真。

赤間が心を閉ざしてしまった理由は、炎上で人生が終了したことだけではなく友人に裏切られた傷も深かったのかもしれない。

「……何かを得るために何かを犠牲にすることは珍しくない。この友人たちは自分達の居場所や人生を守るために、赤間を犠牲にしたのだろう」

「友達なら切り捨てずに助けるもんじゃないの？」

「みんな崖から落ちそうになっていて誰か一人を踏み台にすれば助かる状況があったとすれば、全員落ちて死ぬより一人を犠牲にすると思う。赤間もそのパターンに似た状況だったんだろう。それで犠牲にされた」

自分の人生がかかった状況であれば、友達でも非情になってしまうはず。

「だが、赤間の状況は死人に口なしではない。赤間は落とされて大怪我《おおけが》を負ったかもしれないが、今も生きている。なら、生き残った側が全力で支えてあげるべきだとも思うが」

「そうだよね。今の赤間を放っておくのはおかしい……っていうかクズでしょ」

友人関係には特に深い絆もなく、ただなんとなく一緒にいるだけの関係もあるそうだ。だから簡単に見捨てることができる。今の俺達も、まだその程度の関係なのかもな。

「かく言う俺も両親の反対を押し切って留年をした。それはつまり両親を裏切ったってことだ。今じゃ父親は顔も合わせてくれない。そんな俺が言えたことじゃなかったかもな」

アリスとの時間をできるだけ多く過ごすため俺は留年をした。その影響で両親との仲に亀裂が走ったが、アリスとの大切な時間を過ごせたので後悔はしていない。

「それは違くない？　茂中さんのことだから、きっと自分を犠牲にしたんでしょ？」

白坂は俺に詰め寄りながら否定をしてくれる。誰かに理解されるってのは、俺が思っていたよりも嬉《うれ》しいことなのかもな……なんだか、胸の中が温かくなった気もするし。

「それで、ターゲットの顔を把握したけど学校前で出待ちでもすんのか？　時間もかかるし運も必要そうだぜ」

写真を見終えた金田が、これからどうするかを聞いてくる。

「写真の中心にいるのが赤間の友達のリーダー格というか、赤間の鞄《かばん》を線路に落としたり炎上後も切り捨てるように導いた首謀者的な人らしい。田崎《たざき》という名前だそうだ」

わざわざ二人を相手にしなくても、一人を問い詰めれば真相が分かる。騙すような真似《まね》をすることになるので、ここは罪が重い方の田崎をターゲットにするべきだろうな。

「その田崎がバイトをしている店を赤間から聞いた。まずは隣駅の大宮《おおみや》まで行ってその店に行ってみようかと思う」

「バイト先なら見つけるのも簡単か。それに運も良ければ早速会えそうだな」

目先の行動が決まり、みんなで電車に乗って隣駅の大宮駅へと向かった。


隣駅の大宮駅周辺は埼玉《さいたま》県の中でも最も人が多く集まる場所だ。百貨店も専門店も多いし、飲食店にいたっては無数にある。企業のビルも多く建っている。

ただその分、人の数が異様に多いので俺は居心地の悪さを感じる。

やはり夕方だと学生の姿が多いな。ショッピングモールの壁面に設置された大画面モニターでは、大宮が舞台となっているテレビアニメのＣＭが流れていた。

駅近くの田崎がバイトしているファーストフード店、ウインディーズバーガーへ辿《たど》り着いた。レジには写真で見た女性が立っている。きっと彼女が田崎なはずだ。

「おいおいついてんな。田崎って奴《やつ》いるじゃん」

隣にいた金田も田崎を確認する。黙々とアルバイトの業務をこなしている田崎。幸いなことに今日はシフトが入っていたようだな。

「赤間は地獄に落ちたってのに、あいつは無傷かよ。腹立つな」

金田の言う通り、赤間の日常は激変したが田崎は変わらぬ日常を過ごしている。

「多少は後ろめたさを感じてくれていればいいんだが」

「その希望は薄いんじゃねーのか」

「……それもそうだな」

多少の後ろめたさを感じているのなら、赤間のために何か行動をしているはず。

放置しているということは、自分は助かってよかったと考えているのかもな。

悲しいが、世の中は良い人ばかりではない。救いようのない最低なクズ人間も、無慈悲で極悪非道な人間もいる。それこそ、俺達のような問題児もな。

「バイトが終わって外へ出た時に声をかけるとするか」

「……できんのか？」

「安心してくれ。責任もって俺がやる」

俺が決めたことを人任せにはできない。大事な役目は自分で務めないとな。

「とりあえずは時間潰しだな。赤間は田崎がバイトの日はいつも十九時過ぎにラインが来ていたと言ってたから、十九時までは待機だ」

一旦、田崎のアルバイト先から離れ、俺達は近くの喫茶店、スタバへと向かった。

「茂中さん、私達の分のアイスコーヒー買っておいて。席取っておくから」

白坂は俺に注文だけ告げて、黒沢を連れて先に席の方へ向かっていった。

「うぇ～い、パイセンパシられてやんの～」

「白坂は大宮に来てから人混みで疲弊してたし、誰かにバレないか不安も常にあったはずだ。だから、早く休ませてあげたいと思っていたし、むしろ遠慮しないで俺を頼ってくれて嬉しいよ」

「……おいやめろ、聖なるパイセンを見てるとクズの俺が浄化されてイクっ」

俺の言葉を聞き、頭を抱えて悶《もだ》え始めた金田。

「そういう金田も自分の高身長を活かして、さりげなく白坂が背中に隠れるように前を歩いていただろ？　本人は口にしていないが、心の中では感謝してるはずだぞ」

「だからやめろって！　俺が俺でなくなっちまう！」

このまま浄化させてクズを脱却させてあげたいが……

「あ、あれだ！　俺が白坂の前に立っていたのは屁《へ》を浴びせるためだ。五連屁してた」

浄化の光を振り払い、茶色いクズオーラを再び纏《まと》ってくる金田。

「よくもまぁそんな最低な冗談が思いつくな」

「クズ舐《な》めんな」

金田がクズを演じている問題は相当根深いようだな。それだけクズを演じるきっかけになった板倉というクラスメイトの女子のことを大切にしていたとも捉えられるが。

飲み物を持って二階の席へ移動するが、白坂と黒沢の前には見知らぬ男が立っていた。

「ねぇ連絡先教えてよ。てーか、どこ住み？　彼チンいんの？」

無視を続けている白坂に詰め寄っている大学生ぐらいの男。ナンパだと思うが、狙う相手が悪過ぎたな。

「おい、てめー俺の友達に何してんだよ」

俺よりも先に白坂と黒沢の前に立った金田。相手が年上だろうと躊躇《ちゅうちょ》しなかった。

「あ？」

「なんだこら。邪魔だっつーの」

金田に睨《にら》まれた男は、舌打ちをしてこの場から去っていった。

金田は体格も良いので、睨まれたら相手は年上でも怖気《おじけ》づいてしまう。

「ありがと。やるじゃん」

白坂は珍しく金田に感謝を述べている。やはり、人を助けると好感度は一気に上がるよな。俺も白坂の立場だったら金田に好印象を抱いていただろうし。

「別にあれくらいたいしたことねーって」

「クズ辞めたの？」

「白坂嬢は綺麗な白髪だけど、髪以外の毛もやっぱり白いのか？」

「……今までありがと。さようなら」

せっかく白坂から見直されたのに、自ら評価を下げてきた金田。

「よし、この作戦で行こう」

「え？」

俺の発言に金田と白坂が揃《そろ》って顔を向けてくる。

「金田が田崎にナンパというかウザ絡みしているところを俺が助ける。そうすれば初対面でも気を許してくれるかもしれないし、食事にも誘いやすい」

ただ話しかけるだけだと、逃げられてしまう可能性もあれば下手したら通報されてしまう可能性もある。確実に成功する手を打っていかないとな。

「自作自演ってやつか」

「ああ。相手に恩を感じてもらった方が深入りしやすいと思うしな」

演技に自信は無いが、無策で挑むより何かきっかけがあった方が俺も話しやすい。

「でも、この男にナンパ役なんて務まるかしら？」

黒沢は沖縄で金田のナンパの失敗と失態を見ていたからか、不安気な目を向けてくる。

「沖縄でのナンパの経験が活かされるな」

「こら、思い出させんな。今でも思い出しては泣きシコしてんだから」

修学旅行でのナンパを思い出し、頭を抱えている金田。だから泣きシコってなんだよ。

「時間はまだありそうだし、ちょっと練習でもしておくか。金田がまだ話し慣れてない黒沢を相手にするなら、多少の緊張感は出るはずだ」

俺の提案を聞き入れた二人は練習を始める。それを俺と白坂で見守る。

「お、おい、けっこう可愛《かわい》いじゃねーか」

「あ、ありがと」

「ど、ども」

金田と黒沢はお互いに顔を赤くして黙り込んでしまう。

いったい何を見せられてるんだ俺達は……

「もっとウザくないと茂中さんが助ける意味ないでしょ。普段通りのクズっぽい感じでやんないと。黒沢も嫌がる感じでさ」

白坂が二人の間に割って入って、的確なアドバイスをしてくれる。

女優を目指していると言っていたので、演技には精通しているのかもな。

「太ももムチムチだな。触らせてくれよ」

「消えて」

「その太ももをパンパン叩《たた》いた音を録音させてくれ。太ももASMR作らせてくれ」

「死んで」

変態クズを演じてくれている金田。演じているとはいえ、どんな思考回路してんだか。

「おい、女の子が嫌がってるだろ」

俺は黒沢を守るように前に立ち、金田を睨みつける。

「は？　うるせーよ、てめぇ関係ねーだろどっか行けよ」

ウザい顔で暴言を吐いてくる金田。演技だと知っていてもムカつくな。

「おい、俺が西高の田中《たなか》だと知ってその態度取ってんのか？」

「あ、あの喧嘩《けんか》がめっちゃ強いで有名な西高の田中？　ざ、ざけんなくそっ」

俺にビビったフリして逃げていく金田。身バレ防止に別の高校と偽名を名乗っておく。

「どうだ、惚《ほ》れたか？」

「えっ、そ、なっ」

冗談で聞いたのだが慌てている黒沢。想定していた反応と違ったな。

「金田の演技次第ではどうにかなりそうじゃない？　茂中さんもそこそこ顔は良いから、その辺の女子ならほいほいついていきそう」

白坂の言葉を聞き安堵《あんど》する。男子でも美人なお姉さんに助けられたら誰でも惚れるだろうし、このシチュエーションは有効そうだな。

十九時までスタバで時間を過ごし、俺と金田はバイト先で田崎が出てくるのを待つ。白坂と黒沢には少し離れた場所で待っていてもらい、作戦が成功したら同じファミレスへ来てもらう流れになっている。

「おいおいまじでやんのか？」

「当たり前だろ。やっぱりできそうにないと思うなら、金田は別にやめてもいい」

本番を前にして緊張の色を隠せていない金田。サッカーで多くの大きな舞台を経験してきたはずだが、女性問題となると臆病になる傾向がある。

それもこれも、板倉との告白騒動の一件がトラウマになっているに違いない。

「舐めんなよパイセン。これが初めてだったらヤバかったかもしれねーけど、修学旅行でのナンパやさっきの黒沢へのナンパ練習で流石《さすが》に慣れてきたっての」

「頼もしいな」

「それに、赤間へのせめてもの罪滅ぼしでもあるしな。これぐらいやんねーと」

金田は赤間に対して、やけに負い目を感じている。

「やけに赤間への罪の意識があるな」

「俺もお世話になった大先輩がネットの書き込みが原因で……」

「ちょっと待て、出てきたぞ」

「お、おう」

金田の話は気になったが、アルバイトを終えた田崎を見失うわけにはいかない。

「赤間のことを思うのなら、この作戦を絶対に成功させよう」

「だな。やってやるか」

本番を直前にして顔色を変えた金田。やる時はやる男になってくれたみたいだな。

「じゃあ、行ってくるぜ」

「ああ。打ち合わせ通りに頼む」

先に田崎の元へ向かっていく金田。その背中を見守る。

……嘘《うそ》のナンパから助ける振りなんて、俺はいったい何をしているんだろうか。

普通の人と一緒に過ごしていたら、こんなことは絶対に起こらない。問題児と一緒にいるから、ただの日常でも問題が起こる。他では味わえないような経験ができる。

この作戦だって人生に一度あるかないかの珍体験。危なっかしい真似《まね》をしている。

……それでも、ただ生きているだけの灰色の人生よりかはましな気がする。

そんな人生を生きていては、アリスに近づけない。遠い存在のままだ。

「うぇ〜い、この後さー暇だったりする？」

「え〜何ですか〜」

作戦通りウザ絡みをしてくれる金田。だが、田崎は戸惑っているものの、嫌な顔は見せていない。しまったな……意外と金田みたいな奴《やつ》がタイプだったのかもしれない。

「通りすがりのヤリチンだ」

金田の気色悪い発言に顔を引きつらせる田崎。少しだけ芽生えていた好意を見るも無残に破壊してくれた。

「うざ、帰れよ」

「わーったよ。でも、君をお持ち帰りしていいかな？」

「まじで無理。いったいなんなの？　どっか行って」

「なんなのって、俺はどうしようもないクズだ。どこにも行かねぇ」

これ以上はウザ過ぎて通報されかねないので、俺も早々に助けに行くか。

「おい、その子が嫌がってるだろ」

金田と田崎の間へ割って入り、助けに入る演技をする。

「あぁん？」

「その辺にしておけ。それ以上は俺も見過ごせない」

「だとこら！　どけよ、お前関係ねーだろ」

「どかない。俺はこの人を絶対に助けるって決めたからな」

白坂に考えてもらった台詞《せりふ》。恥ずかしくて顔を赤くしてしまっているかもしれないが、
田崎は俺の背後にいるので見られてはいない。

「じゃあ、力ずくでどいてもらおうか」

「おい、俺が西高校の田中だと知ってその態度取ってんのか？」

「あ……あ、あの喧嘩めっちゃ強いで有名な田中？　ざ、ざけんなくそっ」

俺にビビったフリして逃げていく金田。

ここまでは計画通りだ。後は田崎が俺に気を許してくれれば……

「あ、ありがとう」

そう言いながら俺の腕に抱き着いてきた田崎。予想外の反応に戸惑ってしまう。

おいおい、まさかのイチコロだとはな……

「さっきの人、すんごくキモくてまじキツかった」

金田には汚れ役を買ってもらったから、ここまで言われると少し後ろめたくなるな。

「そっか。じゃあ助けられてよかったよ」

「あたしも嬉《うれ》しい！」

満更でもない表情の田崎。非日常的な出来事に軽く胸を弾ませているのかもしれない。

「あのさ、もうちょっと一緒にいていいかな？」

「え？」

「さっきの奴がどこかで君が一人になるのを見てるかもしれないし、君のことを責任持って最後まで守りたいしね」

守るとか言われると女子としては好感度高いよと白坂が言っていたので実践した。黒沢は自分の身は自分で守るから嬉しくないと言っていたが。田崎は果たして……

「あ、ありがとう……超優しいじゃん」

「男として当然のことをしたまでだよ。ちょっとファミレスにでも行って少し話そうか」

「うんっ」

全てが上手《うま》くいった。まぁ全てが上手くいくように仕向けたというべきか。

ただ、やはり人を欺くのはたとえ相手が悪人であっても気が引けるな。俺には向いていないやり方だったかもしれない。

俺と田崎はファミレスへ入り、店員に席へ案内される。

後から入ってきた白坂と黒沢は、打ち合わせ通り俺達の隣のテーブルで席に着いた。

軽く自己紹介して、会話を始める。もちろん名前は偽名にして、仮の自分を演じた。

「そういえば彼氏とかいるの？　いたらその彼氏さんに申し訳ないなって」

「いないよ〜お気遣いなく」

いきなり本題に入るのは疑われる。焦る気持ちはあるが、ここは落ち着かないと。

「友達は多いの？」

「う〜ん……最近はずっと一人かな。寂しい」

そう言いながら上目遣いで見つめてくる田崎。赤間の写真には三人組の仲睦《なかむつ》まじい様子が写っていたし、炎上の件もその三人で遊んでいた時に起きたと言っていたはずだ。

ずっと一人だなんて、他の友達とは赤間の炎上の件で疎遠にでもなったのだろうか……

「俺も最近は一人かな」

「一緒じゃん。でも友達って別にいらないよね。彼氏は欲しいけど」

「どうして友達がいらないって思うんだ？」

「だって、人に迷惑かける奴ばかりだもん」

隣の席から軽くテーブルを叩《たた》く音が聞こえた。話を聞いている黒沢が少し怒ったのかもしれない。何とか白坂が黒沢を落ち着かせてくれていればいいが……

「それ、俺もわかるな」

「え〜意外。田中君ってなんか友達大切にしそうな雰囲気なのに」

「別にそんなことないよ。嫌いな奴は切り捨てるし、邪魔な奴は消えてもらうし」

そんな人間ではないが、田崎の気持ちをほぐすためにあえて同じレベルに下げている。

「あたしもそれわかる。めっちゃ気が合うね」

自分のことを理解してくれる相手に人は気を許す。炎上事件のやり方から田崎の性格を想定し、田崎が考えていそうなことを話していけば理解し合える人だと勘違いするはず。

「俺はけっこう冷たいからさ。彼女には優しくするけどね」

「あ〜そういう人めっちゃタイプ。あたしも彼氏にだけ尽くしたい」

前屈《まえかが》みになって軽く胸元を見せてくる田崎。違和感たっぷりの安いアピールだな。

「俺には最近まで仲良い友達が一人いたんだけど、そいつがＳＮＳで炎上してさ。流石にムカついて縁切ったわ」

「え〜あたしも一人そういう子いましたよ。同じじゃん、ウケる」

いったい何がウケるのだろうか……田崎にとってはただの笑い話なのか？

「そうなんだ。その人、どんな人だったの？」

「赤間って奴で〜ノリ悪いし空気読めないしで、普段からイライラすること多かったんだよね。せっかく仲間に入れてやってたのに、あたしへの感謝の気持ちも薄かったたし」

「ノリ悪いってどんな感じ？」

「みんなで一緒の高校に行こうってなったのに、一人だけ頭良いから別の高校行ってさ。ありえなくない？　親が親が〜っていつも言い訳してたけど」

学校はノリで決めない。赤間は正しい選択をした。

「だから自業自得なんだよね〜何もかもさ」

赤間のことを思い出したからか、窓から少し遠くを見た田崎。

「赤間のせいでめちゃくちゃだよ。美樹《みき》は謝りに行こうとか言ってきたから絶交したし」

幸いなことに田崎以外の友達は赤間に対して負い目を感じていたようだな。

「俺もムカつく奴はたとえ友達だろうと排除する。友達しか見れないアカウントで回転寿司でいたずらしてる動画を友達が載せてたから、それを誰でも見れる場所に転載して炎上させて退学にした」

「えっひどっ、ウケる。まぁあたしも似たようなもんだけど」

嘘のエピソードを話し、田崎と同じレベルに立つことで聞きたい内容を引き出す。

「そっちは何したの？」

「……う〜ん」

「俺よりも最低なことしたとか？」

「そこまでじゃないって」

簡単には話してくれないか……もっと深入りしていかないとな。

「話しても大丈夫。俺みたいな男なら、きっと田崎のこと受け入れられると思うからさ」

「田中君……」

まるで口説いているみたいだな。白坂と黒沢に聞かれていると思うと、取り繕った会話だとしても胸が痛くなってくる。

ただ、会話はスムーズにできている。最近はずっと問題児達を相手にしていたためか、怖いものが無くなって人と話すのに余裕が生まれてきているのかもな。

「話せば心のもやもやとか晴れるかもよ。スッキリできるかもしれない」

「そうだね。まぁでも、田中君になら話しても大丈夫か」

人は自らの罪を胸の内に留《とど》めておくことができず、誰かに打ち明けたくなる生き物とアリスが言っていた。そのアリスも過去の失敗を俺に打ち明けたこともあった。

人に話すことで心の重荷が軽くなる……気がするだけ。その相手の対応次第では何かが変わるかもしれないが、俺は誰かに話しても傷が癒えることはないと思っている。

「あたしと友達で駅の線路に一瞬降りるっていう度胸試しみたいなのしててさ～」

聞きたかったことを自ら話し始める田崎。スマホをチラ見してちゃんと録音ができているか、こっそり確認した。

「そしたら例の赤間って奴だけやらないどころか注意とかしてきて。だから、そいつの鞄《かばん》を線路に落として無理やり拾わせたの」

半笑いで語っているのが鼻につく。その話に何一つ笑える要素なんてない。

「運悪くその瞬間をどっかの客が撮っててさ、SNSに載せられて大炎上しちゃって」

赤間が言っていた通りだ。疑っていたわけではないが、確証を得たことでより赤間を何とかしてあげたいとより強く思えてきたな。

「これはヤバいと思ったあたしは、赤間に真実を言わせないように口止めして赤間だけが犠牲になるように切り捨てた。まさに策士」

「そんなことが可能なのか？」

「絶対何とかするから余計なことはせず待機してるように言って、希望持たせておきつつひたすら放置。炎上しきった後に赤間が慌てて何か言い訳しても、今更何言ってんのってなって普通の人なら誰も信じてくれなくなるっしょ？」

修学旅行のメンバーは信じたけどな。問題児達は普通の人ではないのかもしれないが。

「中学の時に友達がいなかった赤間を仲間に入れてやったのに、そんなあたしを裏切って一人だけあたしらが行きたくても行けない楽しそうな高校に行きやがった。だから罰が当たったんだ。いや、むしろ罰を与えてやったの」

田崎の自分勝手な考えには腹が立つし、反省もしていない態度には憤りも感じる。

嫉妬や我儘《わがまま》を拗《こじ》らせると人は悪魔に変わる。人の痛みも苦しみも分からなくなり、相手を傷つけていく。だから、他の友達も赤間の一件の後に田崎の元から離れたのだろう。

「友達を大切にしないからこういうことになるんだよね～そんでさー」

悪魔のような笑みを見せて話し続ける田崎。腹立たしいが、証言を得るには……

「友達を大切にしてないのはどっちよ！」

いきなり響いた黒沢の怒声。バイトを辞めた時のように感情が爆発している。

ただ、これはまずい状況だ。というか、取り返しのつかないことになっている。

「は？　いきなり何？」

「あなた本当にいい加減にしなさい！　反省も後悔も微塵《みじん》も無いじゃない」

田崎の前に来て、睨《にら》みつける黒沢。今まで我慢してくれていたようだが、遂《つい》に抑えきれずに激怒してしまったようだ。

「おい黒沢、落ち着け」

「落ち着けるわけないじゃない！　この人のせいで赤間さんは……」

黒沢の気持ちは痛いくらい理解できるが、場所や状況は考慮しないといけない。

ファミレス内が唐突に始まった騒ぎでざわつき始めている。学校に連絡されるのも面倒だし、警察の世話にもなりたくない。

「何？　赤間の知り合いなの？」

「赤間さんはあなたをずっと信じていたのよ！　私はあなたを一生許さないわ！」

「先に裏切ったのはあっちだから。何も知らないくせになんなの」

「何も知らないのはあなたの方よ！」

誰かのために全力で怒る。そんな正義感の強い人が黒沢だ。

その堂々とした姿はカッコイイし、見ていて清々《すがすが》しい気持ちになる。

だが、ここはどうにかして丸く収めないといけない。

「人の気持ちを、人の人生を、何だと思っているのよ！」

田崎の頬《ほお》を叩こうとする黒沢の手を慌てて押さえた。完全にキレているな。

「手は出すな黒沢」

「放しなさい碧」

「何？　知り合いなのあんたら……うざ」

舌打ちをして荷物を持ち、この場から去ろうとする田崎。

「ちょっと待ちなよそこの悪人」

田崎を呼び止める白坂。その白坂は今までにない恐《こわ》い顔をしていた。

「何？　あたしのこと？」

「あんたみたいな奴《やつ》のこと、人は底辺と呼ぶのよ。底辺というだけあって、本当に顔も性格も人生も醜くて汚いのね」

「なんなのまじでっ！」

白坂の追撃を食らい、走ってファミレスから出て行った田崎。

どうやら白坂も自分の気持ちを抑えられなかったようだ。表情が変わらないことで悩んでいる白坂だったが、明らかに喜怒哀楽の怒の顔をしていた。

それだけ白坂も田崎の態度に怒っていたのだろう。怒りの感情が爆発したので、表情が無理やり解放されたに違いない。

「ちょっと、やばいわね」

田崎が居なくなり冷静になった黒沢は、注目を浴びている状況を見て慌てている。

「とりあえず店から出るぞ」

「……申し訳ないわね」

「謝る必要はない。黒沢は正しいことをした」

もう少し話を深掘りしていきたかったが、先ほどまでの会話だけでも赤間が無実だというのは両親に証明できるはずだ。

「でも、逃げられてしまったわ」

「気にしないでいい。みんなを代表して怒ってくれてありがとな」

「ただ許せなかっただけよ。別にみんなの気持ちを代弁したわけじゃない」

「誰かのために本気で怒れるのは、誰にでもできることじゃないぞ。さっきの黒沢の怒声は最高だった。カッコよかったよ」

「……ふふっ、そうよね。やっぱり私は間違っていないわよね」

不安気な顔から自信に満ちた顔へ変わった黒沢。前に黒沢の正義は全て肯定すると言った通り、俺は黒沢の強行を支持した。

騒がせたことを店員に謝罪しつつ、会計を済ませて店を出る。

「おっ、終わったか」

外に出ると待ってくれていた金田が駆け寄ってきた。

「よかったね。あんたぜんぜんクズじゃなかったよ」

白坂が金田を見てクズを否定する。それに黒沢も頷《うなず》いている。

「は？　どういうことだ？」

「本物のどうしようもないクズを見てきたから、金田はたいしたことないねって」

「おい、ざけんなっ！　クズの称号は渡さん」

金田は持っていたスマホで白坂を煽《あお》るかのように連写を始める。何度もカシャカシャという音が響き渡るが、白坂は帽子を武器にして金田のスマホを手から叩《たた》き落とした。

「ぬあぁ！　俺のスマホ！」

金田のスマホは運悪く歩道の汚い水溜《みずたま》りに落ちてしまった。

「クズじゃなくて馬鹿ね」

黒沢のツッコミでしっかりとオチがついたな。性根が腐っていない金田は本物のクズにはなれない。本当のクズなら田崎のように周りから誰もいなくなるはずだ。

「とりあえず田崎の証言を録音することができたから、これを赤間の両親に聞かせれば考え方を変えてくれるかもしれない」

「おっ、ちゃんと成功したんだな。やるなパイセン」

「金田の協力のおかげだ」

「俺はほとんどなんもしてねーっつの」

金田は照れてそっぽ向いてしまう。知らない女子へ絡みに行くのは緊張もしただろうが、赤間のためを思って無理してくれていたのを俺は知っている。

「私が怒ったところはちゃんとカットしておきなさいよ」

「……わかった」

今さら恥ずかしくなったのか、黒沢は念入りにカットを要求してきた。

黒沢の怒声まで聞かせると俺達が恐い集団に思われてしまうから、黒沢のキレたシーンはカットしておいた方がいいかもしれないな。

「とりあえず今日はもう遅いし帰ろうか」

「そうね。これ以上はグレ過ぎよ」

夜九時まで外にいるというのも黒沢の中ではグレる行為のようだ。

こんな時間まで嫌な顔一つ見せず付き合ってくれたみんなには感謝しかない。

大宮駅からさいたま新都心《しんとしん》駅へ戻った。俺は白坂をマンションまで送り、金田は家の方向が近かった黒沢を送ってくれた。


家に帰り、誰とも会わないように自分の部屋にこもった。

部屋の電気は点《つ》けずに制服から部屋着に着替えてベッドに腰掛ける。

今日は慣れないことをしたからか、頭が痛いし疲れも押し寄せている。

月に照らされる部屋の角で体育座りをして、スマホでアリスの写真を表示する。

「アリス……」

自分の行いが正しいかどうか不安な時、どうすればいいか分からなくなる時、アリスはいつも俺に白黒はっきりさせてくれた。

でも、今のアリスはもう俺の疑問に答えてくれない。手の届かない場所にいってしまったから背中を押してくれない。

何が正しいのか、どうあるべきかは自分で決めないといけない。

だが、自分のことは自分が一番わからない。アリスは客観的に見てくれていたから俺にとっての正解を導き出せた。

主観で無理やり答えを導き出すと、間違った答えになるかもしれない。

俺はまだまだ未熟だから、客観的な意見をくれる人が欲しいなと思う。ただ、それでは成長できないと思う自分もいる。ここでもまた答えを迷う。

俺は抱えたモヤモヤを振り払うために、スマホに録音されてある言葉の力というアドバイスを再生してみた。

『こんばんは。どうやら私のアドバイスが必要になったみたいね』

アリスの迷いのない落ち着いた綺麗《きれい》な声。その声が、いつも俺を安心させてくれる。

『私と出会った頃の碧は、あんまり自分の思いや考えを口にしない傾向があったわよね』

あの頃は自分に自信が微塵もなく、アリスにどう思われているか不安を抱えていた。

『思うことがあるなら口にしなさいとか、考えがあるならちゃんと言葉にしなさいって口酸っぱく言ってたら、徐々にその傾向も薄れてきたけどね』

アリスが俺に自信を植え付けてくれた。だから、どんな相手でも俺は言葉を伝えることができるようになったんだ。

『言葉は人を癒《いや》したり、傷つけたり、楽しませたり、悲しませたりできる。碧の言葉に私はどれだけ傷つけられてきたことか』

傷つけようとしたことは一度もないが、俺のネガティブ発言や頼りない発言がアリスを気づかぬ内に傷つけていたのだろう。

『でも、それ以上に癒されてた。好きとか一緒にいたいとか健気《けなげ》に言ってくる碧は可愛《かわい》くてたまらなかったし、私をちゃんと尊敬してるのが言葉で伝わってきて嬉《うれ》しかったわ』

アリスの余命を聞き、近い内に言葉を届けられなくなると焦り始めてからは小さなことでも言葉を伝えるようになったっけな。

『まぁ、本音を言うともっと私を安心させるような言葉を聞きたかったけどね。でも、そうなるには時間が足りなかったかな』

アリスがこうして俺への助言をいくつも残しているのも、未熟で頼りなかった俺が心配だったからだろう。

『碧みたいに言葉足らずの人は、余計な一言や二言があって丁度いいのかもね』

余計な一言でもいいから、アリスはもっと俺の言葉が聞きたかったみたいだ。

俺みたいな人間は、みんなにも余計に何か一言二言話すのが丁度いいのだろうか……

『それでちょっとした言葉のアドバイスなんだけど、頑張れって言葉はあんまり使わない方が良いって知ってた？』

頑張れという言葉は応援なのに使わない方がいいとは意外だな。

『そもそも、みんな何かしら頑張っているもの。頑張ってるのに頑張れって言われたら、まだ頑張んないといけないかって思うし。単純な言葉だから嫌味《いやみ》に聞こえる時もある』

……あれ？　でも、アリスはよく俺に頑張れって言ってたよな？

『碧は自己肯定感が他の人よりも低いから、むしろ頑張れって言うことが多かったかも。背中押されると張り切るタイプだったし、珍しいパターンね』

自己肯定感か……確かに自分を素直に肯定できないタイプだな。だから、自分に自信が湧かない。今はそんな自分を変えようともがいている。

『逆に私みたいなタイプの人には頑張れは厳禁よ』

そもそもアリスに頑張れなんて言えない。余命を告げられた人生で、ずっと頑張って生きていたからな。

白坂や黒沢も自己肯定感が強そうだから、頑張れは厳禁だろうな。気をつけておこう。

『言葉は強力なのよ。何の気なしに言った頑張れが人を追い込んだり、ちょっとした言葉が人を救ったり、たった一つの言葉で人生が大きく変わったり……』

周りから言われた嫌な言葉は、度々思い出してしまうほど頭に残っている。俺みたいに自己肯定感が低い人ほど、言葉が刺さりやすいかもな。

『泣きながら訴えれば悲しみが伝わる。睨みながら怒鳴れば怒りが伝わる。笑いながら叫んだりすれば楽しさが伝わる。感情がこもると気持ちが伝わる。周りに理解されたいのなら言葉で伝えなさい。単純だけど、伝えたい時はパワーなのよ』

白坂じゃないけど、感情を強く乗せて話すのは苦手だ。逆に黒沢は得意なようだ。

『碧はあんまり感情を表に出さないから難しいかもね。でも、全力で好きだって叫んでって言った後の碧の叫びは驚いたよ。まさかあんなに大きな声を出せるなんて思わなかった。ビックリしすぎて私も叫んだっけ』

　あの時は初めて全力で声を出したが自分でもビックリしたな。

『もしも窮地に追い込まれた時は大声で叫ぶの。相手をどうしても説得したい時も全力で訴えるの。誰かに助けて欲しい時は泣いて話す』

　俺もみんなに理解されたいのなら、ちゃんと伝えないと駄目かもな……

『言葉は人を変えられる。人が変われば未来も変わる。未来は手で摑《つか》むんじゃない。言葉で摑むの。これ、ちゃんと覚えておいてね』

　修学旅行前に今のままじゃ楽しめないなら俺達が変わればいいとみんなに言った。

　そして、実際に変わってきている。みんなが楽しめる環境が出来上がりつつある。

『碧が好き。約束通り頼もしくなってね。それこそ、私の言葉が必要なくなるほどに』

　最後は悲しげな声で締めくくったアリス。言葉とは裏腹にずっと必要として欲しいという気持ちが伝わってきた。

『……あ、碧のこと愛してるから！』

　もう終わりかと思っていたが、少し間を置いて可愛いアリスの声が入っていた。

『今のは余計な一言だったかも』

　その言葉を最後に、録音された音声は終了した。

アリスは余計な一言と言っていたが、俺にとっては何よりも嬉しい言葉だった。

感情が強く乗ってない言葉だと気持ちがあまり伝わらないのなら、その分、言葉は余計にあった方が良いのかもな。特に俺みたいに淡々と話す人にとっては……

……黒沢には申し訳ないが、あの言葉は消さないでおいた方が良いかもしれないいな。

▲

学校へ登校し、教室へ入ると先に登校していた赤間が駆け寄ってきた。

「本当に田崎舞佳《まいか》から証言を得られたんですか？」

「ああ、ばっちりだ」

昨日の夜中に、スマホで赤間へ田崎から当時の事を聞き出せたと連絡していた。

「先輩……凄《すご》いです。茂中先輩って何でもできちゃうんですね」

「いや、きっと俺一人じゃ駄目だった。金田が率先して手伝ってくれたし、黒沢や白坂も協力してくれたから成功したんだ」

一人で何でもできるようにならないといけないと思ってはいるが、誰かと協力すればできることも増える。それを思い知らされた一件だったな。

「田崎は炎上の件以外にも何か言ってましたか？」

「どうやら、赤間が二人とは違う高校を選んだことを根に持っていたみたいだぞ」

「……そうでしたか。本当はあたしも二人と同じ高校へ行きたかったんですが、両親にもっと自分の偏差値に合った高校へ行きなさいって言われて」

田崎が言っていたことと同じだ。ただ、赤間も本当は二人と一緒が良かったようだ。

「ちゃんと二人に本当は同じ高校に行きたかったって伝えていたか？」

「いえ、それを言うと嫌味になってしまうかなって」

「自分の気持ちはちゃんと言葉にしないと伝わらない。きっと田崎は両親に言われたからという理由しか言わなかったのが気に食わなかったんだと思うぞ。自分達との関係はどうでもいいのかってさ。赤間はそんなことなかったのに」

アリスに言われたことを赤間にも伝える。

もし赤間の気持ちが言葉で伝わっていたら、炎上の件は起きなかったかもしれない。

お互いを理解し合えていないと、すれ違いが生じる。すれ違いというのは恐ろしく、最悪の場合は今の赤間のように人生が滅茶苦茶《めちゃくちゃ》になったりするようだ。

「まぁ、だからといって赤間が悪いわけではないし、田崎のしたことが許されるわけではない。田崎とはもう関わらない方がいいと思うぞ」

「……あの女は許しません。いつか、あたしのように人生を終わらせてやりたいです」

赤間の恨みが伝わってくる。炎上に巻き込まれ自分だけが罪を負うことになったんだ、きっと俺には理解できないほどの憎しみがあるはず。

「そうだな。いつか田崎を泣かせてやらないと」

「意外です。復讐《ふくしゅう》なんて駄目だって言われると思いました」

「普通の人はそう言うだろうな。でも、俺は問題児だ」

復讐してやるという気持ちも、きっと前を向く原動力となるはずだ。

「復讐なんて何も生まないなんてよく言うが、実際は気持ちが晴れると思うし、過去を断ち切れて前を向けると思う」

「そうですよね……茂中先輩って綺麗事《きれいごと》ばかり言わないし、あたしの気持ちになってちゃんと考えてくれるし、もの凄く信用できます」

普通の人とは異なる逆の答えを出して信用されるのは、何だか不思議な気分だ。むしろ不安にさせたり、信用を失ったりするものだが。

……そうか、赤間も普通ではないからな。普通じゃない俺達だからこそ、理解できたり信用し合えたりするに違いない。

「田崎はもう友達が離れていって一人ぼっちらしい。そんな田崎の前に友達を連れて恋人も連れて幸せになった姿を見せつけてやればいい」

物理的に傷つけたり、過度に陥れたりする復讐なら反対だ。

だが、軽くざまぁみろするぐらいは賛成だ。

赤間が手荒な真似《まね》だけはしないように、年上の先輩として正しく導いてあげないとな。

「おはよう」

白坂が教室に入ってきて、その後すぐに黒沢と金田も来て赤間の元へ集まってくる。

「……みんな、あたしなんかのために協力してくれてありがと」

珍しくみんなへ素直に感謝を口にする赤間。

「もし、あの田崎って人があなたにまた何かしてきたらすぐに言いなさい。私が叩きのめしてあげるから」

黒沢はまだ怒りが鎮まっておらず、田崎に物申したい顔を見せている。

「今のあたしよりも怒ってるじゃん」

赤間は嬉しそうに黒沢の傍《そば》に立つ。味方でいてくれる人には心を許すのだろう。

「今日中に両親へ赤間の無実を証明できそうか？」

「今日なら六時頃になれば両親もいると思います」

「了解。ちょっと待機してから赤間の家へ向かうか」

友達の両親に交渉しに行くなんて初めての経験だな。

アリスの両親や妹とは仲良くできていたが果たして……

アリスの両親とは先月に食事をしつつ交流をしたが、妹は何故《なぜ》か俺と会うことを拒絶しているらしく、今ではもう交流はない。

「まだ一件落着じゃない。両親への説得が成功しないと、みんなでゲームセンターへ行くというミッションを達成できない」

「そうね。赤間さんの話だけ聞くと両親は頑固者っぽいし」

俺の言葉に頷《うなず》く黒沢。今思えば赤間以外の家族構成とか一切知らないな。白坂が一人暮らしをしているのは知っているが、両親との関係も把握していない。

みんな問題児だから、あんまり家族と上手《うま》くいってない可能性が高い。現に俺が上手くいってないからな。いつか他のみんなも家族事情を打ち明けてくれるといいのだが……


放課後になり、午後六時まで時間を潰してから赤間の家へと向かった。

赤間は立派な一軒家に住んでおり、恵まれた家庭環境であるのが伝わってくる。

俺は深呼吸をしてからインターフォンを鳴らした。

赤間には俺達が来ることや、自分が炎上の原因ではないことを事前に伝えておいてほしいと頼んでおいた。両親が俺達を好意的な目で見てくれるといいのだが……

「いったいなんだね」

厳格という言葉が似合う、真面目そうな出《い》で立《た》ちの父親が玄関から出てきた。

隣に立つ母親は失礼ながらも大きな胸に目がいってしまった。赤間の胸は母親譲りであることが分かるな。両親の後ろには緊張した素振りを見せている赤間が立っている。

「えっと、僕達は修学旅行をきっかけに赤間鈴さんとお友達になった者です」

新しい友達ということを伝える。今までの友達とは違うと明確にするためだ。

「……君達は鈴の友達に相応《ふさわ》しい、害のない普通の人達なのかね？」

父親は俺達に不審な目を向けている。

変装している白坂や金髪の金田もいるので、一目見ただけでは信用できないはずだ。

悲しいことに、その警戒は正しい。俺達は問題児の集まりだからな。

「普通ではないかもしれません」

ここで嘘《うそ》はつけない。相手は他人ではなく友達の親だからな。

「私は中学の時に生徒会長を務めていたわ」

高校ではクビになった事実を伏せ、優等生アピールをしてくれる黒沢。

「モデルの白坂キラです」

帽子とサングラスを外し、正体を晒《さら》す白坂。

白坂を見て母親は驚いている。どうやら白坂を知っていたみたいだな。

確かに俺達は普通ではない。それをみんなはプラスの意味に変えようとしてくれる。

「俺は通りすがりのイケメンです」

どうかふざけないでくれと思っていたが、金田は我慢できなかったようだ。

父親から睨《にら》まれてしまったので、金田の顔が青ざめている。

「ってのは冗談で、一応サッカーで日本代表とかに選ばれたりしています」

クズを突き通せず、しっかりとプラスのアピールをしてくれる金田。

「ぼ、僕は……」

情けないことに俺には立派な肩書も名誉もない。あるのは留年という汚点だけ。

「彼は変わり者ですけど私達のことをまとめてくれている、頼れるリーダーです」

白坂がフォローをしてくれる。相変わらず余計な一言が付いていたが、それでも救われた。自分で頼れる存在と言うより、人に言われた方が信用を増すからな。

「普通ではない個性の強いクラスメイトの集まりですが、普通ではないからこそ今の鈴さんにも寄り添えます」

両親の前で赤間のことをいつも通り赤間と呼ぶと変になるので、少し気恥しいが赤間を下の名前で呼んだ。

「鈴さんは僕達に炎上の件の詳細を打ち明けてくれました」

「その話は先ほど聞かされた。娘を信じてやりたいが、今さら言われても全てを鵜呑《うの》みにすることはできん」

赤間はちゃんと自分の言葉で伝えてくれていたようだ。俺達が証明する前に本人が真実を話さないと、両親に伝わる想《おも》いも変わってくるからな。

「僕達は実際に鈴さんを追い込んだ田崎という元友人に事情を伺い、鈴さんを追い込んだ証言を得てきました。スマホで録音もしてあります」

「なっ、そこまでしてくれたのか」

「僕達は鈴さんと放課後も遊びたいなと思っていたのですが、炎上の件で両親に放課後は即帰宅するように言われていると。なので、鈴さんが悪くないことをご両親に理解してもらうべく行動しました」

何も飾らず、ありのままを伝えるだけでいいはずだ。

「炎上の件を今から蒸し返しても、鈴さんの状況を炎上前に戻すことはできません。それに、時間が経《た》ち過ぎてしまったのでどうして今さらとご両親が驚くように、にわかには信じてもらえません。色々とやり直すには大事になってしまい、より炎上の件が広まってしまう可能性もあれば、忘れられてきた火が再燃してしまうかもしれません」

俺達は田崎に罪を償ってもらうのが目的じゃない。ただ赤間と遊びたいだけなんだ。

スマホを取り出して、昨日録音した田崎との会話を両親に聞かせる。

話が進むと徐々に父親の顔が強張《こわば》っていく。

きっと俺達以上に田崎への怒りが湧いているはずだからな。

「こ、この女、よくも私の娘を……」

『友達を大切にしてないのはどっちよ！』

父親が怒りを口にしたタイミングで、黒沢のキレた声が大きな音で響いた。

「ちょっと、私が叱ったところはカットしてって言ったじゃない」

頬《ほお》を赤くして俺の背中をポコポコと叩いてくる黒沢。

その後も黒沢が田崎に怒鳴る音声が続き、父親は徐々に強張った顔を解いていく。

黒沢の怒声は、みんなの怒りを代弁してくれたようなものなので俺もその場にいてスッキリした気持ちになった。それはきっと父親も同じなはず。

音声が終了したのでスマホをしまう。これで納得してくれればいいのだが……

「炎上の件が鈴の友達が原因だということは理解できた。その証明までしてくれたことには本当に感謝をしている」

俺達に頭を下げてくる父親。その隣にいた母親も、父親に続いて頭を下げた。

「ただ、鈴の人生はやり直せない。自暴自棄になるかもしれないという事実は変わらなければ、家でしっかり見守っていたいという意思も変わらない」

赤間とのやり取りで父親が頑固とは予想していたが、ここまでとは……

「おまえもそう思うだろ？」

「私も心配だけど……もう、いいんじゃないの？」

「なっ、どうしてだ？」

父親に反して母親は理解を示してくれた。

「さっきの録音音声の最後に本気で怒ってくれているお友達がいたでしょ？」

俺がカットせずに余計に伝えた黒沢の言葉。炎上の件の証明だけなら別に必要なかったが、俺はあえて聞かせた。

「もし鈴が悪いことをしたら本気で叱ってくれるお友達がいる。それで私は安心できる。鈴も彼女達と一緒なら大丈夫だと思ったわ」

母親の言葉を聞き、父親は考え込む。

「……そうだな。そういうお友達がいるなら大丈夫かもな」

母親に説得された父親は頑《かたく》なな態度をようやく変えてくれた。

「娘が間違った道に進まないか、代わりに見守っていてくれ。それだけは頼む」

そう言い残して、家の中へ戻っていく父親。

「なんとかなったじゃん」

白坂の言葉を聞いて、緊張の糸がほぐれていく。

「やったわね」

静かに泣きながら俺達の元へ来た赤間の肩を優しく叩《たた》く黒沢。

「あぁ〜変に緊張したわ。パイセンと一緒に居ると、色んなことが起きるな」

金田は欠伸《あくび》をしながら腕を伸ばしている。何かあったらまず行動しようと俺は考えているので、これからも色んなことに巻き込んでしまうかもな。

「鈴のことよろしくね。茂中さん」

母親が俺の元へ来て、小声で話しかけてくる。

「家でも無口だった鈴が再び話し始めたのはあなたの話題だったわ。きっとあなたが鈴を変えてくれたのでしょ？」

「僕は別に何も……」

「まだ鈴の心はボロボロだけど、あなたと一緒にいれば少しずつ癒《い》えていくと思うから」

母親の言う通り、時間は傷を癒してくれる。誰かと一緒なら傷の治りも早まるはずだ。

「お父さんがいない時に、家に遊びに来てくれてもいいからね」

そう言いながら俺の腕に身を寄せてくる母親。大きな胸が当たっている。

やはり赤間と似ている。すがるような目とか、誘うような仕草とか……

「みなさん、これからも鈴をよろしくお願いしますね」

母親は俺達に頭を下げて家へと戻っていった。

「……みんなありがとう」

俺達と両親のやり取りを黙って見ていた赤間が、みんなに向かって頭を下げてきた。

「こんな、もう人生終わって生きてる価値なんてないあたしのために……」

零《こぼ》れ落ちる赤間の涙。炎上の件から時間が経ち開き直ってきたかのように見えてはいたが、今も傷は癒えずに苦しんでいることが伝わってくる。

「まだ生きているんだから人生は終わってない」

「せ、先輩……」

俺もアリスの最期を見届けた時は、人生が終わったと思った。

でも、俺も赤間も生きている。時間が流れる限り、人生は無情にも続いていく。

「生きてる価値もある。今でも両親が見捨てず心配してくれているし、俺達も赤間を見捨てずにここにいる。みんなと一緒なら、まだまだやり直せるよ」

崖から落ちても、生きているのならまた這《は》い上がれる。俺はその手助けをしたい。

「これからいっぱい楽しいことをして、炎上する前より幸せになってやろう」

過去がやり直せないなら、未来を変えるしかない。

俺の事情を知っている人がいれば、お前が言うなと思われるかもしれないな。ただ、今は自分のことを後回しにしているので、自分の立場がどうあろうと考えに変わりはない。

「学校で誰かが何か言ってきた時は私に言いなさい。そいつを叱責してあげるわ」

黒沢も赤間に寄り添ってくれる。最初は赤間に冷たい態度を取っていたが、今は赤間の状況を理解して味方になってくれている。

「次からはちゃんと友達は選びなよ」

白坂は更なる失敗をしないように促すが、俺はその意見に賛同できなかった。

「……それは難しいんじゃないか？　周囲の人間は生まれた年や住んでいる地域によって変わってくる。だから、学生時代の友達ってのは選べるものでもない。運が良ければ優しい人と関わるし、運が悪いと今回の件のようにもなる」

中学の時はバスケ部だったが、一つ上の先輩達がみんな仲良くて優しい人も多くて俺も一年先に生まれたかったなと思うことがあった。逆に一つ下の後輩達は問題児が多くて争いも頻繁に起こっており、一つ下に生まれなくて良かったなと思うことがあった。

子供の頃は友達なんて自然にできていたし、選ぶ選ばないの概念なんてなかった。

友達を選べるようになるのは大人になってからで、高校生以下に友達を選べなんて言うのは難しいと俺は思う。

……それにしても、結果的に今は恐れていた一つ下の世代に自ら入り込んでしまったな。

「確かにそうかも。学生で友達を選ぶのは難しいか」

白坂は芸能人であり、学校外では付き合う人を選ぶ立場だった故の発言だったのだろう。

「いつでも頼っていいんだぜ」

台詞《せりふ》はカッコイイが、両手で胸を揉《も》むアクションをしている金田。

「下心しかないじゃん」

金田も人生をサッカーに賭けていたのに、怪我《けが》で積み上げてきたものが崩れ去った。

赤間の気持ちも分かれば、同情のような気持ちも強いのだろう。

「みんな、本当にありがとう。前も言ったけど、あたしもみんなのために何かできることあれば何でもするから。受け取ってばかりは申し訳ないし」

赤間が泣《な》き止《や》んで前を向いてくれる。それに、俺だけでなくみんなにも想いを寄せてくれている。これで俺に軽く依存している状況から抜け出せれば、尚更《なおさら》良いのだが……

「今から遊ぶにはちょっと時間が遅すぎるか」

俺はスマホで時間を確認すると、もう七時になりそうだった。

「ゲーセンは明日にお預けね。手間がかかった分、楽しめそうだわ」

今日はこの場で解散となった。これで明日から、問題無くみんなと遊ぶことができる。

今日のように何かを成し遂げていけば、いつか俺達の細い絆《きずな》は太くなっていくはず。

俺達は問題を多く抱えているからこそ、解決するチャンスも多い。一つ一つクリアしていけば、最初は地獄だと思っていた場所が天国に変わる日も遠くないかもな。

みんなと別れた後、家に入ろうとしたタイミングで黒沢からメッセージが来た。

会いたいと一言。黒沢がこのメッセージを送る時は、何か言いたいことがある時だ。

もしかしたら、勝手に黒沢の怒鳴り声を聞かせた件で怒り心頭かもしれないな。

終わり良ければ総《すべ》て良しとはいかなかったか……

駅前のけやきひろばで待ち合わせると、黒沢がカーディガンのポケットへ手を突っ込みながら歩いてきた。俺が小学生だったらビビってしまうほどのやさぐれ具合だな。

「……悪かったな」

黒沢から何か言われる前に謝った。こんな人前でいきなり怒鳴られても困るからな。

「何が？」

「黒沢に消しておいてと言われていた声まで聞かせてしまったことだ。黒沢の消しておいてというお願いは覚えていたが、あえて消さない選択をしたからな」

「あぁ……それはもう別に怒ってないわよ」

俺の予想は外れたみたいだ。どうやら別件で俺を呼び出したようだな。

「今日は一件落着したのに、碧が最後までどこか浮かない顔してたから気になって」

「えっ？」

黒沢の言葉に俺は戸惑う。まさか、その件で俺を呼び出すとは思いもしなかった。

「修学旅行の帰りは自分の目標を達成できたからか、清々《すがすが》しい顔をしていたわ。でも、今日のあなたは目標を達成できたはずなのに、ずっとモヤモヤしているように見えた」

知らない間に俺の表情や態度を黒沢に観察されていたようだ。

「俺の事ずっと見てたのか？」

「ええ。あなたの事ばかり見ていたわ」

恥ずかし気もなく堂々と話す黒沢。聞いているこっちが逆に恥ずかしくなる。

「それで、どうしてなの？　何か上手《うま》くいかないことでもあった？」

「いや、昨日も今日も完璧だった。やりたいこともできた」

「なら、どうしてあなたは今も浮かない顔をしているの？」

アリスも俺の顔色を見てくることが多かったから、今の黒沢のように俺の考えや悩みを聞いてくることがあったな。

「赤間のためとはいえ、田崎を騙《だま》して盗聴するような真似《まね》をしてよかったのか分からない。たとえ相手が悪人であっても、俺は人として間違っていたかもしれないって」

「……そのことね」

「赤間の両親を説得した件についても、正しかったかどうか分からなくなっている。問題児の俺達と一緒にいたらプラスになるとは限らないし、また何か巻き込んでしまう可能性だってある。両親に見守られていた方が赤間にとっては正解だったのかもしれない」

年下の黒沢に弱音を吐きたくなかったが、何故《なぜ》か栓が抜かれたかのように次々と悩んでいたことが口から出てしまう。

「黒沢の意に反して、説得するために黒沢の怒声を消さなかったことも正しいことだったのか分からない。欲しい結果は得られたが、やり方は間違っていたのかもしれない」

理想論かもしれないが、誰も傷つけずに目標を達成できればよかったと思っている。

今回は目的のためとはいえ、俺は手段を選んでいなかったかもなと後悔している。

「今回の件であなたのしたことは、全て正しかったわ」

黒沢は悩む俺を前にして、迷いなく全肯定してくれる。その目には同情も感じない。

「何故、そう言い切れる」

「私が正しいと思ったからよ。あなたが間違ったことをしていたら、その時はちゃんと伝えていたもの」

黒沢の持論。黒沢の中では、俺の行いは正しかったようだ。

「田崎の件だけど、あなたは警察のように被害者のために悪い人から事情聴取をしただけよ。両親への説得も赤間さんが悪くないことを理解してもらうためにした正義。その後に赤間さんがどうなるかは彼女の選択次第だからあなたに責任は無い。私の要求を無下にしたのも両親を説得するため。恥ずかしさはあったけれど、まったく怒ってはいないの」

黒沢は俺の正しさを全て言葉で伝えてくれる。言葉にしてくれるから理解できるし、正しいと思ってくれていることも伝わってくる。

「そう言ってもらえると救われるな」

抱えていたモヤモヤが黒沢の言葉で晴れていく。まさか答えを黒沢が教えてくれるとは。

「……私も同じだった」

「え？」

「前に私がバイトを辞めた時に碧は言ってくれたじゃない。これからもずっと肯定するし、正しいことを否定したりしないって」

黒沢がバイトをクビになった件は、俺からすれば黒沢は正しいことをしていて間違っていないと思った。だから俺は黒沢を肯定した。たとえ世間は否定しようが、俺だけでも黒沢の正しさを認めようと思った。

「碧は私の正しさを認めてくれる。だから、私も碧の正しさを認めるの」

安心感を得られる黒沢の見守るような笑顔。その笑顔がアリスと重なる。

「たとえ、みんながあなたを間違っていると否定してきても、私だけはあなたは正しいと唱え続ける。何があっても味方で居続けるわ」

正解か間違いか答えが出ずに自分でも迷う時、アリスは代わりに白黒はっきりつけてくれた。その答えを俺は信じて、前に進むことができていた。

今はもう自分で正解か間違いかを判断しなければならないと思っていたが、また答えをくれる人が目の前に現れた。

「あなたは間違っていない。正しいことをした」

その言葉で肩の荷が降りる。いや、降りたのではなく黒沢が代わりに背負ったのか？

俺が黒沢をバイトの一件後に肯定してあげた時も、同じ心境だったのだろうか……

「正しいことを全て理解している私が言ってるのよ。受け入れなさい」

「……ありがとう」

「それは私の台詞よ。碧のおかげで、晴れてみんなでゲームセンターに行けるじゃない」

屈託のない黒沢の笑顔。胸に渦巻いていた不安や迷いを一瞬で払いのけてくれる。

「カワウソのキーホルダーを必ず手に入れるわ」

動物が好きなところもアリスと似ているな。カワウソに熱狂してはいなかったが……

似ているところもあるけど、アリスと黒沢は違う。それを勘違いしてはいけない。

「言いたいことも言えたし、帰りましょうか」

再びアリスと同じ笑みを見せる黒沢。頭の中で否定しても、どうしても重なってしまう。

「ちゃんと家に帰れる？」

「子供扱いするなって」

「ふふっ、いつもの仕返しよ」

子供扱いにいつも怒る黒沢が、今度は俺を子供扱いしてきた。

「明日は黒沢が行きたがっていたゲーセンへ遂《つい》に行けるけど、ちゃんと寝れそうか？」

腕を組んでいる黒沢は、むっと頰《ほお》を膨れさせ俺を睨《にら》んでくる。

「遠足の前とかワクワクして寝れない奴《やつ》みたいになるなよ」

「寝れるに決まってるでしょ！　子供扱いしないでよっ！」

怒った黒沢から逃げるようにして帰る。

俺を気遣ってくれた黒沢に、つい強がって余計な仕返しをしてしまった。

やっぱり余計な一言は言わない方がいいな——

第二章　いけない遊び？

昨日は赤間《あかま》の現状を良い方向へ進むように変えることができた。

だが、赤間の全ての件が解決したわけではなく、まだみんなの抱えている問題は多い。

みんなが抱えている問題が多いほど解決できる機会があるわけだし、個人的には成長できる場が多く用意されているとプラスに考えることもできる。

自分を変えたい。その願望はみんなの悩みや問題を解決することで叶《かな》っていくものだと俺は思っている。

赤間は今後の人生で、炎上したこととどう向き合っていくか、どう幸せになっていくかが課題だな。赤間には絵の才能があるみたいだし、それを活《い》かす場を用意してあげたい。

教室に入ると、先に登校していた赤間の姿が見えた。赤間の現状がさらに良くなるように手助けをしたい。行動力のある男になりたいので、早速提案してみるか。

「赤間、ちょっといいか？」

明らかに聞こえたであろう距離で呼んだのだが、返事はない。

もしかして、何か嫌われるようなことでもしてしまっただろうか……

「赤間、聞こえてないのか？」

「……昨日は鈴《すず》って呼んでましたよね？」

やはり赤間に俺の声は聞こえていた。ただ、不満気な顔をしている。

「あ、あれは両親の前だったからな」

「もう鈴呼びに慣れてしまったので、赤間呼びでは反応できなくなっちゃいました。なので、鈴って呼んでください」

あまりにも無理やりなお願いだが、断る理由もないので素直に頷《うなず》いた。

「鈴、ちょっといいか？」

「ふぁ、はい」

顔を赤くしてあたふたしている鈴。ぜんぜん慣れていないな。

「美術部に復帰するのはどうだ？」

鈴は炎上が起きるまでは美術部に所属していた。絵の上手さは俺も何度か見たことがあるし、作品がコンテストで賞を取っていたことも橋岡《はしおか》先生から聞いている。

「……どうしてですか？」

「せっかく才能があるのに、炎上の件でそれを放棄してしまうのはな……」

金田《かねだ》は怪我《けが》でサッカーができなくなったらしい。その場合はどうしようもないが、鈴は美術部を退部せざるを得なくなっただけで、絵が描けなくなったわけではない。

「美術部にあたしの居場所はもう無いです」

「そこは俺が説得する。炎上の件も鈴は悪くなかったと今なら証明できるし」

「それでも、戻れないです。肩身の狭い環境で周りの目を気にしながらでは、きっと絵を描くのも嫌になると思います」

辞めた部活に戻るのは、流石《さすが》にハードルが高いか……

「それに美術部に所属していなくても、コンテストには応募できます」

「た、確かにそうだな。道具を借りれなくても用意すればいいし、描く場所が無くても別の場所を用意すればいいか」

無理強いはできないし、新しい環境でできるのならそれも悪くない選択のはずだ。

「でも、コンテストって応募時に名前を書いたりしなきゃいけないのか。名前が審査に影響しなくても、受賞後に炎上の件を知る人に気づかれて問題になるか……」

たとえ美術部の人達を説得できたとしても、その先で詰まってしまうかもしれない。

どうにか赤間を幸せに導くために居場所や活躍できる環境を用意できたらなと考えていたが、簡単にはいかないようだ。

「そんなに落ち込まないでください。漫画とかの応募やアニメ系のイラストコンテストだとペンネームとかを使えば名前を隠したりできます。審査する人に気づかれてしまえば影響はあるかもしれないですが、世に出た後も世間にはバレずに済むかもです」

「そうか、ペンネームを使えばいいのか」

確かに漫画家やイラストレーターは本名を使わずにペンネームを使っていたな。

それなら、鈴が別の名前で新たな居場所を手に入れることもできそうだ。

「今までは炎上のことで何もやる気が起きなかったんですが、先輩達と出会ってから思い悩む日も減ってきたので、また絵を描こうと思える日が来るかもしれません」

どうやら今は鈴の傷を癒すことが、鈴が前に進むための一番の近道のようだな。

「そうだな。今は深く考えず、ただ俺達と一緒に居ればいい」

「はい。先輩の傍《そば》にいますね」

ちょっと焦り過ぎたな。みんなにはそれぞれ自分のペースがあり、俺のようにとにかく即行動というわけにはいかない。

急いで問題を解決していったって、簡単に自分を変えられるわけじゃないからな。

「でも、どうしてあたしにもう一度、絵を描いてほしいと思ったんですか？」

「鈴が炎上前よりも幸せになるためにはどうしたらいいかずっと考えてた。それには絵で成功して新たな居場所を得たり、友達がさらに増えていくのが理想かなと思った」

「茂中《もなか》先輩……」

鈴は俺の右腕を摑《つか》む。そして、じっと見つめてくる。

「あたしもずっと茂中先輩のこと考えていますよ」

「俺のことは気にしないでいい」

「それは無理です。いつでもどこでも茂中先輩の顔が浮かんでしまいますので」

みんなと仲良くなることで俺だけに固執することは無くなるのではないかと淡い希望を抱いていたが、むしろ前よりも依存度が強くなっているような気がする。

俺も金田のようにクズアピールをして、多少は距離を置かれた方がいいのか？

「……鈴って何カップなんだ？」

「えっ？」

あぁ！　やっちまった！　人生で一番血迷った。

鈴も驚いた表情を見せている。クズアピールをしようと必死になり、冷静さを欠いてとんだセクハラ発言をしてしまった。これでは距離を置かれるどころか絶縁されてしまう。

金田のせいで変に毒されていた。あんなこと迂闊《うかつ》に言えるレベルじゃない。

「そ、それは茂中先輩でも言えませんよ」

やはり、拒否された。たとえ依存している相手であれ言いたくないに決まってる。

「だから、触って確かめてください」

誘うような目で胸を持ち上げ、より大きく見せてくる鈴。

「……どうしてそうなる？　金田のようにキモイとか言っていいんだぞ」

「他の人に聞かれるのは虫唾《むしず》が走りますけど、茂中先輩だと嬉《うれ》しいです」

どうやら俺は舐《な》めていた。多少の失言では嫌われないほど、もう依存されている。

「朝から何してんの？」

教室に入ってきた白坂《しらさか》が、俺達に不審な目を向けている。

「茂中先輩があたしの胸の大きさを確かめたいって」

「うわ〜それ本当だったらドン引きだ」

白坂に距離を置かれてしまっている。鈴がこうなることを期待していたのだが……

引かれると傷つくので、クズアピールなんて迂闊にするものではないな。どうやら金田は俺が思っていた以上に凄《すご》いことをしていたのかもしれない。

「おいおい、何かあったのか？」

登校してきた金田が、いつもとは違う俺達の空気を察して駆け寄ってくる。

「金田の真似《まね》をしてクズ発言しようとしたが上手《うま》くいかなかった」

「何だよそれ。クズ舐めんなよなパイセン」

「すまなかった。何か見本を頼む」

「しゃあねーな」

金田は鞄《かばん》から安そうな手鏡を取り出してすぐにわざとらしく落とした。

手鏡は白坂の足元へ落ちると、真上にある白坂のスカートの内側を映し出す。

すぐに気がついた白坂は手鏡を慌てて上履きで踏み砕いた。

「あぁ!?　俺の手鏡っ！」

「わざとでしょ！」

「わざとだよ！　それにまだ見れてなかったし、ふざけんな！」

「何で逆ギレできんの!?　本当にクズねっ」

金田の場所だとギリギリ見ることができなかったかもな。俺は白坂と近かったから水色の何かが見えてしまったが……それにしても、やっぱり本物はやることが違うな。

俺達が珍しく教室で騒がしさを見せていたためか、周りから注目が集まっていた。

修学旅行のために班を結成した時、クラスメイトは俺達を憐《あわ》れむような目や蔑むような目で見てきた記憶がある。でも今は、それが少し変わってきている。

クラスの余り者の問題児という肩書を外せば、俺達はクラスの中心グループである木梨《きなし》達と見劣りはしないはずだ。なんせ白坂はモデルだし、黒沢《くろさわ》や鈴も性格に難ありと思われているとはいえ可愛《かわい》さはクラスでもトップレベル。金田も見た目だけはイケメンだ。

俺達が修学旅行後も集まっている姿を見ているからか、憐れむような目は薄れてきており、蔑む目に関しては男子限定で羨むような目に変わりつつある。クラスで悪い意味で浮いていた俺達が、特別だからこそ浮いてしまう状況になる日も来るかもしれない。

ただ、俺達への視線が逆に負の方へ変わってきているクラスメイト達もいる。それはこのクラスで圧倒的にイケイケの木梨達のグループだ。

あのグループだけは、俺達がまとまっているのを快く思っていない。金田と白坂はあのグループとひと悶着《もんちやく》あったようなので、因縁のようなものも生まれてしまっている。

いつか一触即発の事態になってもおかしくはないかもな……


放課後になると、みんなが俺の席へ集まってくる。

「さて、予定通りゲーセンに行くか……どこの場所がいいんだ？」

さいたま新都心《しんとしん》には大きなゲームセンターは無いが、電車を利用すれば選択肢は多い。

「隣駅の大宮《おおみや》にラウンドワンあったろ。そこでよくね？」

「あ〜行ったことあるな。そこ行くか」

金田の提案に乗り、隣駅のゲームセンターへ向かう。

「茂中先輩はゲーセンとかよく行きますか？」

「自分から行くことはないけど、付き合いで何度か行ったことはあるな。鈴は？」

「……前の友達とかと何度か行ってましたね」

きっと田崎《たざき》達と行っていたのだろう。余計なことを思い出させてしまったか。

今では上級生になってしまったクラスメイト達と俺も行ったことがある。俺が学校を休み続けて関わることが減っていき、最終的に留年して疎遠になった。

きっと留年した俺にドン引きしていることだろう。学校でも元クラスメイトとたまにすれ違うが、声をかけられることは少ない。

「白坂はゲーセンとか行ったことあるか？」

「モデル活動する前は何度か行ったけど、有名になってからは行ってない」

有名人でも友達と一緒なら遊びにも行けるだろうが、一人だと外に出るのも怖かったはずだ。誰かに見つかって囲まれたりでもしたら、相手に悪気はなくても気疲れするはず。

「もし何かあったらいつでも呼んでくれ。すぐ助けに行くから」

「ありがと。みんなと一緒なら安心して行けるよ」

俺達と一緒に行動することで白坂の行動範囲は広くなったはずだ。人目が嫌いなのに積極的に付いてきてくれるのは、一人だとどこにも行けないことの反動かもしれない。

学校を出て電車に乗り、隣駅の大宮駅へ着く。十分ほど歩くと目的地へ辿《たど》り着いた。

カラオケルームやボウリング場、ゲームセンター等で楽しめる娯楽施設のラウンドワン。

学校帰りの学生や若者の姿が多く、同じ新都心高校の生徒も見かける。

「あ～グレてる。グレてるわ私」

初めてのゲームセンターで武者震いをしている黒沢。本人は冗談で言っているつもりではないのだろうが、見ていて面白いな。

「やっぱりグレられると嬉しいものなのか？」

「嬉しいというか、生きてるって感じがするわね。やってはいけないことをすると、不安や緊張もあるけどドキドキもするじゃない？　刺激が強くて気持ちいいわ」

危なっかしい癖を持ち合わせている黒沢。いつか、悪い人達に騙《だま》されて連れていかれないか心配になるし、ふとしたきっかけで道を踏み外していかないか不安にもなる。

「俺も子供の時に友達同士でゲームセンターへ入った時は似たような感覚だったかも」

「それって、私を子供扱いしているのかしら?」

拳を握ってこちらを見ている黒沢。自分で子供っぽいアピールしておいて、そこに触れると追い込んでくるなんて……こんなのもはや罠《わな》だろ。手に負えない。

「カワウソいたらいいな」

「そ、そうね。家での観賞用と外に持ち歩く用で二つ欲しいわ」

カワウソの話題で何とか怒りを鎮めてもらう。黒沢を怒らせてしまった時のために、怒りを鎮めるカワウソのぬいぐるみを持ち歩くのもいいかもしれないな。

エレベーターで三階へ上がると、大量のクレーンゲーム台が広がっていた。

「ゲームセンターにクレーンゲームってこんなにあるのね。一つや二つかと思ったわ」

黒沢が驚くのも無理もない。十台以上並んでいるクレーンゲームが何列もあるからな。ぬいぐるみ以外にもお菓子やジュースまでもが景品として置いてある。

「あっ、これ欲しいかも」

鈴が立ち止まった台は、有名なアニメのキャラクターが手のひらサイズのぬいぐるみの景品となっていた。

「このアニメが好きなのか？」

「はい。漫画も全巻持ってます。特にこのバイキーってキャラが好きなんです」

鈴はアニメや漫画が好きなようだ。今まで話題に出してなかったので知らなかったな。

このアニメがイケメンのヤンキー達が活躍する物語だということは知っている。やっぱり女の子って不良系の男に憧れるのか……俺も問題児だからそっち側ってことなのか？

「やってみるか？」

「はい。せっかく来たので」

鈴は二回チャレンジしてみたが、他のぬいぐるみがアームに引っかかるせいで上手く掴むことはできなかった。

「これは、絶対に取るってなると千円はかかりそう」

泥沼になりそうな未来が見えて手を引く鈴。クレーンゲームは簡単には取れない。ゲームセンターも商売であり、儲《もう》けないといけないからな。

「位置をずらしてもらうってのはどうだ？」

金田が赤間に提案する。景品が絶対に取れない位置に落ちてしまったら可能かもしれないが、取《と》り辛《づら》いだけで位置を変えてくれるのだろうか……

「そうだね。このままじゃ取るの難しそうだし、位置はずらしてもらおうかな」

店員へ一声かける金田の案には鈴も賛成のようだ。

「……じゃあ、みんなちょっと違う場所にいてて。店員さん呼んでくるから」

俺達は鈴の指示を疑問に思いながらも、少し距離を空けて様子を見る形となった。

「何で一緒にいちゃいけないんだろ？」

「わからん。一人の方が何か都合がいいのかもしれない」

鈴は通りかかった店員さんを呼び止める。

「あ、あの……あれやってたんですけど、ぜんぜん落ちなくて。なので、できればお兄さんに位置をちょっとズラしてもらえたりできないかなって……」

上目遣いであざとくお願いする鈴。店員さんにすがる感じが上手く、鈴は気弱そうにも見えるから助けてあげたい気持ちになりそうだ。

店員さんもちょっと恥ずかしそうにしているのが見えるな。少しあたふたした様子でクレーンゲーム台のガラス窓を開け、景品の位置を変えてあげている。

「こ、これで取れると思うよ」

「ありがとうございます。お兄さん、優しいんですね」

店員がとりあえず去っていくが、鈴の様子をチラチラと見て気にしているようだ。

俺達が鈴の元へ戻ると、白坂がクレーンゲーム台を見て驚く。

「何これ!? もう触れるだけで落ちるじゃん！」

白坂の言う通り、鈴が欲しかったぬいぐるみは身体《からだ》半分が既に取り出し口の上にある。

少しでもずらせば取れる状況であり、もう勝ち確定という位置だ。

「やりやがったな赤間……」

驚愕《きょうがく》している金田。どうやら金田は赤間の意図に気づいたようだ。

「男も欲望には勝てない。一人でゲーセンに来ている可愛い女の子に優しくすれば下手すりゃ好かれてエッチできるかもって思うに決まってる。まさかその手があったとは」

金田の発言にドン引きしている女性陣。よくそんな最低な考えを自信満々に言えるな。

まぁ世の中には色仕掛けなんて言葉があるように、異性を誘惑して何かを得ることは不可能ではない。相手次第だが、金田みたいな下心満々の奴《やつ》は引っかかるかもしれない。

「いや別にあたしはそこまで考えてなかったけど。みんなでわちゃわちゃしているグループよりは、女の子一人で来ている客の方が優しくしてくれるかもとは思ってたけど」

鈴は次の百円で取ることができたが、景品を入れる袋を持ってきてくれた先ほどの店員は男の俺達を見て絶望していた。まさか鈴が男連れだとは思わなかったのだろう。

「何かを得るためには手段を問わない。赤間め、可愛い顔して恐ろしい奴だな」

「だから別にそんなんじゃないって、あくどい感じで言わないでよ」

俺も店員だとしたら、鈴にあんな風にお願いされれば普段よりも取りやすい位置に置いてしまうかもしれない。

「確かに、金田みたいなクズ男にはそういう手も通用しそう」

白坂は呆《あき》れてため息をついている。男ってのは想像以上に単純な生き物かもな。女の子には優しくしてあげたくなるし、良いところを見せたいと思うものだ。

「そうだ、女は男を騙す生き物。この前もＳＮＳでグラビアアイドルの女性が私のどこが好きですかって投稿してたから、素直におっぱいと書き込んだらブロックされたぜ」

「生きてて恥ずかしくないの？」

白坂の無慈悲なツッコミ。まぁ男なら誰しも女に一度は騙されるものだ。

鈴の欲しかった景品を取り終えた後はカワウソのキーホルダーを探したのだが、それらしき景品が置いてあるクレーンゲームは見当たらなかった。

「黒沢が見かけたカワウソのキーホルダーは無さそうだな」

段々と顔が青ざめていっている黒沢。ショックを受けていることは明白だ。

「ゲーセンによっては景品のラインナップも違うから、別の店も行ってみるか？」

金田も見てられなくなったのか、黒沢を気遣う発言をする。

「べ、別にそこまでカワウソにご執心でもないわ。カワウソがいなかったからって、駄々《だだ》をこねる子供じゃないし」

半泣き状態で言われても、ただの強がりにしか見えない。

「キーホルダーじゃないけど、あっちに大きなぬいぐるみならあったよ」

「えっ、どこどこ」

鈴の言葉を聞いて表情をパッと明るくする黒沢。まるでおもちゃを見つけた子供だ。

俺達も鈴の指した方へ向かうと、大きなカワウソのぬいぐるみが景品として置かれているクレーンゲーム台があった。枕並みに大きく、可愛《かわい》い表情をしている。

「何これ可愛すぎるでしょ！」

先ほどまでの落ち込みが嘘《うそ》であるかのように、テンションが上がっている黒沢。

「キーホルダーよりも、むしろこっちの方が良いわね」

ウキウキの黒沢は財布を取り出し、百円を入れて早速ゲームをプレイする。黒沢にとって初のプレイだったが、見事ぬいぐるみの真上にアームを置くことができている。

三本のアームがぬいぐるみの中心をしっかりと摑《つか》んだ。しかし、少し上に持ち上げたところでぬいぐるみが落ちてしまい、景品ゲットとはならなかった。

「あ、あれ？」

黒沢は呆然《ぼうぜん》としている。鈴がプレイした台と異なり、取れる可能性すら感じなかった。

「む〜私も店員さんにお願いしてみるわ」

どうしてもカワウソが欲しい黒沢は店員さんを探しに行ってしまう。

俺達はクレーンゲーム台から距離を取り、黒沢の行く末を見守る。黒沢には鈴のようにあざとくお願いするやり方は難しいと思うが、果たして……

「どうしましたか？」

「……これ欲しいから、ちょっと位置をずらしなさい」

店員さんを上目遣いというか睨《にら》んでいて、言葉も命令口調で可愛げはない。

「わかりました」

カワウソのぬいぐるみを初期位置までちょっとずらしただけの店員さん。鈴の時のような優しさはなく、マニュアル通りの対応を見せている。

「もぉ！　何で私には優しくしてくれないのよ！」

黒沢の元へ戻ると、頭を抱えている黒沢が嘆いていた。

「黒沢は愛想悪いから片乳でも出さないと無理じゃねーのか？」

「出すわけないでしょ！」

金田の冗談に黒沢が吠《ほ》える。金田の案を軽く脳内再生してみたが、相当な破壊力があったので思わず顔を左右に大きく振って我に返った。

「もういいわ。自力で取るから」

黒沢は再び百円を入れてプレイするが、前回と全く同じ結果になって肩を落とした。

「ぬいぐるみの重さに対して、アームの力が弱すぎないか？」

このクレーンゲームは取れる気がしない。何度やっても結果は変わりそうにない。

「むぅ〜もう一回よ」

「おいこれ以上はやめとけ、こいつはきっと確率機だ」

黒沢を止める金田。どうやら他のクレーンゲームとは勝手が違うらしい。

「確率機？」

「こういうのは、ある程度お金を入れないと絶対に取れない仕様になってんだよ。一定金額を超えるとアームの力が急に強くなってあっさり取れるんだ」

金田が言っていることは事実っぽいな。この台に可能性を感じない理由も理解できる。

「そんな説明どこにもないじゃない」

「別に説明する義務なんてねーからな。まぁゲーセンによく行く奴なら誰でも知ってることだと思うが、初見さんには厳しいやり方だな」

「ゆ、許せないわ。そんなの詐欺じゃない」

「まぁゲーセン側も商売だしな。別に味方じゃないし、俺達を安い金で喜ばそうなんて優しさはない。儲けるための商売をしなきゃ成り立たねーんだよ」

正義の黒沢が怒るのも無理はないが、これが現実だな。この景品を千円で仕入れたとしたら、その三倍ぐらいの値段で取ってもらわないと儲けが出ないというわけだ。

「じゃあ、このカワウソは大金が無いとゲットできないの？」

現実を理解したが、このままでは黒沢が可哀想《かわいそう》だな。

「天井設定がいくらかは知らねーけど下手したら三、四千円はかかると思うぜ」

高校生の俺達が簡単に払える額ではないな。それに、いくらで取れるかも分からない恐怖をまとったギャンブル性も絡んでいる。

　中学の時にスマホのアプリゲームで、お目当てのものが欲しくて取れるまで課金してしまい、お年玉を全て使ってしまったクラスメイトがいた。こういうのは一度挑戦することを決めたら逃げられなくなる。地獄の空気にならないように止めてあげないとな。

「まぁお小遣いはあるけど、下手したら四千円か……」

「ここで無理して取る必要はない。今度別のゲーセンにも行こう。そうすれば、簡単に取れるカワウソもあるかもしれない」

「そうね……」

　楽しんでいた玩具《おもちゃ》を取り上げられてしまった子供のように落ち込んでいる黒沢。

「ごめんね」

　黒沢はガラス窓の奥にぽつんと佇《たたず》んでいるカワウソのぬいぐるみに謝っている。

　救いたい……そんな気持ちにさせるほど、悲しそうな黒沢は見ていられない。

「じゃあ、私が取っちゃおうかな～」

「ちょ、ちょっと待ちなさいよ」

「別に黒沢のものってわけでもないじゃん」

　そう言いながら百円玉を入れ、クレーンゲームをプレイする白坂。ただ、アームは摑んでは真下に落とすだけで、景品を取ることはできなかった。

続けて百円玉を入れる白坂だが、結果は何一つ変わらない。その様子を見て黒沢は安堵《あんど》の表情を浮かべる。

「ん～駄目か～」

「愛が足りないのよ」

ガッカリしている白坂の隙をつき、黒沢は割り込むように百円玉を入れた。

しかし、結果は同じ。もはやカワウソのつぶらな瞳が煽《あお》っているように見えてくるな。

「愛が足りないのはそっちじゃん」

再び白坂が百円玉を入れるが、結果は変わらない。まるで二人は張り合うように交互に百円玉を入れていくが、十回目を超えても結果は変わらない。

「私が取るのよ」

「いいや、私だね」

ヒートアップしていく二人を見て俺達は心配になる。次々とお金が注《つ》ぎ込まれていき、本当に取れる瞬間が来るのか不安にさせる。

それにしても、白坂はどうしてカワウソのぬいぐるみをあそこまで欲しがっているのだろうか。カワウソが好きだとか、ぬいぐるみが好きだなんて話は今まで聞いたことないが。

「そろそろ決着じゃないかしら？」

「だね。ここまで来ると譲れなくなってきた」

二人で千円ずつ、合計で二千円。最初の数回も合わせれば既に二十回以上はプレイしている。本当に確率機なら、もういつ取れても不思議ではない。

「あら、なんだかいけそうだわ」

明らかにアームの挙動が変わり、カワウソのぬいぐるみが出口まで運ばれていく。

だが、落下したカワウソは出口の縁に阻まれてギリギリ取ることができなかった。

黒沢が取れなかったのは致命的であり、これであのアームの強さが継続されているのなら白坂が景品を取る可能性は非常に高い。

「大チャンスじゃん」

威勢を無くした黒沢は泣きそうな目でチャンスに息巻いている白坂を見ている。

「あ〜やっちゃった」

カワウソのぬいぐるみが出口付近だったこともあり、出口の縁にアームを引っかけてしまいカワウソのぬいぐるみを上手《うま》く摑むことができなかった。

既に十回以上プレイしている白坂がこんな大事な場面で初歩的なミスを犯すのはおかしい。まるでわざと取らなかったように俺には見えてしまった。

「私のカワウソ愛が幸運を導いてくれたのね」

そう言いながら黒沢が再び百円を入れて挑戦を始める。白坂のミスを繰り返さないようにアームの位置を調整し、カワウソのぬいぐるみをしっかりと持ち上げた。

「やったわ～！」

出口に落ちて行ったカワウソを慌てて取り出し、嬉《うれ》しそうに抱きしめた黒沢。

「超可愛いわ！　凄《すご》いモコモコ！　何これ最高じゃない！」

喜び過ぎて大興奮の黒沢。普段の斜に構えた感じとはあまりに異なり、みんなちょっと引いてしまっている。

「……こほん。ぬいぐるみとか、子供じゃないからそこまで喜べないけど」

周りを見て平静さを取り戻す黒沢だが、どう考えても誤魔化《ごまか》せる範囲を超えている。

「取れてよかったじゃん」

「残念だったわね白坂さん。まぁあなたのおかげで半額で取れたから少し触らせてあげてもいいわ」

「別にいいし。ちゃんと大事にしてくれればね」

白坂は悔しがっているというよりかは、黒沢が無事にカワウソのぬいぐるみを取ることができて安堵しているようにも見える……そうか、そういう意図があったのか。

「これ使ってくださ～い」

黒沢は店員さんが渡してきた大きな袋にカワウソのぬいぐるみをしまう。

「私ちょっとお手洗い」

「わかった。この辺で待ってるよ」

白坂が一旦抜け、俺達は待ちながら他のクレーンゲームを適当に見て回る。

「俺もお手洗い行ってくる」

少し間を空けてみんなの元から抜ける。女子トイレの前まで着くと、白坂がハンカチで手を拭きながら出てきた。

「何、出待ち？」

俺に気づいた白坂はどこか嬉しそうに俺の元へ駆け寄ってきた。

「ちょっと聞きたいことがあってな」

「あ〜茂中さんにはバレちゃってたか」

俺が話す前に内容を察する白坂。自分でも少し露骨だったと自覚しているのだろうか。

「本当はカワウソのぬいぐるみを取る気なかっただろ」

「……絶対に黒沢には黙っててよね」

「何で自分のお金を使ってまであんな張り合う真似《まね》したんだ？　一緒に取ろうと協力すれば黒沢にも感謝されて白坂も報われた気がするが」

「黒沢はお金出すよとか言っても多分断ると思う。だから張り合う演技してお金を負担してあげたんだけど、演技が下手だったかな？　全然ダメだね私……」

女優を目指しているだけあって演技力を気にしている白坂。

「私が取ったらやっぱいらないって演技して黒沢に渡そうとしてたけど、演技力に自信無かったから最後は露骨にミスしちゃった。結局、茂中さんに気づかれちゃったけど」

「そんなやり方じゃあ白坂が損するだけだろ」

「それでいいよ。あんな落ち込んでるの見てられなかったし」

白坂はショックを受けていた黒沢をどうにかしたかったようだ。俺は別の店でカワウソを見つけようという案を出したが、白坂はお金を注ぎ込んで黒沢に取らせようと考えた。

「それに私、モデル活動してただけあってお金に余裕あるから気にしないで」

最近になって白坂の金銭事情を把握してきた。白坂が使っている鞄《かばん》も財布も、テレビで超高級ブランドと紹介されていたお店のロゴと一緒だったからな。

「お金持ってるくせに、修学旅行の時は助けられなくてごめんね。私、今回みたいにあげるような使い方はいいけど、お金の貸し借りとかは絶対にしないことにしてるから」

「別に気にしてない。誰もたまたま一緒の班になったクラスメイトにお金なんて渡さないだろ。白坂は当たり前のことをしたまでだ」

「黒沢は違ったけどね」

「あれは黒沢が変わっているだけだ。まぁ、いつか何らかの形で返したいけど」

「やっぱりそうだ。茂中さんってあげるって言っても絶対にいつか返すって言いそうだったし、実際に黒沢にもちゃんと返そうとしてる」

　どうやら白坂はお金を人に貸すことに異様な抵抗があるようだな。

「何かお金関係で失敗したことあるのか？」

「うん、両親いなくなった」

白坂は普通のトーンで驚く言葉を返してきた。一人暮らしをしているとは聞いていたが、今は両親がいないのか？

「……そろそろ戻らないとみんなに怪しまれちゃうよ」

詳細は語りたくなかったのか、白坂はみんなの元へ歩き出したので俺も後を追う。

白坂が無表情で悩んでいるのは、両親の事も関係しているのかもな……

「損な役回りかと思ったけど、案外悪くなかったかも」

「どうしてそう思ったんだ？」

「黒沢のあの馬鹿みたいな喜びと笑顔は私がいなきゃ生まれなかったんだって思うとね」

俺と目が合った白坂は、したり顔を見せてくる。

初めて見る白坂の表情。ちゃんと感情が伝わってきて、心の声が分かる。

きっと今までにない経験をしたから、表情が無意識に出せたのだろう。

誰かと一緒に過ごすことで、多くの感情が湧き出て色んな表情が引き出される。

白坂は自分を変えたいと言っていたので、黒沢のためとはいえ今回のような真似を自発的にしたのだろう。俺も見習いたくなる行動力だな。

「でも、茂中さんだけは私を損な役回りにさせないでよね」

最後にそう告げて、みんなの元へ駆け寄り合流した白坂。

先ほどの言葉は、どういう意図で言ってきたのだろうか……

「ゲームセンターにも、こういうのあるのね」

黒沢はゲームコーナーに置かれていたパチンコやスロット台を見ている。

「こんなところにあったら十八歳未満の人でもしれっと遊べちゃうじゃない」

「ゲームセンターに置いてあるのは別に子供でもできるはずだ。パチンコ屋のものと違って当たっても換金できるわけじゃないから博打《ばくち》要素もないし」

「そうなの!?」

俺の説明を聞いて驚く黒沢。そして、何故《なぜ》か目を輝かせている。

「法の抜け穴じゃない。子供でパチスロなんて悪ね」

「実際に子供が遊んでいるところはあんまり見たことないけど」

「それもそうよ。こういうのは子供が遊んではいけないものとみんな認識しているもの」

子供が遊ぶにはハードルの高いパチスロ。俺も一度も遊んだことはないしな。

「まだ十八歳でもないのにパチスロをやったなんてことになれば、けっこうなグレっぷりになるわね。ちょっとこれをやってみるわ」

まさかのパチスロに食いついた黒沢。女子高生がゲームセンターに来てパチスロをやろうとはならないから、珍しい光景が見れるかもな。

「この台にしようかしら。シンプルで分かりやすそうね」

黒沢はジャグラーと書かれたパチスロ台にお金を入れて遊び始める。

「いけない遊びをしているわ。ハラハラドキドキね」

別にいけないことではないが、黒沢の中では禁断の遊びなのだろう。

「チェリーが当たったわ、可愛《かわい》いわね。BGMも楽しい感じで良いじゃない」

カワウソも取れてグレることもでき、ご機嫌な黒沢。パチスロで可愛いという表現が出るのは女の子特有かもな。

「今の私、かなりのグレっぷりかしら？」

にやりとしながら俺達の方へ振り向いてきた黒沢。

パチスロ台の前に座っている姿は、とても元生徒会長には見えない。スカートも短くムチムチな太ももが露《あら》わになっており耳にはピアスも見えて、ギャルとまではいかないが派手でやんちゃな女子高生姿にはなっている。

「パチスロしている後姿はどこから見ても問題児だぞ」

「……私も変われたわね。今まで真面目だったぶん、もっとグレてやるんだから」

真面目に生きてきたのに、最後には真面目過ぎて追放された黒沢。その反動で過度にグレたがっているが、危険な行為はしないように見守ってあげないとな。

「これ、当たったら何か貰《もら》えるの？」

白坂も興味が出てきたのか、パチスロ台に食いついている。

「多分当たるとメダルが出てくるんだと思う。それで隣のメダルゲームコーナーで遊べたりするんじゃないのか？」

「ふ〜ん、私もやってみようかな」

白坂も黒沢の隣のパチスロ台に座り、遊び始める。

金田と赤間は少し離れた場所で音ゲーのコーナーを一緒に見ていた。

「あっ、マスカット当たった」

「やるわね。あなたも良いグレっぷりじゃない」

白坂はグレている女子高生というよりかは、カジノで遊んでいるセレブ感があるな。

黒沢と白坂は言い争いも多いが、気が合うことも多い。最初は相性が悪そうな二人だと思っていたが、真逆な二人だからこそ凹凸ががっちりはまる時もあるようだ。

「ちょっと待って、ウケるんですけど」

聞き覚えのある声が聞こえたので振り向くと、そこにはクラスメイトの木梨達がいた。

「ちょっと待ってちょっと待って、ヤバくない？」

俺達を馬鹿にしたような笑みを浮かべているクラスメイトの女子の水野《みずの》。みんな待っているのに、ちょっと待ってと連呼している水野の方が俺から見たらヤバいと思うが。

木梨達に気づいた白坂は顔を伏せてしまう。黒沢は気にせずに左打ちをしている。

「最悪……」

白坂は水野という生徒と一時期仲が良かったが、一緒にいると自分が虚《むな》しくなると言われて距離を置かれてしまい、白坂が孤立するきっかけになったと修学旅行の時に聞いた。

「白坂さんも落ちぶれたもんだね。炎上バカ女と生徒会長クビの性悪女とヤリチンクズと留年幸薄男と戯れてんのもヤバいけど、パチスロの真似事《まねごと》だなんて……くすくす」

白坂の美貌に嫉妬しているからか、ここぞとばかりにマウントを取ってくる水野。

というか、俺は幸薄男って思われてるのか……女子って平気で傷つくこと言ってくるな。

「落ちぶれてるんじゃなくて、グレてるのよ」

「は？　グレるとかガキなの？」

スロットで遊びながら白坂を庇《かば》う黒沢。その姿はさながら不良でどこか頼もしい。

「じゃあ、あなたパチスロやったことあるのかしら？」

「そんな遊び、したこと無いに決まってるじゃない」

「なんだ、あなたまだ大人の世界も知らない子供なのね」

「そんなマウントの取り方ある⁉」

何故かパチスロ経験の有無で勝ち誇った顔を見せる黒沢。とんでもない理論だが、水野はマウントを取られて悔しそうにしている。

「黒沢さん、見損ないましたよ」

水野の後ろにいた現生徒会長の四谷《よつや》が腕を組みながら黒沢へ話しかけている。

彼は教室で黒沢の様子を何度も窺《うかが》っている。何か言いたいことがあるようだったが、遂《つい》に口を開いてきたな。

「俺は黒沢さんの品行方正で真面目な姿を見て生徒会へ入ったのに、それが今では……」

「四谷君だって今まさにゲーセンに来てるじゃない。生徒会長なのにいいのかしら？」

もしかしたら四谷は黒沢のことを好きというか憧れに近い感情を抱いていたのかもな。

そんな憧れの元生徒会長の黒沢が今ではゲーセンでパチスロと向き合っている。四谷の気持ちを想像すると、少し申し訳ない気持ちになってくるな。

「俺は生徒会長に誇りを持っていません。黒沢さんが荒らしていった生徒会を立て直しているだけ。何も守るものがない生徒会長なんですよ」

流石《さすが》にスロットで遊ぶ手を止めた黒沢。四谷を睨《にら》むと、黒沢が恐《こわ》いのか少しひるんだ。

「黒沢さんの友達の緑川《みどりかわ》さんも生徒会どころか学校へ来なくなってしまいましたよ」

「……そうなの」

「そうなのって、無責任な」

黒沢にも友達がいたんだな。緑川なんて名前は一度も聞いたことがないので、別のクラスの生徒のようだな。

「おいおい、合コンでもしてんのか俺も交ぜろよ」

金田と赤間が俺達の元へ戻って来た。元々金田は二ヶ月前まで木梨達のイケイケグループに属していたので、全員と元友達という立場にある。

「出たヤリチンクズ。ほんと気持ち悪い」

学級委員の板倉は金田に拒絶反応を見せる。修学旅行の時に金田が板倉を守るためにヤリチンクズを演じて振った話を聞いたので、これでは少し金田が可哀想《かわいそう》だな。

「俺なんてまだまだヤリチンじゃねーよ。経験人数たったの三十九人だし」

板倉の前では強がってクズ度が増す金田。経験人数も盛り過ぎて信憑性《しんぴょうせい》が無い。

金田がクズを演じるのを止《や》めさせるには、板倉との和解が必須と思われるな。だが、それは二人の様子を見ている限りは困難を極めるかもしれない。

「はいはいキモイキモイ。というか、もう相手選ばず炎上女とヤってんの？」

板倉に睨《にら》まれる鈴。だが、怯《ひる》むことなく睨み返している。

「板倉さんは金田に告白して振られたって話をクラスメイトの人がしてた」

「だから何？　何か文句あるんですか？」

「炎上女以下ってこと」

金田の腕を触りながら煽りまくる鈴。炎上女扱いされたのが癪《しゃく》に障ったのか派手に言い返したな。周りに味方がいる時は強気になるタイプなのかもしれない。

「皆さん落ち着いてください。こんな人前で言い争いしてたら目立って恥ずかしいですよ」

今までただニコニコしながら見守っていた木梨が、状況が危うくなったところで板倉の振り上げそうになった腕を掴《つか》み、みんなに向かって声をかけた。

「お騒がせしてしまい申し訳ございません茂中さん」

「いや、こっちこそ済まない。このままだと埒《らち》が明かないから、お互い離れよう」

「……それはできません。僕達がこのままの関係だと二年四組にとってよくないと思うんですよ。ここで遺恨を残したままだと、クラスの雰囲気も悪くなってしまいますし」

てっきりお互い手を引く流れになると思っていたが、木梨はそうはさせてくれなかった。

何か企《たくら》んでいそうな目を見せている。まるで悪戯《いたずら》を仕掛ける子供のような無邪気さ。

「皆さん、提案があるんですけど、ちょうど良い機会ですし勝負でもしませんか？　せっかくボウリングをやりに来たんです、口喧嘩《くちげんか》よりもボウリングで喧嘩をしましょう」

おいおい、より対立を煽《あお》るような提案してきたな。何を考えているんだ木梨は……

「上等じゃねーか。こっちが勝ったらここからというか、もうラウンドワンから帰れよ」

「かまいませんよ。こっちが勝ったらジュースでも奢《おご》ってください」

金田は木梨の提案に乗ってしまう。木梨から仕掛けるということは、絶対に勝つ自信があるからに決まっている。これはまずい状況だな。

「クラスの問題児達とボウリングなんて気が引けるけど、木梨君が言うなら断れないね」

板倉達は木梨の意見に乗り気ではないが賛同している。木梨がグループのリーダーとはいえ、まるで弱みでも握られているような従順さだ。

「待て、俺達はボウリングをしに来たわけではない」

鈴と白坂は明らかに嫌だという目を俺に向けてきている。何とか場の空気に飲まれないよう、相手の挑発をかわして争う流れを脱したい。

「待つのは碧《あお》の方よ。挑まれた戦いから逃げるなんて情けない真似《まね》できないわ」

負けず嫌いな黒沢も乗り気になってしまっている。これでは賛成派が七人で反対派が三人という圧倒的に不利な状況だ。

「安心してください茂中さん。ボウリング代はこちらで出しますし、長々と遊ぶ気は無いので、すぐに勝負がつくよう一本勝負にしましょう」

そこまで勝負したいのか。それに五人分の料金を出すとか、木梨は金持ちなのか？

「パイセン、あんま重く考えなくていいんじゃねーか？　ただで遊べるみたいだしよ」

「では、受付をしてきますので皆さんは貸し出し用の靴を借りておいてください」

そう言いながら木梨達は受付へ向かってしまう。控えめに見えて問答無用な姿勢、温厚な態度に優しい人だと勘違いする人も多いだろうが、やっていることはえげつない。

「あ〜ムカつく。せっかく楽しい気分だったのに」

木梨達と距離が空いたのを確認して、白坂が愚痴をこぼしながら立ち上がった。

「あんな奴《やつ》らのことは気にしないでいいんだよ。黒沢は生徒会長の時より今の方が好感持てるし、白坂も水野なんかより全然可愛《かわい》いし、赤間も一番胸大きいから優勝だし」

金田なりの雑な励まし。それでも、みんなは少し微笑《ほほえ》んで空気は和んだ。

「あんたわかってんじゃん」

白坂は金田に親指を立てている。真顔だが喜んでいるのが伝わってくる。

「問題児の集まりだからこれからも悪く言われることや小馬鹿にされることもあるだろうな。でも、あいつらはあいつら、俺達は俺達だ」

「そうね、碧の言う通りだわ。私達は何を言われようが堂々としていればいいのよ」

元々、陰では色んな事を言われていた問題児の集まり。一人だと思い悩むこともあるだろうが、今ではみんなで支え合うことができるんだ。

「でも、ボウリング対決とか大丈夫なの？」

「悪いな白坂、ちょっと面倒なことになった……」

もう木梨が受付をしているので今さら逃げられない状況だ。

「黒沢は自信があったみたいだけど、ボウリングが得意なのか？」

「ボウリング……周りが話題に出しているのを聞いたことがあるだけで、実際に遊んだことはないわね。私にもできるのかしら？」

ボウリングも未経験だった黒沢。これは先行きが不安だ……

「ボウリングってのは球を手で転がしてピンピンした棒を倒す遊びだぜ」

金田の解説を聞き、白坂と鈴は白い目を向けている。

「それなら私にもできそうね。ピンピンした棒を倒しまくってやるわ」

遊びのボウリングなら楽しめそうだが、勝負となると敗者が生まれる。木梨が何を考えているか分からないが、俺達を派手に負かして仲を引き裂こうとしているかもしれない。

「白坂と鈴はやったこととかあるか？」

「私は子供の時に何度かやったよ」

「あたしもやったことはありますが、めちゃんこ下手でした。そもそもスポーツ全般が苦手です」

黒沢以外はみんなボウリングで遊んだ経験があるみたいだな。俺も三回ほど遊んだことはあるが、そこまで得意ではなかった苦い思い出がある。

「金田はボウリング得意そうだな」

「球技は何でも得意だぜ。負ける気がしねーよ」

自信に満《み》ち溢《あふ》れている金田。運動神経は抜群であり、体育の授業でも競って勝てた試しがない。足を怪我《けが》しているようだが、主に手を使うボウリングなら問題はないはず。

だが、金田が上手《うま》くてもチーム戦に持ち込まれたら勝てる見込みは薄い。

俺達は専用の靴を借りて、いざボウリング場のあるフロアへ向かう。

エレベーターから出ると、ボウリングのレーンが一面に広がっていた。

「こんなになっているのね、凄《すご》いわ」

下の階とはまるで違う光景を見て、興味津々になっている黒沢。

「意外と騒がしいわね」

邦楽の曲が大きめの音量で流れている空間。ボールがピンを倒す音が鳴り止まず、学生達の声がどこからともなく聞こえてくる。

木梨達に付いていき端に位置した七番と八番レーンのスペースに入る。

「イェーイ！」

別のレーンでストライクを取った女子高生が声をあげている。ナイスーと大きな声で称《たた》える友達と全力でハイタッチをしている。

「何よこのパーティーみたいな遊びは。思っていたものとは違ったわね」

はしゃいでいる周りの利用客を見て、引いてしまっている黒沢。鈴と白坂も居心地悪そうにしている。この空間だと俺達は浮いてしまうな。仲睦《なかむつ》まじい周りの空気とは違い、俺達にはまだよそよそしさがあるからな。

「じゃあ、とりあえず球を取ってくるか」

みんなはそれぞれ自分に合った重さの球を選んでくる。鈴と白坂は力が無いため軽い球を選んでおり、金田は俺が使ったこともない重めの球を持ってきていた。

「勝負の前に、ウォーミングアップとして一人一プレイしましょう」

木梨の提案はこちらにとって都合が良い。みんなの実力を知ることができるからな。

「まずは俺様からだな」

綺麗《きれい》なフォームで球を転がした金田。勢いよく真ん中に当たり、見事にストライクを決めてみせた。実力は本物だな。

「ウェイウェ〜イ」

金田は女子達に手のひらを向けてくるが、悲しいことに誰も反応してくれない。

「おいハイタッチしろよ！　パイタッチするぞコラ！」

みんなは喜びを共有する気が無い。こんな反応の薄いボウリングは初めてだな。

「もうパイセンだけでいいや」

女子に触れることを諦め、俺の胸にタッチしてくる金田。

次は鈴の番となり、不慣れな手つきで球を転がした。一投目はガーターとなり、二投目は三本倒すことができた。

「……これ、何が楽しいんですか？」

鈴の率直過ぎる疑問。興味の無いスポーツほど面白くないものはないからな。

「次は私の番ね」

不満を口にしていたものの、いざ自分の番となると何だかんだ嬉《うれ》しそうにしている黒沢。

「それっ」

黒沢は思わずパンツが見えそうになるくらい豪快なフォームで球を転がした。球の行く末を見守る中腰状態の後ろ姿。短いスカートだからムチムチの太ももが見えまくってる。

「見て碧、全部倒れたわ！」

嬉しそうに報告してくる黒沢。俺が太ももを見ていた間にストライクを取っていた。

「人生初投げでいきなりストライクとか凄いな」

「えへん。私、スポーツは得意なのよ」

両手を腰に当ててドヤ顔な黒沢。ここまで分かりやすく調子に乗る人も珍しいな。

「私、爪伸ばしてるからやり辛《づら》いんだよね」

白坂の番になるが、球の穴に入れる指の爪を気にしている。

優しく球を転がす白坂。スタイルが良いから、フォームは普通なのに美しく見えるな。

一投目で七本を倒し、二投目で残りを全て倒してスペアを取った白坂。

「どうよ茂中さん」

「上手いし綺麗だし、スポーツしている姿も様になるな」

俺の番になり何も言わずに静かにそっと球を投げたが、ガーターに吸い込まれてしまう。

誰も見ていないことを祈りつつ振り向くと、金田が世界一腹立つような顔をしていた。

「パイセンドンマ～イ」

馬鹿にした声でエールを送ってくる金田。必死に笑いをこらえている顔が憎たらしい。

満を持しての二投目は何とか持ち直して八本倒すことに成功した。

木梨達は遅れてボウリングを始めた。先日、教室で誕生日を祝われていた三条《さんじょう》がストライクを取ると、みんなでハイタッチをして盛り上がる。

間近で見る陽キャ達のボウリング。まるで俺達とは別の遊びをしているようだ。

他の二人もストライクではなかったがスペアを取っていた。水野だけはスポーツが苦手なのか、二本しか倒せていない。

最後に投げた木梨はカーブを駆使してストライクをかっさらう。器用な奴だな。

何で陽キャって高確率でボウリングが上手いんだろうな……

「お待たせしました。みんな燃えているからか調子が良さそうです」

不安など微塵《みじん》も無い木梨の笑顔。もう木梨の中では勝利の方程式が見えているのかもな。

「勝負形式はどうしましょうかね……」

木梨は俺達のスコアボードを見ながら勝負形式を模索している。

しまった……スコアボードを見られると俺達の腕前を把握されてしまう。これでは、木梨が自分達に有利な勝負形式が提案できてしまう。

「代表者三人を選出しての三本勝負としましょうか」

「なっ、いいのか？　てっきり全員のスコアの合計かと思っていたが」

木梨は有利な条件を自ら放棄する。全員勝負の方が勝率は格段に上がるというのに……

「水野さんのような苦手な人もいますので、そういう人を無理やり戦わせる訳にはいきません。一人だけ戦わせないとなると、足を引っ張ってると感じさせてしまうので二人戦わせないようにすれば、負い目も無くなるはずです」

運動が苦手な水野のことを考慮し、勝利よりも楽しく遊べるやり方を選んだ木梨。そういう姿勢は俺も見習っていかないとな。

「じゃあ、代表者を三人相談して決めてください。こちらも相談してきますので」

みんなの元へ行き勝負形式を伝え、作戦会議を始める。

「まぁスコアを見て無難に俺と黒沢とパイセンがいいんじゃねーのか？」

「そうだな。白坂と鈴はあえて挑みたいとかあるか？」

「いいやぜんぜん。むしろ参加しなくて済んで助かってる」

白坂の言葉に鈴も頷《うなず》いている。二人の分も俺達代表者が頑張らないとな。

「そちらは決まりましたか？　こっちは僕と四谷と板倉さんで戦います」

相手の代表者を見て金田が早くもガッツポーズを見せた。

「おいおい三条が出なくていいのか？　ボウリング得意だったろ」

「私に譲ってもらったの。あんたを倒せる良い機会だし」

エースの三条に代わってもらうほど板倉は金田に勝ちたいようだ。それだけ金田に固執しているのだろう。愛情と憎しみは紙一重ってのは本当のようだな。

「こっちは俺と黒沢と茂中パイセンだ、その順番で行く。ということで俺から投げるぜ」

金田が先鋒《せんぽう》に名乗り出る。順番を勝手に決められたため、俺が最後になってしまった。

「では、こちらは板倉さんが最初で、次が四谷、最後に僕が投げますね」

木梨は俺との対決を希望した。四谷と黒沢は新旧の生徒会長対決となったな。

みんなが見守る中での金田の一投目。木梨達のグループにも緊張が走っている。

「おっしゃー！」

プレッシャーに打ち勝ち、見事ストライクを決めた金田。

ここ一番に決めてくれるのは本当にカッコイイな。大事な場面で頼りになる男だ。

「やるじゃ～ん！」

見守っていた白坂は喜びのあまり珍しくはしゃいでいる。金田とも自然にハイタッチを交わした。先ほどとは異なり勝負事になったので、みんなは盛り上がりを見せている。

敵ができることで団結力が増す。勝負をすることで勝つ喜びが生まれる。木梨達と対決なんて厄介な問題が発生してしまったが、問題はあればあるほど日常を面白くさせるな。

「うぇ～い、残念でした～」

板倉の前で煽《あお》るようにふざけたダンスをする金田。よほど板倉に勝てそうなのが嬉しいのだろうか。

「まだ勝ちって決まったわけじゃないけど」

そう言いながら投球準備に入る板倉。木梨達は応援の声をかけるが、板倉の顔はずっと強張《こわば》ったままだ。

「しまった……」

先手でストライクを決められたプレッシャーは強かったのか、板倉は五本しか倒せず最初の勝負は金田の勝利となった。

悔しそうな板倉は周りから手厚く励まされている。それを見た金田は先ほどまで調子に乗っていたはずなのに、今はどこか居心地悪そうにしている。

次は黒沢と四谷の勝負だ。ここで黒沢が勝ってくれれば、二本先取で俺は木梨と戦わずに済む。黒沢の勝利を祈るしかない。

「私に任せなさい」

自信を持って黒沢は球を投げたが、球は中心からそれてしまい三本しか倒せなかった。

「む～肝心な時に上手くいかない」

黒沢はプレッシャーに弱いタイプなのか、ここ一番で調子を崩した。

俺は黒沢の元へ行き、後ろから両肩を摑《つか》んで揉《も》みほぐす。

「ひぃやん」

不意を突かれた黒沢は驚いて可愛《かわい》い声を上げてしまった。

「ちょっと何するのよ！」

「肩の力を抜け。気合が入り過ぎている」

「絶対に勝ちたいのよ、邪魔しないで」

「これを持って落ち着くんだ」

クレーンゲームで取ったカワウソのぬいぐるみを黒沢に手渡す。

「……可愛い過ぎる」

カワウソのぬいぐるみを抱いてデレデレとなる黒沢。これでリラックスできたはずだ。

黒沢の二投目は六本倒し、俺の作戦が功を奏したと結果で証明された。合計九本を倒したため十分過ぎるハイスコアとなり、勝利が大きく近づいた。

「参ったな」

立ち上がった四谷は勝敗が決するプレッシャーを感じているのか、弱音を吐いている。

「私に勝てるかしら」

黒沢に見つめられ、顔を真っ赤にさせている四谷。黒沢にとってはただの一言だったと思うが、黒沢に好意を抱いていそうな四谷に動揺を与えさせる結果となった。

四谷は動揺した影響か、一投目はまさかのガーターとなり膝から崩れ落ちた。

「おいこらアホ～」

「しっかりしなさいよ本当に」

板倉と水野から袋叩《ふくろだた》きにされている四谷。このまま勝負は決しそうだな。

「いいのか？　このままだと俺達が勝ってしまうぞ」

一歩引いた場所でずっと笑顔でみんなを見守っている木梨に話しかける。

「……勝つのって何が楽しいんですか？」

その言葉は何の負け惜しみでもなく、心の底から疑問を抱いているのが伝わってくる。

「茂中さん達に負けて、ここから追い出される方が僕的には面白いですよ。だって、その方がみんな茂中さん達のことがより許せなくなって、クラス内でも信じられないくらいギスギスしそうじゃないですか」

「おい……」

木梨にとって勝ち負けなんてどうでもいいようだ。どうすれば俺達との関係が面白くなるかが木梨にとって重要で、勝負の行方なんて気にしちゃいなかった。

でも、今なら木梨の気持ちも少しは分かる。勝負を通して変化していく俺達の関係を見て、勝ち負けよりも大事なことがあるのは俺も気づいたからな。

四谷の二投目。俺達の勝利は目前で、みんなは余裕を持って四谷の投球を見守った。

「えっ、嘘《うそ》でしょ」

その結果に黒沢は驚愕《きょうがく》している。木梨達も信じられないといった様子だ。

四谷はまさかの十本を倒し、スペアを取ってしまった。

木梨グループの女性陣は大盛り上がりで、四谷は大逆転してヒーローになっている。

「くぅ〜悔しい、悔しいわ！」

負けず嫌いな黒沢は悔しさのあまり、両手を上下に振って悶《もだ》えている。

「大丈夫。黒沢の仇《かたき》は俺が取る」

「碧〜ほんとに頼むわよー」

俺の背中をポコポコと叩いてくる黒沢。仇を取るとは言ったものの正直、木梨には勝てる気がしない。相手があえて負けに行ってくれるのを期待するしかない。

「木梨は何でも器用にこなすバケモンみたいな奴《やつ》だぜ。ドンマイ」

「おい戦う前から諦めんな」

金田は俺の肩に手を置いて早くも終戦ムードだ。みんなも俺に不安な目を向けている。

このまま負けて終われば地獄の空気の中で帰らないといけない羽目になるからな。

俺がストライクを取ることができれば、負けることは絶対にないんだ。

一投目で決める。アリスよ力を貸してくれ……

「おっ」

白坂は期待のこもった声を上げる。俺の投球はレーンの中心を転がっている、これはストライクの期待値が高い。

「きた〜！」

金田の歓声、ピンは次々と倒れていきストライクを取る光景が見えてくる。

「あっ……」

鈴の絶句した声。両端のピンは倒れずに立ったままだった。これはスプリットという、スペアがほぼ取れない最悪な状況でもある。

「流石《さすが》ね幸薄男さん」

水野から俺を煽る声が聞こえてくる。やはり、俺は幸が薄いのだろうか……

二投目は右端に狙いを定めたのだが、狙い過ぎてガーターになってしまった。

みんなの元へ戻ると、何とも言えない微妙な空気が流れている。

「八本でも好スコアですよ。勝機はぜんぜんあると思います」

鈴が気を使って励ましてくれる。悪くない結果ではあるのだが、相手の木梨がウォーミングアップ時に余裕でストライクを取っていた光景をみんな見ていたからな。

立ち上がった木梨は、何か企《たくら》んでいそうな笑みを浮かべながら俺を手招いてくる。

「さて茂中さんに問題です。僕は勝利と敗北、どちらを取りに行くと思いますか？」

周りに聞かれないように小声で問いかけてきた。

「負けてもいいとは言ってたものの、自分の出番で負けるのはリーダーとしての威厳を失うから無難に勝ちに行くんじゃないのか？」

「……見損ないましたよ茂中さん。その程度なんですね」

俺の答えを聞き、まるで興味を一切失《な》くしたかのように白けた目を向けてくる。

「もしかして、どっちも狙いに行かないつもりか？」

「そこには気づけるんですね。少しは僕を楽しませてくれるみたいなので安心しましたよ」

先ほどのゴミを見るような目からは一転して、笑顔になる木梨。

「そもそも、何本倒そうかなんて正確には狙えないだろ」

「僕にはできますよ。逆算して考えれば、何でも可能になりますよ」

そう宣言して、木梨は投球の準備に入る。

みんなが見守る中で投げた木梨の球は、カーブして中心から少し逸《そ》れた位置に当たり七本のピンを倒した。

その結果を見て安堵《あんど》する俺達と、負けないように祈り込めた目で木梨を見る板倉達。

中央に一本と左端に二本のピンが残っている。勝利を狙うには左端を狙えばいいし、負けるつもりなら右端を狙えばいい。

だが、きっと木梨は中央を狙う。

本人は勝つ気も負ける気もない。なら、勝負の結果は次の機会に委ねるはずだ。

「あっ、カーブが上手《うま》くかからなかったですね」

木梨は中央のピンを綺麗《きれい》に倒し、合計八本となり俺と同じスコアに終わった。

その結果に双方、喜びも悔しさも生まれない。生まれるのは対抗心だけ。

「あ～ん、木梨君惜しかったね」

木梨は誰からも怒られることなく、みんなから励まされている。

サドンデスとはせずに、これで勝負を終わらせた木梨。引き分けに終わらせることで、また勝負する理由ができる。対立構造を残しておくのが狙いだったのだろう。

それにしても引き分けを狙いに行って、それを本当に決めるとは流石だな。金田が言っていたバケモンという表現は間違いではなかったな。

「ちっ、てめーらの敗北顔が見たかったのによ」

金田は木梨達に文句を言いながら後片付けを始める。

「あんた達みたいな迷惑問題児集団が勝てるわけないって」

「んだとこら」

試合後も金田と板倉は口論している。きっと告白する前は息ぴったりでお似合いの二人だったんだろうな。

「やっぱり優等生の集まりと問題児の集まりでは相性最悪のようですね」

「そうだな。これからは互いに関わらないようにしよう」

「同じクラスなのでそれは難しいと思いますよ。これから球技大会に体育祭、文化祭等の行事も控えていますしね」

先が思いやられるが、木梨はそれでも笑みを浮かべている。

「僕達のグループも茂中さんのグループも五人。好敵手ってやつじゃないですか？」

「今回の件でも因縁を増やされたしな」

「その方がお互いにとって面白いはずですよ。今はみんなと一緒に過ごす新鮮な時間も楽しいですが、それが退屈になってしまったら茂中さん達に本気で何かしたくなっちゃうかもしれません。僕は気まぐれなので、その時を楽しみに待っていてくださいね」

木梨の言葉を聞き、不安が募る。何を考えているのかさっぱり分からないから。

ただ、期待を膨らませている自分もいる。何かが起きた方が俺は成長できるし、今回の件のようにみんなの関係性がぐっと深まっていく可能性もある。

「どうして笑っているんですか？」

俺と同じ疑問を木梨もぶつけてくる。

あぁ……そうか、きっと木梨も俺と似たような性格なんだ。

「それはお互い様だろ」

何も起きない日常より、何かが起きる日常を求める。好奇心旺盛で行動力がある。俺が追い求める理想の自分は、木梨みたいな人間が近いのかもしれないな。

俺達は木梨達の隣でボウリングを続ける気はなく、試合の後は円滑に会場から出た。

出口の階にあるプリクラ機が並ぶコーナーの前に着くと、今までの店の雰囲気がガラッと変わる。女子学生達が集まっており、パチスロ機前とは異なる華やかな空間だ。

鏡と椅子が置かれていて、化粧をしている女子高生も多い。新都心高校では化粧も自由だが、大半の高校では化粧が禁止されているのでこの場でする人も多いようだ。

女子達の話し声があちらこちらから聞こえてくる。イチャイチャしているカップルの姿も目に入り、ここも陽《よう》という言葉が似合う場所だと感じる。

「俺達とは楽しみ方がまったく違うな」

みんなは居心地が悪そうに嫌な顔をしながらプリクラ機の様子を見ているが、黒沢だけは興味を持った顔を見せている。

「私もあれをやってみたいのだけど」

好奇心旺盛な黒沢は、どんなものか気になり遊んでみたいといった様子だ。

「あたしはプリクラ好きじゃない。黒沢もきっと後悔する」

鈴はプリクラ機のゾーンへ足を運ぼうとする黒沢の腕を摑《つか》んで阻止する。

「まぁ、少しは興味あったけど」

白坂は意外にもやってみてもいいかなといった様子だ。モデルで写真を撮られる仕事をしていたこともあり、プリクラは悪くない遊びなのかもな。

「あれは俺達には楽しめないいんじゃないか？」

プリクラがあまり好きじゃない俺は、どうにかプレイを回避したいが……

「いいじゃねーかよパイセン。やってみようぜ」

金田に肩を組まれて逃げるのを阻止される。これは腹を括《くく》るしかなさそうだな。

「どうやらキラキラした写真を撮る機械のようね。記念になるじゃない」

「撮らなくていいよ～目がでっかくなったり、めっちゃ白く映ったりするんだよ」

鈴は黒沢を止めようとするが、色んな情報を与えることで逆に興味を抱かせている。

「ただの写真じゃないのね。面白そうだわ」

「うぅ～茂中せんぱ～い」

黒沢を説得できず俺に泣きついてくる鈴。思わず頭を撫《な》でると喜んでいた。

「俺も辛《つら》いが黒沢は止めれそうにない。諦めるしかなさそうだな」

みんなで空いていたプリクラ機へ入り、眩《まぶ》しい空間で居心地の悪い時を過ごす。

『撮影モードを選択してね』

どこか腹の立つ女性の声が分かりやすくナビをしてくれるので、初体験の黒沢でもタッチパネルを操作して手順を進めていける。

「背景とか選べるみたいね」

「全部黒沢に任せるから、とりあえず早く。早くここから出して」

鈴は黒沢を急《せ》かす。俺もここから早く出たい。

「撮影が始まるみたいよ。みんなこの枠にちゃんと入りなさい」

そう言われても、五人もいるので身体《からだ》を密着させないと綺麗には入らない。

何とかみんなで映り込んだが、俺は遠かったため小さく映っている。

「ちょっと、みんなもっと寄らないと駄目じゃない」

『次の撮影をスタートするよ』

「まだチャンスはあるみたいね。次はちゃんと全員アップで映るわよ」

黒沢は俺や金田の腕を引っ張って寄せてくる。さらには、鈴も強引に抱き寄せている。

『はいチーズ』

黒沢によって無理やり顔を詰め込まれた五人。その強引さには誰も逆らえない。

みんなを無理やり巻き込んで、みんなに無理やり思い出を与えていく。

「あ〜やっと終わった」

鈴はぐったりとしている。撮影が終了しみんなと一緒にプリクラ機から出たが、ただ写真を撮っただけなのに全力疾走したかのような疲れが生じて変な汗が出ている。

次はプリクラ機の外側にあるタッチパネルで画像の確認や落書きを行えるようだ。

「みんなよそよそしいから、写真がゲームのパッケージみたいになってんじゃねーか」

真顔の黒沢、真顔の白坂、俯《うつむ》く赤間、不気味に微笑む金田、立ち位置が無く遠くでギリギリ写る俺。楽しい雰囲気は一切なく、金田の言う通り何かのパッケージのようだ。

「写真に落書きできるみたいだよ」

白坂が黒沢にペンを渡し、黒沢は写真が映るディスプレイに文字を書き始める。

私たち問題児……黒沢が書いた一文は、俺達にぴったり当てはまっていた。

「これって他に何書くの？」

「名前とかじゃない？」

黒沢の質問に白坂が適当に答える。プリクラ機に貼られているサンプルにはギャルしか勝たんと書かれている。そんなことはないだろと心の中でツッコミを入れた。

五人の顔がアップになった写真に、みんなの名前を書き始める黒沢。

「金田君に名前ってあったかしら？」

「あるに決まってるだろ！　綾世《あやせ》だよ」

金田の名前だけ知らなかった黒沢。俺の顔の横にもしっかりと碧と書いてくれた。

制限時間が終了し、完成したプリクラ写真が出てきた。

「貰《もら》えるのは一枚だけなのね。どうしようかしら」

「スマホで画像をダウンロードできるみたいだから、現物は黒沢が持っていてもいいぞ」

誰も欲しがっていなかったので現物は黒沢に預けた。

『あやか、まぢ可愛《かわい》いじゃん』『上手く盛れただけだよ〜』『あっくんキスプリ撮ろ〜』

プリクラ機で盛り上がっている学生達が、いつの間にか俺達の周りを囲んでいた。

「みんな変なポーズとか取ってるし、顔も作ってるし、落書きも凝っているのね」

周りと自分達のプリクラ写真を比較して、少し落ち込んでいる黒沢。

「場違いな場所に来たらこうなる。アウェイってやつだな」

「じゃあ、私達に相応《ふさわ》しい場所ってどこなのよ」

黒沢の質問に上手く返せない。俺達に相応しい場所か……

「……それは、これから見つければいいさ」

「そうね。私達はまだ一緒になったばかりだものね」

答えが無いなら見つければいい。みんなと色んな場所へ行って、色んなことを経験して、きっとその先に答えが見つかるはずだ。

●黒沢未月《みつき》の苦悩●

「今日も遅かったじゃないか」

家に帰ると、夕食を終えてくつろいでいる父親が声をかけてきた。憐《あわ》れんだ目を向けてくるのが不快で、返す言葉も出てこないわ。ただ、ため息をつくだけ。

「この街は治安が良いとはいえ、夜道は気をつけないと駄目だぞ」

「そんなに遅くないじゃない。この時間なら小学生でも歩いているわ」

「油断しては駄目だ。連絡をくれればいつでも迎えに行くから、遠慮なく言いなさい」

まるで子供をなだめるように甘やかしてくる。本当に気分が悪いわね。

「自分で何でもできるから。放っておいて」

「もっと両親を頼っていいんだぞ。娘のためとなれば、何でもできるから」

突き放しても突き放しても、どいてはくれない。べったりとこびりついている。

早く自分の部屋に籠りたいわ。家で私が安らげる場所はそこしかないのだから。

「ご飯、温める？　今日は未月が好きな辛さ強めの麻婆《マーボー》豆腐を作ったの」

部屋に向かおうとしたけど、母親が二階へと上がる階段を塞ぐように立って話しかけてくる。放置して欲しいから突き放しているのに、どうしてわかってくれないのかしら。

「自分でやるわ」

「一人で食事だと寂しいでしょ？　私も何か一緒に食べるわ」

「子供扱いしないでって言ってるでしょ！」

感情を抑えられずに声を荒らげてしまう。強く言わないと諦めてくれない母親が悪いわ。

「ご、ごめんなさい」

「どいて」

母親を退けて階段を上り、部屋に入って椅子へ倒れるように座る。

嘔吐《おうと》のように出る深いため息。本当に今の両親とは関わりたくないわね。

ずっと厳しい両親だったのに、私が生徒会長をクビになってからはこの有様。

壊れたものを見るかのような憐れんだ目、どうしたらいいか分からず困惑している表情、不快なほど生温《なまぬる》い甘やかす言葉、何を言われても受け入れるしかないといった態度。

あの異様な対応、腹立たしいほどの子供扱いが本当に嫌だわ。

生活態度にも常に厳しく、周りが引いてしまうほど教育熱心だった両親が変わり果てたのは、去年起きた兄さんの一件で間違いないわね。

品行方正で成績優秀だった兄さん。私とは別の高校だったけど生徒会長にもなって、周りからの評判も高く、神童と呼ばれるほど完璧な人だった。私の自慢の兄さん……

でも、両親は兄さんに厳しかった。より上を目指せると、甘やかすことは一切なかった。

全てが順調だった兄さんは、何故《なぜ》か受験に失敗して浪人生となってしまった。

そんな兄さんに両親はさらに厳しく接していた。部屋で勉強していた兄さんを監視するかのように見張っていたし、受験の失敗をいつまでも説教していた。

結局、兄は密《ひそ》かに家を飛び出し、受験もやめてどこかで働きながら生きている。二度と家には帰らないと書置きも残していた。両親への怒りや不満も何十枚にも及ぶほど書き殴られていた。私が兄さんの二の舞になるのを避けたいのか、両親は生徒会長をクビになった私を腫れ物扱いするかのように過度に優しくしてくる。

兄さんにしていた仕打ちを私で償おうとしている。私が兄さんのように逃げ出せば、自分達の教育が無意味だったと突きつけられてしまうと恐れているかのよう。

今の両親と接していると本当に虫唾《むしず》が走る。このままだとやっていけない。だからグレるの。もう呆《あき》れられて放置されたい。厳しさも優しさもいらないわ。グレて見放されて、同情の目すら向けられない状態になるの。そうしないと、この家にいられなくなってしまうから。

「未月、ちょっと提案があるの」

両親がノックもせずにドアを開けてきた。そして、まるで壊れたものを見るかのような目で私を見ている。

「部屋には入らないで……それで、何よ」

「今度の休日、三人で旅行にでも行かない？　未月は温泉好きだったでしょ？」

「もう家族で旅行とか、そういうの楽しめる年頃じゃないから」

何を言いに来たかと思えば、私を楽しませようとする旅行の提案だった。何のお祝いもないのに、何の記念でもないのに。

その優しさを何で兄さんには微塵《みじん》も与えてやらなかったのよ……

「未月が楽しめる場所でいいんだぞ。行きたい場所を自由に言ってくれ」

「行きたい所があるなら自分で行く」

「自分一人じゃ無理なところもあるだろ。北海道とか沖縄とか、海外だっていいんだぞ」

「……なら、兄さんと一緒にみんなで旅行へ行きたいわ」

絶句している両親。叶《かな》わない願いを口にして、両親に現実を突きつけた。

生徒会長をやめてから自由に行動し始めた私は、周りと比べて自分が世間からズレていると思い知らされたの。私がズレているのは、両親もズレているからに違いないわ。

私が変われば両親も変わると思ったけど、変にこじれていくだけ。現実というものは、どうも上手《うま》くいかないわね。

「もう放っておいて」

ドアを閉めて遮断する。これでもう私を放置してくれれば、御の字なのだけど。

制服を脱ぎ、部屋着に着替えてベッドへ倒れるように横になる。

今までは家も学校も居辛くて私の居場所が無かった。でも、今は学校に行けば、碧やみんながいる。私の居場所があるの。

その居場所を作ってくれたのは茂中碧。

碧は私を救ってくれた。バイトを辞めた日、私はそのまま家からもこの街からも出て行こうと思っていた。もう全てが嫌になって、とにかく逃げ出したかった。

でも、碧は全て受け止めてくれたの。私の不満も怒りも逃げないで、真正面から受け止めた。そんな私を肯定さえしてくれたのよ。

だから、私も碧を救いたい。彼の全てを受け入れて、肯定してあげたいの。

でも、今の私には何もできない。兄さんを救えなかった。親友の豊美《とよみ》も救えなかった。

私は人を救おうとしたことは何度かあったけど、今まで誰も救えたことがない。

そんな私が碧を救えるわけがない。それでも碧を救いたい。

彼女のことを忘れさせて前を向かせてあげることが、碧の救いになるはずよ。

兄さんもいなくなってしまったけど、いつまでも帰ってこない人を気にしていては前に進めない。でも、碧は引きずっていて、前に進めていない。

彼女がいると嘘《うそ》をついているのがその証拠ね。立ち直っているように見せかけて、まだ座り込んでいる。過去を断ち切って歩き始めていないんだわ。

だから、まずはその嘘を認めさせる。自ら嘘をついていると言わせないといけないの。

それが私の考えた救いの一歩なのだけど、こんな私じゃできそうにないわね……

自分に自信が欲しい。誰かを救えば、私も碧を救えると自信が湧くかもしれない。

ベッドでぐったりとしていると、袋から顔だけ出していたクレーンゲームで取ったカワウソと目が合った。

この家の唯一の癒《いや》しが、私のカワウソグッズ。生徒会長時に地元の小学校と交流した際に、小学生から何故かカワウソのぬいぐるみをプレゼントされたのがきっかけだった。

それからカワウソのことが無性に気になり、ユーチューブでカワウソの動画を見てから虜《とりこ》になってしまい、ストレスを抱えた時は常に癒してもらっている。

「よしよし」

今日取ったカワウソのぬいぐるみを抱きしめて頭を優しく撫《な》でる。大きくて可愛いし、たまらないわね。何も考えていなそうなつぶらな瞳が可愛いし、フォルムも愛《いと》おしいわ。

「む……あなた、どこか碧に似ているわね」

このカワウソのぬいぐるみ、少し癖が強い顔をしていて碧と変に重なってしまう。

「バカ茂中」

カワウソに文句を言う。たまに子供扱いしてくるところは嫌いだけど、いつも落ち着いていて余裕のある立ち振る舞いを見せてくれるのは好きなのよね。

「子供扱いしないの〜」

カワウソの頰《ほお》を引っ張っては戻す。碧のことを考えていると、何故か嫌な事を忘れられる。そういう点でもカワウソと似ているわね。共通点有り過ぎじゃないかしら。

ただ、決定的に違うのは、迷いのない行動力、危険を顧みない無謀さ、何でも実行する積極性を碧は持っているの。癒されるだけではないのよ。

碧のことばかり考えていたからなのかしら？　碧に無性に会いたくなってしまったわね。

第三章　私達だけの思い出

暑さも本格的に到来してきたため、今日はブレザーを家に置いて登校した。最近は黒沢《くろさわ》もカーディガンを着なくなり、鈴《すず》もお馴染《なじ》みのパーカーを羽織らなくなったな。

「先輩、おはようございます」

下駄箱《げたばこ》で鈴と鉢合わせた。田崎《たざき》との一件後は表情が明るくなってきている気がする。

「おはよう。今日も暑いな」

「そうですね。沖縄を思い出す暑さです」

額に汗を浮かべている鈴。薄着なので、普段より胸の大きさが際立って見えるな。

「そうだ、茂中《もなか》先輩に渡したいものがあって」

鈴は鞄《かばん》からお守りを取り出し、俺にそのまま手渡してきた。

「これ、どうしても受け取ってほしいです」

「受け取るのは別にいいが……でも、どうしてお守りなんだ？」

「茂中先輩はいつも無茶《むちゃ》するので、見ていて心配になるんです。なので、お守りを持ってくれていれば、少しは安心できるかなと」

どうやら、危なっかしい俺のことを心配し、お守りを買ってきてくれたみたいだな。

「そっか。俺のためにわざわざありがとう」

「いえいえ。でも、お守りなので常に身に着けていてくださいね」

「じゃあ、財布にでも入れておこうかな」

とりあえず鈴のお守りを財布のポケットの中へしまう。中には厚紙というか、硬いプラスチック的な物が入っていそうなお守りなので折れないように気をつけないとな。

「あれ、茂中じゃん」

廊下で声をかけられる。誰かと思えば、一年生の時にクラスメイトだった人だ。

「久しぶりだな西澤《にしざわ》」

「学校辞めたって聞いてたけど」

「辞めてはない。留年してまた二年生だけど」

「は？　留年!?　人生詰んでんじゃん」

容赦なくはっきり言われると、思いの外ぐさっとくるな。

「一学年下で過ごすとか俺だったら絶対に耐えられねーわ。まぁ自業自得だけど、茂中ってけっこう馬鹿だったんだな」

「ぜんぜん詰んでなんかないです！　それに、茂中先輩の事情も知らないくせに好き勝手言わないでください」

何も言い返せずに黙っていたら、鈴が西澤に反論してくれた。

「こいつ炎上した奴《やつ》じゃん。炎上して人生終わった女が言ったって、説得力ねーって」

「うぅ……」

俺達を嘲笑《あざわら》うようにして去っていく西澤とその友達。今まで嫌な奴という印象は無かったが、自分より明らかに下の立場の人には態度が大きくなるタイプだったようだ。

「ありがとう鈴、反論してくれて」

「……あの人が言う通り、あたしなんかが言っても無力ですから」

鈴は頭を下げて落ち込んでしまったので、その頭を優しく撫でる。

「あっ、すまん」

俺は自然と鈴に触れてしまっていた。彼女でもないのに何してんだか……

「気軽に触っていいですよ。あたしも茂中先輩に気軽に触ってますから」

誰かに触れたがるということは、人恋しくなっている証拠なのかもしれない。

ふと視線を感じ振り向くと、俺達の様子を黙って見ていた人と目が合った。

一年時と一度目の二年生時に同じクラスだった紫吹《しぶき》さん。俺が唯一学校で仲の良かった女子生徒だった。何も言わずに去っていったが、いったい俺を見て何を思ったのだろうか。

昼休みになり、みんなはいつもの空き教室へ集まる。

鈴の問題が解決し、ゲームセンターへ遊びに行くことができた。

ただ、次に何をしたいかは誰からも案が出てこない。小学生なら単純に公園へ行こうと遊びに行けるが、高校生にもなると出かけるには何か目的が必要となる。

目的を決めずに中途半端な状態で遊びに行けば、ぐだぐだで退屈な時間を過ごすことになり、みんなと一緒でもつまらないという感覚が植え付けられてしまうかもしれない。

焦って仲を深めようとせず、何かの目的を待つのが最善かもな。

ただ、俺が欲しいのは積極性や行動力。周りを楽しませられる提案や、自分にしか出せないような発案をしたい。

何か会話をすれば、遊びの種が見つかるかもしれない。きっかけを待つのではなく、探していく行動をしないとな。

「そろそろプールの授業が始まるらしい」

俺達は罰としてプールを掃除した。そのプールに入れる日が近づいてきている。

夏休みも控えているので、この話題で何か遊びの種を見つけていきたいが……

「私は入らないけどね。プールは全部見学する。これまでもこれからも」

白坂《しらさか》は授業であってもプールには入らないようだ。沖縄でも海に一度も入っていなかったこともあり、水系の遊びはＮＧなのかもな。

「晴れの日とか紫外線恐《こわ》いし、プールに潜ると髪の毛とか痛んじゃいそうだしね」

白坂に限らず中学校辺りから女子はプールに入らなくなる生徒が多い。中学の時は常に五人以上は見学していたし、高校生にもなると入る生徒の方が少ない。

体調の問題もあるだろうが、人前で肌を露出したくないとか単純に面倒くさいとか理由は多々ある。この高校だと化粧が落ちるからという理由もあるだろう。

女子生徒の場合たとえサボろうが体調の問題にすれば先生側も深くは追及できないので、見学する生徒が大半になってしまう。

男子は言い訳できないのでサボり扱いになってしまうのは理不尽なところだ。

「俺も足を怪我《けが》してっから授業のプールは無理だな」

金田《かねだ》も怪我を理由にプールの授業は見学するようだ。

「あたしも休む予定です。あんまり身体《からだ》とか見られたくないので」

赤間《あかま》もプールを休む意思を伝えてくる。おいおい、みんな見学するのかよ……

胸ではなく腕を隠す素振りを見せている。てっきり大きな胸を周りから見られてしまうのが嫌なのかと思っていたが、本当に見られたくない場所ではないらしい。

「はぁ……こんなサボり集団だとは呆《あき》れたわ」

みんなの態度を見てため息をついている黒沢。真面目な黒沢はサボったりしないはず。

「黒沢はちゃんとプールの授業を受けるのか？」

「ええ。でも正直、太ももが太いって陰で馬鹿にされることあって、プールは嫌な授業の一つでもあるの。だからといって、サボる理由にはならないけど」

黒沢にもコンプレックスを感じる時があるようだ。周りの意見など知ったことかという性格なのかと思っていたが、身体的な部分では傷つくこともあるようだ。

「黒沢の太ももは男子から見たら魅力的だぜ。そんなカス共の意見なんて気にすんなよ」

金田が優しいフォローをする。俺も金田とは同じ意見で、黒沢の魅力的な太ももにはたまに目を奪われる時があるほどだ。

「本当に？　……碧《あお》もそう思う？」

「まぁ、太ももは大きいのが好きって男は多いと思う」

「私は碧の意見を聞いているのよ」

黒沢は立ち上がって、何故《なぜ》か俺の前まで来た。

「何かあったか？」

「改めて見て、どうかしら？」

「んんっ!?」

スカートをパンツが見えそうになるギリギリまでたくし上げて、ムチムチの太ももを大胆に見せてくる黒沢。

予想外の行動に動揺して食べていたパンが詰まりそうになる。

「ちょっと何やってんのよ!?」

白坂が慌てて立ち上がり、手を伸ばして黒沢のスカートを下ろした。

「いや、太ももを見せただけよ」

「はしたないでしょーが！」

「別に下着が見えなきゃ問題無いわよ。足なんて別に卑猥《ひわい》でもないのだし」

常軌を逸した行動に、理解が追いつくまで時間がかかったな。

胸の鼓動は高鳴っていて、きっと顔も赤くなってしまっているに違いない。

前にも俺達の前で自分の胸を揉《も》んでいたこともあったし、黒沢は天然というかズレているところが多過ぎる。おかげでドキドキさせられることが何度も起こる。

「で、碧はどう思ったの？」

黒沢の股下は魅惑の空間だった。温《ぬく》もりが溢《あふ》れ出るほど肌で埋め尽くされており、がっちり摑《つか》みたくなるほどの安心感もあった。

あの股に顔を挟まれたら、とてつもなく心地良いと思われる……

いや、何を考えているんだ俺は？

「そもそも俺も金田と一緒で魅力的だと思ってたぞ。男子はみんな好きだと思う」

水を大量に飲み、深呼吸する。危うく太ももに殺されそうになった。

「そう。どうやら今まで馬鹿にされてきたのはただの嫉妬だったようね」

俺の意見を聞き、勝ち誇った顔を見せる黒沢。

「私、太ももがけっこうコンプレックスだったのよ。でも、生徒会長を辞めてからは開き直ってスカートを短くしてあえて見せることにした。どんな自分も受け入れる覚悟でね」

コンプレックスを武器にしてしまう黒沢の強さ。やはり、精神的に強い女性というのは頼りがいがあって魅力的に見えるな。

「みんな授業じゃなかったらプールは入るのか？」

脳裏から離れない太ももを消すために、俺は話を元に戻す。

「まぁな。プール自体は嫌いじゃねーし」

授業でなければプールは歓迎といった様子の金田。

「白坂はどうだ？」

「ナイトプールみたいに夜だったら日差しとか気にならないかな。後はトリートメントとか持っていけば、髪もなんとかなりそう。でも、入ったとして年に一回限りかな〜」

必要な条件が多い白坂。だが、注文が多いほど俺は達成感を得られる。

「鈴は？」

「授業じゃなければ水に濡《ぬ》れてもいいパーカーとか着れますので問題ないです」

「そうか……なら、みんなでプールに入れそうだな」

みんなの意見を聞き、俺は一つの案が思い浮かんだ。

「夏休みにプールでも遊びに行きたいの？」

「いや、明日」

「明日!?」

白坂は俺の返事を聞いて驚く。唐突な提案になってしまったが、みんなを突き動かす強引さというのも俺は身に付けたい。

「せっかくみんなでプールを掃除したんだ。だからどうにかしてみんなと一緒に入りたくてな。掃除だけの思い出にしたくないんだ」

「しかも学校のプールなの？　授業は見学するって言っててんじゃんか。私の条件とかちゃんと聞いてたの？」

「ちゃんと条件も全部クリアしてる。それに授業で入るわけじゃない」

「は？　どういうこと？」

白坂は困惑している。授業でプールに入りたくないのなら、授業外でプールへ入ればいいだけだ。

「おいおい、相変わらずぶっ飛んだ発想してんなパイセンは」

金田は察したのか、俺の方を見てニヤリと笑った。

「明日の夜にみんなで学校のプールへ入ろう」

「なっ……」

白坂は俺の提案に絶句し、額に手を当ててため息をつく。

「とんでもないグレっぷりに興味は湧くけど、リスクが高過ぎないかしら」

冷静な黒沢は俺の提案にリスクの指摘を入れてくる。

「別に勝手に侵入するわけじゃないから、リスクは高くない」

「どういうことよ……単純にプールで遊ばせてなんてお願いをしたとしても、断られるに決まってるわよ」

「橋岡《はしおか》先生にプールで掃除し忘れた箇所があったので鍵を一日貸してくれないか聞く。それで借りれたら掃除という名目でプールに入れるからな。来週にはプールの授業が始まるから、今度はプールにちゃんと水も溜《た》まっている」

賭けにはなる作戦だが橋岡先生から鍵を合法的に借りられると一番リスクは低い。その手が駄目なら、別の手を使ってプールの鍵を入手する。

夜でも夜間照明でプール周辺が照らされている光景を見たことがある。それにみんなははしゃぐようなタイプでもないから危険性も少ないだろう。

万が一誰かに見られたとしても、プール掃除の一環で入っていたと説明ができる。

もちろん他の想定されうるリスクも、何かしらの手を打っていくつもりだ。

「この高校のプールはあまり人が利用しない第二グラウンドの端にあるから、夜なら生徒に見つかる可能性はほぼ無さそうね。だとしても安心はできないけど」

「まぁ何かあったら俺が全責任を取るから安心してくれ。留年して人生詰んでいる俺に、もう失うものなんてないしな」

今朝、かつては同学年だった生徒に見下されて自分がいかに多くのものを失ったのか再確認できた。最悪何かが起きて退学になろうが、底から別の底に移動するだけだ。

窮地に立たされている状況だからこそ、自分を奮い立たせることができ勇気も湧いてくる。他の人にはできないことも可能になるんだ。

アリスが余命を抱えながらも強く生きれていた謎が少し解けた気がするな。

「あたしも詰んでるので、万が一の時は茂中先輩と一緒に落ちていきますよ」

鈴を道連れにするつもりはないが、もし一緒についてきてしまった時は責任持って鈴と暮らしていく。鈴を幸せにする人生も悪くない。

「一番風呂ならぬ一番プールか。誰も入ってない綺麗《きれい》なプールに入れんのは良いな」

金田は乗り気な姿勢を見せてくれる。意外と綺麗好きな一面もあるのか。

「まぁ、橋岡先生がすんなり鍵を貸してくれるかすら怪しいわよ。計画が破綻する可能性は高そうね」

黒沢の言う通り、全てが上手《うま》くいくとは限らない。ただ、やってみなくちゃ何が起きるか分からない。無理そうだなと諦める自分は、もう捨てたんだ。

「放課後にチャレンジしてみるから、結果はラインのグループチャットで報告するよ」

「……茂中さんと過ごすとハラハラすること多いんだけど。気苦労が絶えないって」

白坂は愚痴をこぼしながら肩を落としている。

「嫌なことは押し付けられないから、無理に参加する必要はないぞ」

「もうどこまでも付き合うよ。何もない日々より、問題ばかりの日々の方がましって私は知ってるから」

白坂は俺に期待を込めた目を向けてくれる。

俺はその期待に応えられるような男になりたい。

「ここまできてやっぱ無理でしたじゃ萎えるから、しっかり頼むよ茂中さん」

「ああ、任せてくれ」

有言実行できないと期待外れとなりガッカリされてしまう。だから断念は許されない。

なら、俺は自分の辞書から断念という言葉を無くそう——


「おいおい、遂《つい》に君の方から私を呼び出すなんて……興奮するな」

放課後に橋岡先生を呼び出して、空き教室で待ち合わせた。

興奮する理由は不明だが、嫌がられるよりかは興奮していただいた方が良いかもな。

「すみません、お忙しいところ」

「構わない。可愛《かわい》い生徒が私を呼んでいるんだ、むしろ嬉《うれ》しいよ」

男子生徒が大好きな橋岡先生。問題児ならぬ問題教師。

「ちゃんと食事は取っているか？　身体《からだ》が細くて心配になるぞ」

心配するそぶりを見せながら、背後から手を回してきて腰やお腹《なか》周りをさすってくる先生。男の先生が女子生徒に同じことをしたら、一発でクビになる行為だ。

「ここ半年くらいはずっと食欲が無いので」

「健康かどうか心配になるぞ。仕方ない、今から健康診断するからシャツを脱ぐんだ」

「それはもうセクハラを超えてプレイになっちゃいますよ」

「……そうだな。今はまだ早いか」

橋岡先生はブレーキをかけてあげるとしっかり止まってくれる。

逆に俺がブレーキをかけないと、どこまで突き進むのか気になるな。

「それで、何の用だ？」

「耳元で話さないでください」

橋岡先生は距離を取って、真剣な顔つきに変えてくれる。

「前にプール掃除をしたじゃないですか？　それで、さっき掃除していなかった箇所を思い出してしまったので、明日一日鍵を貸していただきたいなと」

「別に一箇所ぐらい掃除できてなくても怒られはしないぞ……って、君はそんなことを気にする性格ではないな。怪しいぞ」

橋岡先生は俺を疑ってくる。やはり、素直に聞き入れてはくれないか。

だが、掃除するのは本気だ。ゴミが落ちていたら拾うつもりでいる。

「もしかして、掃除ついでにそのままプールに入ったりはしないよな？」

「休憩がてら足ぐらいは浸《つ》かるかもしれません」

「……はぁ。また何かよからぬことでも考えているのだろう。君が行動する時は何か起こす時に決まってるからな」

　橋岡先生に隠し事はできそうにないな。

　迷惑をかけるわけにもいかないので、先生にはちゃんと伝えておくか。

「みんな授業だとプールに入らないみたいなので、掃除がてら一緒に入ろうかと。せっかく掃除したのに自分達は入れないんじゃ、嫌な気持ちのまま終わっちゃいますし」

「まぁ君達は頑張って掃除したから、ちょっと入るくらいなら誰も怒りはしないだろう。ただし私も同行な。監督責任者がいないと、万が一の時に面倒なことになる」

「橋岡先生の仕事を増やすわけには……」

「生徒自ら何かをしたいと思い立った時に、手助けするのが先生の役目だ」

　橋岡先生は今まで出会った人の中でも一番懐が深い気がする。だから、油断していると甘えたくなってしまう。

「生徒の悪巧みでも手助けするんですか？」

「何を勘違いしている。学校の施設は生徒のためにある。その施設を生徒が先生の許可を取って使うのは何も悪い事ではないよ」

橋岡先生の言う通りだな。授業でも無いのにプールへ入るのはいけないことだと俺は勝手に勘違いしていた。

先生は融通が利かない人ばかりだけど、橋岡先生は違う。生徒の事を本当に大事にしているから、真面目に向き合ってくれる。

「それに、プールなら君が自らシャツを脱いでくれるだろうからな」

優しさの裏に下心もあったが、先生が協力してくれるなら俺の上裸なんて安いものだ。

「どうして先生はそんなに優しいんですか？」

「別に優しくしているつもりはない。生徒に寄り添うのが先生の仕事だしな」

「……橋岡先生に出会えてよかったです」

「おいおいなんだなんだ、私に惚《ほ》れたか？」

「セクハラしてくるところ以外は、惚れてるというか尊敬してます」

出会いによって人生は大きく変わるとアリスが言っていたが、その通りだ。

橋岡先生が担任じゃなかったら、臆病だった自分を変えることはできなかったかもな。

「先生は何か困っていることないですか？　俺にできることがあれば力になりたいです」

「彼氏がいなくて困っているから、私の彼氏になってくれ」

「そうやっていつも冗談で誤魔化《ごまか》す。それだと恩返しができないじゃないですか」

「別に冗談ではないのだが」

「冗談であってください」

橋岡先生は会議があるからといって、会話を終えて出て行ってしまった。

プールに入る目的は達成できそうなので、グループチャットで連絡を入れておいた。

授業以外で学校のプールに入るなんて初めてだな。

みんなの良い思い出の一つになってくれればいいのだが、果たして……

◇白坂キラの葛藤◇

茂中さんの彼女が亡くなっていたことを知った日から、茂中さんを見るみんなの目が少し変化していた。黒沢は茂中さんを救うと口にしていたし、赤間は茂中さんに彼女がいなかったのはむしろチャンスだと捉えていた。

正直あれからどうなることかと思っていたけど、二人ともまだ大きな行動は起こしていない。所詮は口だけ。黒沢は恋愛経験とかゼロだし、赤間も豊富そうには見えない。いざ何かしようと考えても、何をすればいいのか分からないはず。何か行動を起こしても逆効果になるかもとか、嫌われるかもと思えば臆病になるはず。

だから動けないんだ。そもそも男女の関係は難しいから、お子様には上手にできない。私みたいに一歩引いて俯瞰《ふかん》で状況を見ていかないと……これぞ大人のムーブ。

黒沢と赤間は距離感無視して茂中さんにベタベタ触ったりしてるけど、私は滅多《めった》に触れない。その方が、いざ触れた時に茂中さんもビビっとくるはず。

距離を置かれていたのに、ふとした瞬間に触れて繋《つな》がる。これで相手も心を許されたような感覚に陥るの。これも大人のムーブ。

茂中さんは年上で頼りがいがあってみんな甘えたくなるのも分かるけど、私は逆に茂中さんを甘やかすぐらいの大人の余裕を見せていかないと。

アリスさんは年上だったから、茂中さんは年上好きなはず。私の年齢は下だけど、精神年齢で上に行けばいい話。

だから、大人のムーブをしていれば、いつか茂中さんが俺は白坂がいねぇと駄目なんだわとか言ってくるはず。はい、私の勝ち。

そこから青春とか満喫して、色んな感情とか知って、表情も出せるようになって表現の幅も増えていって……

事務所の憧れの大先輩の宮澤《みやざわ》さんに成長を認めてもらって、役者の仕事もいっぱい受けて、いつかは映画の主演女優に。

将来のためにこのチャンスは逃せない。茂中さんは悲劇の主人公。その傍《そば》にいれば、他では体験できないような濃厚な日々を過ごすことができる。

黒沢と赤間に持ってかれるくらいなら私が持っていたいし、茂中さんを不用意に傷つけられて居場所が壊れるのは阻止しないとだから、私がしっかり守らないと。

あっ、ヤバい、茂中さんのことばかり考えてたら時間が……

スマホの画面を表示すると、もう準備をしなきゃいけない時間になっていた。

「うわっ」

スマホがいきなり音を鳴らして画面が切り替わり、白坂由香里《ゆかり》からの着信を知らせる。

世界で一番嫌いな人。私の母親。

今さら何なのよ……無視を続けても稀《まれ》に着信が来るし。

朝から気分が悪くなった。こんな時は、インスタでお気に入りの写真でも載っけてイイネ荒稼ぎするのが一番。私は特別だって気分になれるからね。


校舎へ入り、日傘を閉じる。

日傘は面倒だけど顔を隠せてお肌も守れる。夏も近づいてきたから欠かせなくなった。

『うわっ、白坂キラだ。すげぇ』

『現物見るとやっぱめっちゃ綺麗だ。今日はついてるな』

まだ私を見慣れていない一年生の男子がはしゃいでいる。その内、日常の一つになって私を見かけてもはしゃげなくなるけど。

外と違って学校で注目されるのは別に苦でもない。ちやほやされるのは特別感があるし、モデルは美しい自分を見てもらうのが喜びだしね。

「おはよう白坂」

下駄箱《げたばこ》で茂中さんとばったり会った。今日はついてるかも。

「おはよ」

何か話を続けたいけど、会話の種が何も出てこない。もどかしいなぁ。

「インスタに載せてた写真、凄《すご》く綺麗《きれい》だったぞ」

「えっ……」

去年、パリへ行った時にマネージャーさんが撮ってくれていた私の写真を今朝インスタに載せていた。でも、まさかそれを茂中さんが見ていたなんて……

「というか、インスタやってたの？　アカウント知らないんだけど」

私のアカウントを見ているってことは、私に超興味があるってことだよね？

「見るだけのアカウントだから知らなくて当然だ。プロフィールも設定してないし」

「何それ。ネットストーカーじゃん」

「えっ、すまん。そういうつもりじゃ……」

やばっ、嬉しいのに逆に傷つけること言っちゃった。むしろ興味を持って欲しいのに。

「まっ、別にいいけど。画像を保存して壁紙にして画面にキスとかしてないよね？」

「不快にさせてすまん。次から見ないようにする」

「だから別にいいって」

いや見てよ！　やめないで！

「ほら、いいね数とか気にしてるから。少ないと恥ずかしいからいいねで協力してよ」

「俺でも力になれるなら協力するよ。なんとか投稿は直視せずにいいね押しとく」

駄目だ……これ以上は空回りだし、我儘《わがまま》に見えて子供っぽくなっちゃうかも。

私の大人のムーブに相応しくない。もう投稿した画像を直接見せればいいし。

教室へ入り、席へ座る。茂中さんは私の後ろの席。

今思えば茂中さんが後ろの席なのは、運命的なやつなのかもしんない。

振り向けば茂中さんがいる。それは私だけの特権。

「どうした？」

「え、えっと、何か視線を感じたから」

「すまない。前に座っているとはいえ、あまり白坂を見ないようにする」

いや見てってば！　また余計なこと言っちゃった。茂中さんの顔が見たくて振り返ったのに、文句言って傷つけちゃった！

ヤバいヤバい、距離が近づくどころか何かするたびに離れていってる。

このままだと挙句の果てに嫌われて私のことなんて見てくれなくなっちゃいそう。

どうしたらいいの？　学校なんてほとんど行ってなかったから、男子との向き合い方とか全然分かんない！　全部空回りしちゃう……男女関係って超難しいじゃん。

「おはよう。橋岡先生に上手《うま》く話せたようね」

黒沢が来て茂中さんに話しかけてる。相変わらず目つきは恐くて、怒っているようにも見えるけど。

黒沢が茂中さんに話しかけることは少し増えてきている。普段は冷静だけど、昨日はスカートを捲《まく》って太ももを茂中さんに見せつける大胆な奇行をしていた。

天然で抜けているところもあるからこそ、相手を揺さぶれる。その武器だけは強い。

私も何か見せようかな……胸とか尻とか？　いや、そんなの恥ずかしくて無理でしょ、大人ムーブどころか痴女ムーブじゃん。

いや、でも今日はプールもあるから合法的に見せられる。むしろこれはチャンス。恥ずかしいけど、大人の色気を出していかないと。私にも武器はあるんだから。

「先生はむしろ協力してくれる流れになった」

「あら、流石《さすが》ね。碧はどんなことでも有言実行、リーダーに相応《ふさわ》しいじゃない」

茂中さんを称《たた》えながら肩にベタベタと触れている黒沢。茂中さんも満更でもない顔してるし、なんなのよ。そんなことしてると、もう守ってあげないんだから。

「でも、また橋岡先生に助けられる流れになったのは反省してる。何でもできる人間になりたいが、なるべく人に迷惑をかけないようにはしたいからな」

「あの人はお節介なところもあるのよ。私が生徒会長をクビになる時も、どうにか辞めずに済むように最後まで手を回してくれていたようだし」

「そうなのか。じゃあ、今度みんなで先生に何か恩返しするのも有りだな」

「あなたがそうしたいのなら好きにしなさい。私も協力は惜しまないし、碧のどんな行動も肯定してあげるから」

「ありがとう。黒沢のおかげで最近は迷うことも減ったよ」

「別に私はあなたが心配なだけよ。いつも無理するから、支えが必要だと思うし」

……あれ？　何か良い空気感なんだけど。二人にだけ通ずる理解があるように見えるんですけど。私も傍にいるのに、二人が凄く遠くに感じるんですけど。

私の知らないところで何かあった？　もしかして黒沢は裏でやることやってる感じ？

黒沢は私に気づかれないようにこっそり茂中さんに踏み込んでいってるかもしれない。単に好意とか見せるんじゃなくて、そっと心に寄り添うように近づいていってるのかも。

やばっ、ちょっと舐《な》めてたかも。恋愛経験無いから積極的にいけないとか思ってたけど、確実にゆっくりと近づいていってる。むしろ一番理想のパターンで近づいていってる。

「鈴は水着忘れてないか？」

赤間は少し前に茂中さんの元へ来て黙ってぽつんと突っ立っていたけど、茂中さんが気を使って話しかけてくれている。

かまってアピールは得意みたいね。茂中さんは優しいから効果的かもしれない。

「もちろんです。茂中先輩とプールに入るの楽しみ過ぎて忘れるわけないですよ」

「そう言ってくれると嬉《うれ》しいよ。楽しんでもらえないと意味ないからな」

「先輩と一緒ならどこでも何をしてても楽しいですよ」

赤間はもう好意むんむんで話している。もう茂中さんのことが好きなのは伝わってもいいからと、開き直って押せ押せの状態だ。

「流石に一緒に積み木とかしても楽しくないだろ」

「楽しいですよ。先輩がいっぱい積んでいくごとによしよししてあげます」

「そんなの恥ずかしくてできないって」

「いいんですよ。あたしの前ではどんな恥ずかしいことをしても……」

やられた。赤間は甘えているようで、茂中さんを甘やかそうとしている。何でも受け入れる姿勢を見せておいて、飛び込んでくるのを待っている。

私がやろうとしていた茂中さんをむしろ甘えさせる作戦を先に実行されていた。

それに黒沢は茂中さんのことを碧と呼び、赤間は茂中さんから鈴と呼ばれている。

二人とも距離は確実に縮めてきている。既にそれぞれ何かしら仕掛けている。

……あれ？　私は？

何にも変わってない。静観しているだけで、何もできていない。二人は臆病になって行動できないでいるとか上から目線で分析してたけど、一番の臆病って私じゃね？

やばいやばい、このままじゃ私だけが出遅れる。なんとかしないと……

とりあえず呼び方を変えるのが先決。みんなが越えた壁を私も越えないとだ。

「あ、あの、茂中さん」

「どうした？」

「………」

だめだめだめっ！　キラって呼んでなんて恥ずかしくて言えないってば！

自分からは呼んでって言えない。何か理由を付けて呼ばせるような状況を作らないと。

「何か言《い》い辛《づら》いことでもあるのか？」

お察しの通りです……表情無い私にも察してくれるの、本当に嬉しい。

「もしかして水着忘れたとかか？」

「ちゃんと持ってきた。大丈夫」

昨日は唐突にプールに入ろうとか言い出すもんだから、準備とか色々大変だった。

茂中さんってば、いつも私を振り回してくる。おかげでこっちは毎日が慌ただしくなって、ハラハラさせられて、気を休める時間すらない。

でも、楽しい。辛い事とか嫌な事とか考える時間も減ったし、今までに味わったことのない体験ばかりしてる。これからも、傍《そば》にいたい。

「……私、頑張るから」

「何を頑張るんだ？」

「出遅れちゃったけど、頑張ってこれから全員ぶっこ抜いてやんの。見てなさいよ」

なんか今、自然と笑えた気がする。

私の出せなかった感情が、茂中さんに無理やり引っ張り出されていく——

◆

放課後になり、俺はみんなを集めた。

「まだ日が暮れるのには時間があるから、図書室で時間を潰さないか？」

「何で図書室なの？　行ったことないから、何とも言えんけどさ」

白坂は図書室の案を疑問に思っている。今日の白坂は普段よりも俺に話しかけてくることが多いので、少しだけ違和感を得ている。

「俺も今まで行ったことがない。だからこそ新しい発見もあるかもしれない。ただ待っているだけでは退屈だし、図書室に行けば少しは待ち時間も楽しめるかなと思ってさ」

「そういえば図書室なんて行ったことねーな」

「あたしもです」

金田と鈴も図書室は利用したことがないようだ。

「あんなに広くて設備も整ってる図書室を利用してないなんて勿体《もったい》ないわね」

黒沢だけは図書室を利用したことがあるようだ。生徒会長だったこともあり、学校のほとんどの施設を把握しているのだろう。

「いつか勉強とかで利用するかもしれないし、とりあえず行ってみるか」

みんなで図書室へ向かう。廊下から見える校庭にはサッカー部や野球部が活動しており、暑さの中でも声を出して元気に動いている。

「やっぱり青春といえば部活なのかな。中学の時から芸能活動しててずっと帰宅部だから、ちょっと羨ましいなって思うことあるんだよね」

白坂は部活に励む生徒を羨ましそうに見ている。

「俺は中学の時バスケ部だったけど、厳しい顧問の先生でほとんど休みも無くて青春ってよりかは修行に近かったな。部活で得られる特別な青春もあるけど、部活に入らなかったこそその特別な青春もあるはずだ」

「例えばどんな青春？」

「友達とたくさん遊んだり、恋人と多くの時間を過ごしたり、趣味に没頭できたりとか、勉強に精を出したり、帰宅部で時間があるからこそできることも多い」

俺は帰宅部どころか学校も休んでアリスとの時間を過ごしていたからな。その分、数え切れない思い出もできたし、一生忘れない特別な青春の日々を過ごせた。

「これから始まる夜のプールも、その一つってこと？」

「そういうことだ。時間を持て余した俺達だからこそできる青春だな」

中学の時は部活に所属しないのは間違っているという空気感があり、俺はやりたいことがなかったのに周囲の目を気にして興味も無かったバスケ部へ入った。

部活に所属するのが正しい道だと信じていたが、結果的に試合に出ることもほとんどなく得られたものも僅かしかなかった。振り返ると、あまり意味のない道だったなと思う。

正しい道を選ぶのではなく、選んだ道を正しくするのが大事だとアリスが教えてくれた。

今は問題児達と一緒に過ごすという、明らかに逸《そ》れた道を進んでいる。

逸れた道だとしても、自分が正しい道にすればいい。それができる人間になりたい。


図書室へ辿《たど》り着き、みんなで周囲を見渡す。

「綺麗《きれい》で居心地は良さそうですね」

鈴の言葉通り、新設校なだけあって図書室は綺麗で使い古した感じはない。本棚は何列にも並んでいて、多くの机が置かれているため過ごす場所も困らなそうだ。

「とりあえず、一人一冊読みたい本を選んでからあそこの席に集合するか」

みんなは俺の提案に頷《うなず》き、金田を残してそれぞれ散らばっていった。

黒沢以外は読書をしている姿を見たことがないから、色んな本が目に入って新しい発見や気づきがあるかもしれない。決して無駄な時間にはならないはずだ。

「パイセン、俺は一ミリも本に興味ないんだがどうすればいい？」

「今まで一切本を読んできてない感じか？」

「ああ。漫画ぐらいしか本は読んでねーな」

金田はサッカー一筋だったためか、読書という経験をしてこなかったようだ。

「適当に見てても意外と気になる本が見つかったりするから安心しろ」

「とりあえずエロ本でも探すか～」

「そんなものは図書室にはない」

「じゃあ、この図書室で一番エロい本持ってくるぜ」

「いや、エロから離れることはできないのか？」

金田は本を探しに行ってしまったが、何も目的が無いよりかは良い……はず。

一人になったので俺も読みたい本を探す。一風変わった新設校なので旅行のガイドブックや若者向けのファッション本など普通の図書室には置かれないであろう本も多いな。

適当に本棚を見て回っていると、本を立ち読みしている白坂の姿を見つけた。

「その本に興味持ったのか？」

「うん、ちょっとだけ。色んな国の文化の違いとか国民性とか書いてある本だって」

「白坂はよく外国へ行くみたいだから、そういう知識を得ておくのは良い事だと思うぞ」

白坂はしっかりと本を選んでいたので、安心して別の場所へ向かおうとしたが肩を掴《つか》まれてしまう。

「ちょっと待った」

「お、おう」

どことなく必死さを感じる。このチャンスを逃すまいという必死さが。

「欧米だと自己紹介は苗字《みょうじ》じゃなくて名前を言うのが普通なんだよね。で、もうそれからは名前呼び。日本とは逆で名前知ってるのに苗字は知らないパターンも多いんだよ。むしろ苗字だけ教えると距離を置かれているみたいでよくない的な？」

珍しく流暢《りゅうちょう》に喋《しゃべ》り続ける白坂。どこか落ち着きが無いのが心配になるな。

「そうなのか」

「そうなのか、じゃなくてさ。私ほら、ハーフだし。北欧系だし？」

何かを欲しているような様子の白坂だが、どうすればいいのか分からない。

「何でこういう時に限って察してくれないの？」

何故《なぜ》か怒られた。まだまだ俺は白坂の人間性を理解できていないのかもな。

「欧米気質だから苗字呼びに違和感あるって言ってんの」

「そんなこと言ってなかったぞ」

「い、言ってたの」

「……言ってたかもな」

絶対に言ってなかったが、圧力をかけられたので事実を捻《ね》じ曲《ま》げるしかなかった。

「キラって呼べばいいのか？」

「……うん」

先ほどまでの大きな態度は急に丸くなり、小さくこくりと頷いた。

今までずっと苗字呼びだったこともあり少し気恥ずかしいが、キラのためなら我慢できるし対応していかないと。

「じゃあ、これからはキラで」

「ふむふむ。よろしい。非常によろしい」

さっきまで怒られていたと思ったら、今度は珍しくご機嫌な様子を見せてくる。

「もう一回呼んでみて」

「キラ？」

「……はい。何でしょうか」

まさかの、キラが頬《ほお》を赤らめている。初めて恥ずかしがっている表情を見た。

「呼んでって言われたから呼んだだけだぞ」

「そうだったね。そうだったそうだった」

鼻歌を歌いながら俺の元から去っていく白坂。まさか名前を呼ばれるのがそんなに嬉《うれ》しかったとは……俺も周りもずっと白坂呼びだったから気づけなかったな。

金田にもキラで呼んだ方が良いみたいだと伝えておくか。もっと喜ぶかもしれない。

探していた本が見つかったので指定していた席へ戻ると、黒沢以外の三人が既に読みたい本を探し終えて座っていた。

「みんなはどんな本を選んだんだ？」

「タイトルに惹《ひ》かれて、好きすぎて壊してしまったのって恋愛小説を選びました」

「私はこの、嫉妬されるべき人生っていうエッセイみたいな本かな。共感できること多そうだったから」

鈴のチョイスはちょっと不気味だったが、キラはしっかりと自分に合う本を選んだな。

「金田は見つかったのか？」

「意外と知らない女子が気持ち良いと感じるところって本だな」

「チョイスきも」

キラは金田が選んだ本のタイトルを聞いて引いている。本の背を見るとタイトルが少し異なっているので、実際には脚色しているようだ。

「本当はドキドキしてんじゃねーのか？」

「えっ、その、何で知ってんの？」

金田の冗談を聞き、否定せずに慌てているキラ。

「おいまじかよ白坂嬢、意外とむっつりスケベなのか？」

「別にあんたにドキドキしてないから！　ちょっと前に色々あったの」

キラは本を選んでいる時に何かあったのだろうか……

俺に名前呼びを希望してきた会話の後は、キラに何があったか見ていないから不明だ。

「あら、私が最後だったわね」

本を持ってきた黒沢が来て、そのまま空いている席に座った。

「派手な色の本を持ってるな」

「イケイケのギャルから学ぶ恋愛必勝法というのを選んでみたわ。せっかくだし絶対に自分が買わないであろう本を選んだの」

変なチョイスだが、自分とは正反対の意見や経験は新鮮で何かの参考になるかもな。

「碧は何を選んだの？」

「遠距離恋愛で失敗しないための教科書って本を選んだ。参考になりそうだから」

俺が選んだ本を聞いたみんなは、何故か哀れんだ目を向けてくる。

女々しいチョイスだったから、軽く引かれてしまったのだろうか……

「同じ状況の茂中さんは必読かもね。このままじゃ失敗しそうだし」

「そ、そうだな」

キラが小馬鹿にしてくれたおかげで、場の空気が入れ替わる。助かったな。

その後はみんなで集中して本を読んでいたのだが、黒沢がもじもじとしだして徐々に顔が赤くなってきているのが気になった。

「どうしたんだ黒沢？」

「思っていたよりも過激なことが書いてあって……」

そう言いながらも本から目を離せなくなっている黒沢。

「へぇ、どんなこと？」

「男を喜ばすテクニックって項目、けっこう肉体的なこととか書いてある」

読んでいられなくなった黒沢は、ため息を漏らしながら本を閉じた。

「続きは家で読むとするわ」

本を返却するのではなく、鞄《かばん》にしまう黒沢。内容は気になるようだな。

黒沢は金田の言うむっつりスケべってやつなのかもしれない。

「金田の方が過激そうだったが」

「おいおい……この本、肉体的なことじゃなくて精神的なことしか書いてねーぜ、タイトル詐欺じゃねーか」

求めていた表紙を見つけて読んでみても、中身は望んだものとは違う場合は多々ある。

人もそれと似たようなもので、表面だけを見て判断しても内面は想像とは異なることが多い。それはみんなも同じで、まだ見ぬ内面を内に秘めているのかもしれない。

三時間ほど図書室で過ごし、俺達はプールへ向かう。部活動を終えた生徒達がまばらに帰っていく姿が見える。日も暮れてきて、少し気温も下がってきている。

「金田、やけに荷物が多くないか？」

「せっかくのプールだし、家にあった遊び道具をいくつか持ってきたぜ」

「そういうの持ってるんだな」

「妹がいるからな。水鉄砲とか浮き輪とか色々入ってた袋をそのまま持ってきたぜ」

金田に妹がいたのは意外だな。ずっと一人っ子だと思っていた。

「おう、来たか」

プールの入り口に着くと、ジャージ姿の橋岡先生が待っていた。

「橋岡先生、今日はわざわざありがとうございます」

俺が頭を下げると、後ろにいたみんなも軽く頭を下げていた。

「鍵を持っていた体育教師に、掃除し忘れた場所を思い出してわざわざまた掃除しようだなんて良い生徒達ですねって言われたぞ」

「いけないことをするはずだったのに、褒められることになるとは」

「この社会は上っ面だけ良い子にしてればいいんだよ」

橋岡先生も表面上はしっかりとした教師だが、男子が大好きな危ない一面もあるからな。

俺達はプールサイドに落ちているゴミや草木を拾う。風で飛ばされてきたのか、綺麗《きれい》にしたのにまた増えていたな。金田はデッキブラシでゴシゴシと床を磨いてくれる。

橋岡先生が見つけた細かい箇所も掃除していき、日が沈んでから更衣室へ入った。

「おいおい、パイセンまた細くなったんじゃねーか？　修学旅行の時よりも痩せたように見えるぞ」

一緒に着替えていた金田がシャツを脱いだ俺の身体《からだ》を見て指摘してくる。

「クーバーイーツの仕事で体力使うことも増えてきたからかな。痩せたが筋力も多少はついてきてると思うぞ」

「もっとがっちりしてねーといざって時にみんなを守れねーぞ」

金田はスポーツを極めていただけあって、しっかりとした筋肉質な身体をしている。

「いざってどんな時だよ」

「ヤンキーに絡まれた時とか？　この前も隣駅で高校生がいきなり二人組の不良に殴られて重体のニュースとかあったろ？」

「そんなことがあったのか」

「まぁその動画がＳＮＳに投稿されてたから、捕まるのは時間の問題だと思うけどな」

今は弱者でも逆転できる世の中だ。みんなスマホを持っているため犯罪行為は撮影して証拠を残せるし、ＳＮＳ等で被害の相談をすれば全国の有識者達が解決策を提供してくれる。被害者が泣き寝入りになることも減っているはず。

「そういえば、いつの間に白坂を下の名前で呼ぶようになったんだ」

「さっき図書室で欧米気質だから苗字呼びが不服だって言われてな」

「そうだったのか。てっきり付き合い始めたのかと思ったぜ」

「そんなわけないだろ。金田も白坂を名前で呼んだら喜ぶんじゃないか？」

着替え終えた俺達は更衣室から出てプールサイドへ戻る。夜となり周囲は暗いが、照明があるおかげでプールサイドは程よい明るさとなっている。

「おいおい、上裸の男子生徒が二人。たまらないじゃないか」

更衣室からビキニ姿の橋岡先生が出てきた。

露出の多い黒色の水着を着ており、目のやり場に困る。

「橋岡先生も水着持ってきてたんですね」

「当たり前だろ。私も入りたいからな」

普段はスーツで隠れているが、橋岡先生はかなりスタイルが良い。

胸も大きいし、身体も引き締まっていてグラビアアイドルのような体形をしている。

「どうした金田。私の身体に見惚《みと》れたか？」

「い、いや、その、なんつーか」

「ほれほれ〜揉《も》みたいか？」

胸を寄せて金田を挑発している橋岡先生。とても先生が生徒にする行為ではない。

「そんな安い挑発に乗るほど馬鹿じゃねーっすよ。お願いです揉ませてください」

「お前が新しい夢を見つけたのなら、考えてやらんでもないが」

橋岡先生は金田がサッカーをできなくなり、夢や目標を失ったことを知っている。

そんな金田に前を向いてもらうために、身体を張って焚《た》きつけているようだ。

「……ちゃんと見つけるつもりっすよ」

「そうか。まぁそこの茂中と一緒に過ごしていれば、新しい発見が必ずあるはずさ」

金田の肩を叩《たた》く橋岡先生。俺だけではなく金田のことも気にかけているようだな。

「茂中はどうする？」

「俺は大丈夫です。そんなことしたら、みんなからの信用も失ってしまいますし」

「真面目だな君は。そりゃ私を含め、女子が心を許すわけだ。まぁ私は触るが」

橋岡先生は嬉しそうに俺の胸をベタベタと触ってくる。

「綺麗で清潔感のある身体をしてるし、ツヤツヤだ」

「くっ、今プールに入れているのは先生のおかげだから逆らえない」

「駄目だっ、これ以上は舐《な》めたくなってしまう！」

そう言って俺から腕を離した橋岡先生。いつクビになっても俺はもう驚かない。

「待たせたわね」

スクール水着姿の黒沢が俺達の元へ来た。修学旅行の時にスク水姿は見ていたが、改めて見ても太ももやお尻のムチムチ具合は圧巻である。

「スクール水着は久しぶりに着ましたけど、キツキツで苦しいですね」

スクール水着の上にパーカーを羽織っている鈴もやって来た。胸の張りが凄《すご》いので思わず目がいってしまうな。

「おっ、キラ様のご登場だな」

タオルを羽織り、身体を隠しているキラが俺達の元へ来る。金田は早速、名前で呼んであげているようだな。

「は？　何で名前で呼んでくんの？　そういうの冗談でも無理なんだけど」

「えっ？　パイセンが白坂は欧米気質だから苗字《みようじ》呼びが不服だって……おい、言ってることがちげーじゃねーかよ」

「悪い、俺の勘違いだったみたいだ」

金田は俺の腰を肘で叩いてくる。言ってることが違うと言いたいのは俺の方だ。

キラは俺達の元から離れていき、スマホでプールや自分の写真を撮り始める。

俺は邪魔にならないように近づいていき、どういうことなのか事情を聞いてみる。

「白坂、俺は何か勘違いしていたみたいだ。すまん」

「む、名前で呼んでって言ったじゃん」

「金田は駄目なのか?」

「……茂中さんは信頼してるから大丈夫なの。誰でもいいわけじゃない」

女の子の気持ちは複雑なので、発言が二転三転しても黙って飲み込むのが吉だ。

「それよりも見てよこれ」

みんなと同じ学校から渡されているスクール水着を着ているが、キラのは露出が強めな気がする。股の部分も際どい場所まで見えている。

「スク水なんて着るの最初で最後だと思って、切って改造しちゃった」

大胆なことをしてきたキラ。最近のスクール水着は時代に合わせて面積が広くなっており露出も抑えられているが、逆にキラは魔改造してより際どいものにしてきた。

制服を改造して着こなす生徒は見たことあるが、スク水を改造して着こなすなんてまさに問題児だな。

「セクシーが過ぎるんじゃないか?」

「興奮しちゃう?」

ハイレグとまではいかないが脚の付け根辺りまで肌が見えており、股の辺りはモザイクが欲しくなるほどの光景となっている。

「童貞時代の俺だったら恥ずかしいことになってたかもな」

「そっか、茂中さんってそういうの色々経験してんだよね」

「まぁ、彼女いるしな」

キラは俺をじっと見つめ、何かをかき消すように急に頭を振った。

「……エッチ、スケベ、変態、バカチン」

「そんなに暴言を浴びせないでくれ。嫌いになったか？」

「色々想像しちゃっただけ。頭冷やしてくるからっ、も〜」

去っていくキラと入れ替わりで鈴が俺の元へ来た。

「鈴はまだプールに入らないのか？」

黒沢は真面目にクロールで泳いでいる。橋岡先生はプールサイドに座っており、その近くではキラが金田からパクった浮き輪で優雅に浮かんでいる。

金田は潜っては水面から出てきてを繰り返している。目的は分からないが、クズなので水中から女性陣の身体をこっそり見ているのかもしれないと予想。

「あたし、実は泳げなくて……」

「そうだったのか。じゃあ一緒に入ろう。できるだけ傍《そば》にいるから」

「ありがとうございます。先輩はやっぱり頼りになります」

俺が先にプールへ入り、鈴に手を差し出す。俺の手を握った鈴は慎重にゆっくりと足から入ってくる。

プールに入った後も繋《つな》いだ手を水中で離さない鈴。むしろ指を絡ませてきた。

「茂中先輩と一緒に居ると、プールも怖くないです」

「それなら良かったよ。俺の両肩に摑《つか》まってくれ、軽く泳いであげるから」

両手を俺の両肩に置いてくれた鈴を背負いながら、ゆっくりプールを泳いでいく。

「あたし、ずっとお兄ちゃんが欲しくて」

「兄弟はいないのか？」

「はい、一人っ子で。だから、お兄ちゃんがいたら茂中先輩みたいな感じだったのかな」

俺も一人っ子だが、妹がいたら鈴のような存在だったのだろうか……

「茂中先輩は同じクラスなのに年上で、友達なのに先輩で……一緒に居ると、凄く心地が良いんです。炎上して不安だらけの毎日に、安心を与えてくれました」

そう言いながら肩から手を伸ばし、俺の背中をぎゅっと抱きしめてくる鈴。

大きな胸が押し付けられていて、背中越しに柔らかさを感じる。

「抱き着かれるのは流石《さすが》に恥ずかしいのだが」

「妹とのスキンシップなので問題無いです。変に感じるお兄ちゃんの方が問題です」

「本当の兄妹《きょうだい》ではないだろ」

「あたしは先輩の妹になりたいので、しっかりお兄ちゃんを演じてください」

今の鈴には頼れる存在が必要だと思うから、疑似兄でいるのも悪くないか。

逆に兄妹のような関係になれば、恋に発展する可能性も無くなって安心できるかもな。

「兄のように思ってくれてもいいぞ。理想の兄を演じられるかは不透明だが」

「ありがとうございます。これでイチャイチャしてても彼女さんに怒られないですね。妹だからって言い訳できますよ」

「偽物の妹は言い訳にできないだろ」

「アイドルもＳＮＳに写真を投稿した際に確認不足で異性の影がちらついてしまった時は、兄ですとか妹ですと家族だから問題無いさと言い訳するパターンも多いですよ。あんなの絶対に嘘《うそ》なのに」

絶対に嘘とは限らないが、兄妹という関係をカモフラージュに使う人も多いようだ。

「まぁ、あたしが言いたいのは妹だと思って心を許してくださいということです。友達には話せないことがあっても、家族には言えることとかあると思うんですよ。家族は縁が切れないので、先輩に何があってもあたしはずっと変わらず傍にいますから」

友達には言えないことか……

秘密や恥ずかしい過去とか、友達にも言えない話はいくつか持ってはいるが。

「先輩っ、危ないです」

「えっ」

俺達の方へ全力クロールをしている黒沢が突っ込んできている。

慌ててよけたが、水しぶきが俺と鈴に大量にかかった。

「うわ〜めっちゃ顔濡《ぬ》れた。せっかく良い雰囲気だったのに」

「授業じゃないからあんな全力で泳がなくてもいいのに」

「ナイトプールでガチ泳ぎしている人みたいですね。相変わらず黒沢は空気が読めない」

黒沢は空気が読めないのではなく、読む気がないのだろう。マイペースで我が道を行く性格。それでも、少しずつ変わってはきているが。

「悪気はないだろうから、嫌いにならないでやってくれ」

「黒沢はあんな人だってことは理解してますから、もう諦めてます」

最近、鈴が黒沢と仲良くなってきているのは、ようやく鈴が黒沢という人間を理解してきたからなのかもな。相手のことが分かれば、付き合いやすくもなる。

「金田、足は大丈夫か？」

浮き沈みを繰り返している金田の元へ行き、足の状態を確認する。

「ああ、泳いでないから問題ねーよ」

「なら安心だ。ところでずっと潜っては出てを繰り返しているが、何をしているんだ？」

「潜ると女子の股が見れる。ここでしか見られないから、しっかりと目に焼き付けておこうと思ってな。特に白坂のはヤバい」

「その予想は外れてくれと願っていたんだが、ガチだったのか」

もう金田のクズっぷりには驚かなくなった。あと、ヤリチンではなく変態ということも理解してきた。

「先生に新しい夢を見つけろって言われたろ？　だから、それについて考えてたんだよ」

「女子の股を見ながら夢を考えるな」

「カメラがあれば、必死に潜って目に焼き付けてなくても写真で残せるだろ？」

ふざけたことを言っているが顔は真剣なので黙って聞くしかない。

「修学旅行でパイセンからカメラを渡されて、景色とかみんなのこと撮ってたの楽しかったなって思い出したんだ。だから写真とかカメラのこととか勉強してみよっかなってさ」

「カメラは奥が深いっていうし、学んでみるのも良いんじゃないか？」

きっかけは腐っているが、何か新しいことに興味が湧くのは良いことだと思う。

興味が夢に変わっていくこともある。俺も何か手助けしてやればいいが。

「図書室にカメラの本とかも置いてあったから、今度それを読んでみるぜ」

「それは都合が良いな。カメラも俺の貸すよ」

「まじか？　それは助かる」

図書室へ行ったこともプラスに働いたようだ。やはり何か新しい行動を起こせば、新しいきっかけが生まれていくな。

「貸してもいいが、盗撮の道には進むなよ」

「おいおい俺は問題児だぜ」

「お前が捕まったら、悲しむ人がいるんだぞ。二人くらい」

「少ないなっ⁉　まぁ盗撮とか犯罪行為はする気ねーけど、セクシーな写真とかは撮ってみたいなとは思うぜ」

「そういうのは良いんじゃないか？　変態な金田だからこそ撮れる写真もあると思うし」

サッカー一筋だった金田にも新たな趣味が生まれつつある。

みんな少しずつ変わってきている。クラスの余り者の問題児として腐っていくだけだった俺達でも、集まって互いに良い影響を与えて変われてきている。

そう思うと、自分にも少し自信が湧いてくるな。周りを楽しませたり良い影響を与えることのできる人間になれてきているかもしれない。

アリスにも一歩近づけた気がする。このままみんなと行動的に過ごしていれば、俺と付き合えて良かったなとアリスに言える日も、そう遠くない気がする。

みんなが変わっていくと、自分も変わっていくはずだ。

一旦、プールから出ると、黒沢も泳ぐのをやめて俺の傍にやって来た。

「はぁ……はぁ……」

一人だけ息を切らしている黒沢。授業よりもハードなことをしていたな。

髪を結んでポニーテールにしており、普段とは異なる姿に色気を感じる。

「楽しめたか？」

「良い運動になったわ。スッキリした」

満足はしているようなので、これはこれで良いのだろう。

「あら、シャボン玉ね」

鈴は未開封のシャボン玉の道具を開封し、黒沢の周囲にシャボン玉を飛ばしている。

「私はこれを使ってみようかしら」

金田が持ってきた道具の中から水鉄砲を取り出し、ワクワクしながらポンプに水を溜《た》め始める黒沢。子供というか少年のようだな。

「きゃぁっ」

浮き輪に浮かんで夜空を見ているキラの顔面へ容赦なく水鉄砲を撃ち込んだ黒沢。本人は悪気なんてないのだろうが、キラは本気で怒るに違いない。

「な、何すんのよっ！」

「水鉄砲で撃ったのよ」

「それはわかってる！　何で私を撃つのよ！」

「……友達だから？」

自分でも何でキラを撃ったか疑問に思っている黒沢。ただ、友達だからと答えてくれたのはどこか嬉《うれ》しかった。

「茂中さん来て」

白坂に呼ばれて再びプールへ入る。キラは俺の肩に手を置いて、黒沢の死角を作った。

「俺を盾にするつもりか？」

「仕方ないでしょ黒沢が危険なんだから。それとも私を守ってくれないの？」

「むしろ守らせてくれ」

黒沢から容赦なく無言で水鉄砲を顔面に撃ち込まれるが、ひたすらに耐えていく。

「褒めて遣わすぞ」

俺の背後で優雅に浮いているキラ。その姿はお嬢様そのもので、身を投じて守らなきゃいけない気持ちにさせられる。

「そろそろ帰りの準備するぞ〜」

橋岡先生から声がかかる。帰りの準備にも時間がかかるから早めに切り上げないとな。

「そうだ橋岡先生、記念写真を撮ってくれませんか？」

「かまわないよ。きっとこんな日はもう無いだろうから、思い出に残しておいた方がいい」

橋岡先生にスマホを渡し、みんなを一箇所に集める。

「みんなで写真を撮るぞ」

俺が声をかけると、みんなはスマホをこちらに向けている先生の方を向く。

修学旅行での最初の集合写真は、みんなとの距離がそれぞれ開いていた。でも、今はあの時よりも近づいてきている。よそよそしさは消えかかっているな。

「変わったな、お前たち」

そう言いながら写真を撮る橋岡先生。変化は俺達以外の人にも伝わっているようだ。

「見て、プールに月が浮かんでる」

キラは水面に映る月を指さしている。

「夜のプールならではね」

黒沢の言う通り、この光景は夜のプールに入ったからこそ見ることができたんだ。

「これからも、俺達にしかできない体験をしていこうな」

俺達だからこそ生み出せる思い出を作っていく。優等生にはできない、問題児だからこそできる大胆なことが他にもあるはず。

「期待してるよ茂中さん」

「任せてくれ。キラが待ち望んでいるような、特別な青春を届けてみせるから」

「何だか、今日はやけに自信に湧いてんじゃん」

そうだ、今の俺は自信が湧き出ている。このまま行動し続けて成長していきたい。

修学旅行の件も、赤間の炎上の件も、今回のプールも、無事に成功できたからな。

何でもできるようになっている。結果が過信を確信に変えてくれている。

「みんな、帰りの準備をするぞ」

集まっていた俺達は散らばっていく。キラはシャワーで念入りに髪を洗い始めた。

「先生、今日は本当にありがとうございました」

橋岡先生からスマホを受け取り、改めて感謝を告げる。

「実は私もプールに入りたかったんだよ。だから私も楽しかった」

「そう言ってもらえると、後ろめたさが軽減されます」

「先生は学校のプールに入りたいなんて言えないし、プライベートでも大人になるとプールに誘える友達もいなくなるしな。君みたいな奴《やつ》が巻き込んでくれないと駄目なんだ」

橋岡先生は俺の肩を抱いてくる。普段とは異なり水着姿なので胸の鼓動が高鳴るな。

「君はクラスメイトだけに留《とど》まらず、担任の先生までも楽しませてくれる。私が担任の先生で良かったと前に言っていたが、私も君が私のクラスの生徒で良かったなと思うよ」

「橋岡先生……」

アリスと出会う前は、誰かにそんなこと言われたことなかったな。

クラスメイトも先生も、みんなを楽しませることができている。

みんなが楽しんでいる姿を見ると俺も楽しくなる。自然と笑みがこぼれてくる。

色素が薄くなっていた視界は、徐々に色鮮やかになってきている気がする。

このまま順調にいけば、理想の自分になれるかもしれない。

第四章　一人じゃない

「みんなが行きたい場所を教えてくれ」

昼休み、みんなが集う空き教室で質問をした。この状況は、みんなのやりたいことを教えてくれと聞いた修学旅行の時を思い出すな。

自分から行動していく、そうすればみんなも歯車のように動き始める。みんなからの提案を待つのも有りだが、このグループのリーダーの俺が積極的に提案していかないとな。

「渋谷《しぶや》行きたい。人多すぎて一人じゃ絶対行けなかったし」

キラは前のめりで答えてくれる。行きたくても一人じゃ行けない場所があったようだ。

渋谷はイケイケな人達が多いイメージがあるので、俺達は浮いてしまうかもしれない。

ただ、滅多《めった》に行かない場所だからこそ、自分にとっての新しい発見もあると思う。

「買い物とかしたいのか？」

「それもちょっとあるけど、渋谷スクランブルスクエアっていうとこ行きたいんだよね。ビルの屋上が公園みたいになってるの。景色凄《すご》いから良い写真とかも撮れそうだし」

ＳＮＳを頻繁に活用しているからか、キラは俺達には無い情報を持っている。遊びの提案をする時や場所を選ぶ時はキラに頼ってみるのも良さそうだ。

だが、みんなを楽しませることができる人間になるのなら、俺も様々な情報をリサーチしておくべきか。インスタは見る用で始めてはみたが、もっと活用した方が良さそうだ。

「まぁ、もし気づかれたらパニックになって大変だろうから、私が行っちゃいけない場所なんだろうけどさ」

「よし、じゃあ次の休日に行くか」

「話聞いてた⁉」

むしろそういう話を聞いた方が達成感も出る。ただ遊びに行くだけではなく、困難までも乗り越えられるのなら一石二鳥だからな。

「ちゃんと聞いてたから、絶対に連れてってあげたくなったんだ」

「茂中《もなか》さん……」

「安心して楽しめるようにしっかりと対策も練るから」

「うん。でも、すぐ行きたいわけじゃないし焦らなくていいからね」

また一つ、やるべきことができた。どうにか有名人のキラを目立たせずに楽しめる方法を考えておかないとな。

「俺も写真の撮りがいがあるところに行きてーな、最近カメラにはまってるし」

「おっ、いいじゃん。カメラ極めてくれたらモデルになるから」

金田《かねだ》の発言にキラが反応する。本物のモデルなので綺麗《きれい》に写真を撮ってもらえるのは喜びなのだろう。身近な人にカメラマンがいれば撮ってもらいやすくもなるしな。

金田がカメラに熱中できれば、キラとより仲が深まるかもしれない。お互いに良いパートナーとして支え合う日が来るといいな。

「川越《かわごえ》辺りにトリックアートみたいなのが沢山置かれた変な場所があるらしい。そこで色んな面白い写真が撮れるって話だ」

「あっ、そこ私も知ってる。珍スポってやつだよね」

「珍ポ？」

「まじキモっ、もう一人で行けばゴミクズ」

「ごめんなさい白坂《しらさか》様、許してください」

クズからゴミクズになった金田。仲が深まっていくと期待した矢先に遠のいたな。

金田は自分でも発言をミスったと思ったのか、珍しく反省して土下座している。

「もう喋《しゃべ》んないで。耳腐るから」

キラのぞくぞくするようなゴミを見る目。

最低な男を目の当たりにして、引き出されたキラの初めて見る表情。

金田のような男と関わったからこそ、キラの感情が強く引き出された。金田みたいな奴は珍しいから、一緒に居て不快ではあると思うがキラにとっては得る物がある。

俺がキラから喜怒哀楽の喜と楽を引き出し、金田が怒と哀を引き出せば、キラは表情豊

かになれる。金田がクズの汚れ役だからこそできることであり、俺には真似《まね》できない。

「品川《しながわ》の水族館に可愛《かわい》いカワウソがいるという噂《うわさ》を耳にしたわ。別にどうしてもカワウソに会いたいわけではないけれど調査はしておきたいわね」

黒沢《くろさわ》も行きたい場所を伝えてくれる。あくまでカワウソに会うのではなく調査という名目で子供っぽくないように話す黒沢だが、そんな分かりやすい見栄《みえ》っ張《ば》りは逆効果だ。

「修学旅行で水族館行ったし、カワウソも見たじゃん」

「白坂さん、あなた何にも分かってないわね。同じカワウソでも、みんなそれぞれ違う可愛さがあるの。白坂さんと金田君が同じ人間だから一緒と言っているようなものよ」

「それはヤバい。私が超間違ってた」

金田と一緒にされたのが本当に嫌だったのか、自分の間違いを認めまくるキラ。

「それに、品川の水族館ではとんでもないことが……私も本当かどうかは知らないのだけど、あれがもし本当だとしたら……」

何故《なぜ》かプルプルと震えだした黒沢。品川の水族館にいったい何があるのだろうか。

「黒沢、もったいぶらずに教えてくれ」

「……カワウソに餌やりができるって噂よ。いや、もうこれは伝説？」

恐ろしげに語っていたが、ただカワウソに餌やりができるかもという話だった。

「それだけ？　餌やりなんて動物園とか水族館じゃあるあるじゃん」

「いや、だってカワウソに餌やりよ？　そんなことしたら私……あぁんっ！」

自分の身体《からだ》を抱きしめて悶《もだ》えている黒沢を見て、キラと鈴《すず》は引いている。

「ただカワウソに会いたいだけじゃん。黒沢ってそういうとこ子供だよね」

キラは正論を言いながら、黒沢の禁断ワードを言ってしまう。

「別にそこまで会いたいわけではないわ。ただ、気になるから調査はしたいの。遊ぶというよりかは勉強に近いわね。子供扱いしないで」

「その言い訳は流石《さすが》に無理だって。別に子供っぽいとこ一つや二つあってもいいじゃん」

「む～……もう、バカ茂中！」

キラに言い返せず、何故か俺に怒りをぶつけてきた黒沢。理不尽だ。

「品川とキラの行きたい渋谷は電車を使えば近いはずだから同じ日に行けるかもな」

「そうだね。めっちゃ充実した一日なりそうじゃん」

キラは期待を寄せた言葉を口にしている。これは絶対に連れて行ってあげないとな。

充実した一日か……アリスと離れてからみんなと出会うまでは、そんな日は訪れなかった。でも、今は違う。俺はみんなと一緒に居るだけで充実感を得ている。

「鈴はどこか行きたいところあるか？」

「ちょっと遠いですけど、ＵＳＪに行きたいです。私の好きなアニメとコラボしたアトラクションが期間限定で開催されているので」

「大阪《おおさか》か……日帰りでもギリギリ行けるのか？」

鈴はレジャーランドに行きたいようだが、場所は大阪だ。関東から関西の移動は飛行機や新幹線を利用することになるので、費用もかかり簡単には行けない。

「せっかく大阪行くなら旅行が良くない？」

「そうだな。夏休みになったら行ってもいいかもしれない」

キラの言う通り、交通費がかかるならＵＳＪだけではなく大阪の他の場所を観光できれば、より楽しくなるはずだ。

「旅行、良いですね。茂中先輩とお泊りしたいです」

鈴も旅行形式に賛同している。これなら夏休みに集まる理由もできる。

「よし、じゃあ旅行の計画もこれから立てていくか」

「でも、このメンバーで旅行なんて大丈夫かしら？」

「何を言ってんだ黒沢。修学旅行も大丈夫だっただろ？」

「……そうね。碧《あお》がいれば、問題無いわね」

俺達には成功体験がある。まだ関係は深くはなっていないので多少の不安はあるかもしれないが、修学旅行の時を思い出せばその不安は拭えるはずだ。

「よし、みんな意見をくれてありがとう」

「ちょっと待ちなさい。碧はどこに行きたいの？」

話を締めようとしたが、黒沢は見逃さずに俺の希望も聞いてくる。

「お、俺は別に……」

「言わないと駄目よ。碧が言わないなら私はどこにも行かないわ。修学旅行の時に言ったじゃない、今度はあなたのやりたいことを叶《かな》えさせてもらうと」

逃げ道を塞いでくる黒沢。行きたい場所なんて最近は考えたこともなかったな……

「う～ん……考えてみたけど無いな」

「無理やりでも捻《ひね》り出しなさい」

「そうだよ。茂中さん、そんなんじゃつまんないよ」

キラも黒沢に便乗し、俺を追い込んでくる。つまらない男にはなりたくない。周りを楽しませることができる男がつまらないわけないからな。

「強いて言うなら海外かな。でも、それは無理だしな……ごめん、もうちょっと考える」

ふと頭に過《よぎ》った海外の景色。きっと俺はできるだけ遠くへ行きたいんだと思う。

「いいじゃない海外」

「お金とかもかかるし、高校生には難しい。別の場所を考える」

黒沢は乗り気だが、軽い気持ちで行ける場所ではない。冷静に考えれば困難なことばかり思い浮かぶし、ここで言うべきではなかった。

「海外旅行は必ず行くわ」

「待ってくれ、もっと簡単に行ける場所でいい」

「簡単に行ける場所にあなたが行きたい場所は無いのでしょ？　だから、聞いた時に答えが出なかった」

黒沢の言う通りだが、俺がもっと色んな情報を得ていたら行きたい場所があったはずなんだ。情報に疎かったから、海外という漠然とした答えしか出なかった。

「それに、碧は修学旅行で不可能に近いことを私達のために叶えてくれた。私達だって困難かもしれない場所に碧を連れて行きたい。与えられてばかりなのは対等な関係じゃないし、碧が私達のために無理をしてくれたのなら私達も碧のために無理をさせてもらうわ」

黒沢は私達と他のみんなも巻き込んだ発言をしているが、黒沢の言葉に反論や意見をする人はこの中にいない。

「すぐには難しいかもしれないけど、それこそ卒業旅行とかなら可能じゃないかしら？　まだ二年ほど時間はあるのだし、こつこつ準備していけばいいわ」

卒業旅行か……俺達がそれまでずっと一緒の仲良しグループでいられるのだろうか。

進級してクラス替えが行われた後も、ずっとこの五人で集まっているかも分からない。

「私は仕事で何度も行ってるし、そこまで難しいことじゃないと思うけど」

「海外なら良い写真撮れそうだな。動画も撮るならゴープロとかも買わねーとな。アルバイトとかしてお金をためねーとだ」

キラと金田も乗り気だ。キラはモデルとして、金田はサッカー日本代表として海外に何度も行ったことがあるんだったな。この二人がいるなら心強いか。

「茂中先輩となら、あたしはどこにでも行きますよ」

「なら、決まりね。私達の目標が一つできたと」

鈴も賛同し、黒沢は話をまとめる。もう今さら断ることはできない空気だ。

「みんな……」

俺は見返りが欲しくてみんなのやりたいことを修学旅行で叶えていたわけではない。自分の成長のためだった。それなのに、みんなは恩を返そうとしてくれる。それがどこか申し訳ないというか、後ろめたさを感じてしまう。この想《おも》いが晴れない限り、俺は海外旅行を心から楽しむことができないかもしれない。

「とりあえず、今は次の休日のことを考えよう。海外旅行のことは、まだ行き先も決まってないしな。これからゆっくりと計画を立てていこう」

「あっ⁉」

キラが突然何かを思い出したのか、口を大きく開けている。

「休日といえば私服。私服といえば黒沢。黒沢の私服といえばヤバい」

連想ゲームのように黒沢の私服問題を思い出したキラ。

「そ、そんなにヤバかったかしら？」

修学旅行の際に黒沢は地雷系ファッションの服を着ていた。キラはそれがずっと引っかかっており、一緒に服を選んであげると黒沢に約束していた。

「今日、服を買いに行こうよ」

キラの発案で放課後は学校近くのショッピングモールで買い物をする流れとなった。

放課後はみんなでさいたま新都心《しんとしん》駅と直結しているショッピングモールへ訪れた。学校から歩いて行ける場所にあるため新都心高校の生徒が多い。学校の人と会うからという理由でわざわざ別のショッピングモールへ行く人もいるくらいだ。

「まず、修学旅行であの服を着る発想に至った経緯を教えてよ」

「生徒会長を辞めるまでは地味な私服しか着てなかったのよ。だから、どうせ辞めたのなら派手な服を着た方が良いと思って、あの服を選んだの」

「なるほどね。その気持ちはわからんでもない」

キラは黒沢に合う服を探そうとしている。もちろん、黒沢の意見を無下にはできないため、キラは黒沢から意思を聞きつつ答えを模索しているようだ。

「ちなみに、もう一つ着たいのがあったのよ。きっとそっちだったら文句を言われていなかったと思うわ」

「そうなの？　言ってみてよ」

「へそ出しの服」

「絶対ダメ」

キラに全否定されてふくれっ面を見せている黒沢。

黒沢はへそ出しの服も似合わない気がする。キラなら似合いそうだけど。

「どうしても派手な服を着たい気持ちはわかった。でも、それを全面に押し出すのは駄目。例えばだけど洋服は少し派手め系程度に抑えて、下着とかを派手なのにするとかさ」

「地味な服なのに脱ぐとド派手な下着。制服の下にはド派手な下着。まさに問題児だし、良いギャップじゃん」

鈴も会話に加わり、男子が入れなそうな女の子同士の会話が繰り広げられる。

「それはいいわね。下着なら学校でも着れるから、常にグレてる気分になれるわ」

「もういっそタトゥーとか入れちゃえば」

「赤間《あかま》さん、それも良いアイデアね。グレ過ぎてグレ沢って呼ばれるレベルだわ」

鈴は冗談で言ったつもりだろうが、黒沢は乗り気になっている。本気で入れそうで怖いから止めた方がいいかもな。

「大切な肌に傷つけるとか論外でしょ、やめときなよ」

「傷の六つや七つあったっていいじゃん。真っ当に生きてたら傷はつくし」

「まっ……そうね。私は大事にするけど、大事にしない生き方も良いんじゃない？」

鈴とキラは価値観が違うのか意見が合わない。だからといってぶつかり合うほど、主張は強くない。お互いにそれぞれ好きに生きようという考えは持っている。

ただ、キラの言葉には棘《とげ》があることもあり、普通の女子なら傷つくことも多いはず。

有名人効果で周りに人が寄ってくることも多かったが、今では孤立しているというのも頷《うなず》ける。黒沢も言いたいことをはっきり言うタイプなので、二人は波長が合うのだろう。

鈴はまだキラに慣れてない様子も見て取れる。一人でいるよりはみんなと居る方がいいからという理由で、言いたいことを我慢してないといいけど。

「どうやら下着屋に行くみたいだな。俺達は待ってないと」

「おいおい、下着屋とかエロ過ぎだろ」

「中学生かよ」

「はぁ？　パイセンよ～俺だって最近ＳＮＳで知り合った女から下着の画像が送られてきてんだぜ。ギフトカードくれたらもっと見せてくれるってよ」

そんな悲しいマウントを取られても困る。騙《だま》されてないか心配になるな。

「あえて言っておくが、あまりみんなをそういう目で見るなよ。いつも金田の発言に呆《あき》れるだけで済んでいるけど、不快感がさらに強まったら仲にも亀裂が生じてくる」

「……パイセンってあいつらと一緒に居て、よく平然としていられるよな」

「どういうことだ？」

「問題児達って優等生の女子より何かこう、エロさみたいなのを感じないか？」

金田の指摘は一理ある。品行方正な優等生達より、荒れて乱れている問題児達の方がそういうフェロモン的な何かは出ているのだろう。

「木梨《きなし》達のグループにいた時は、周りをそういう目で見ることは少なかったんだけどな」

金田が嫌われるまではクラスの中心である木梨達のグループに属していた。そのグループには無かったふしだらさを今はみんなから感じているようだ。

「だからつい下ネタがこぼれたりと日常生活に支障をきたしている。俺は悪くねぇんだ、悪いのはみんななんだ」

開き直ってみんなのせいにしている。やはりクズには何を言っても無駄か。

「むしろパイセンは何で平気なんだ？」

「みんな性格に難はあると思うが、女性として魅力的だとも思う。でも、やっぱり留年した影響で一歩引いた生き方になってるからか、好意的な目で見るというよりも見守ってあげたくなる感じなのかもしれない。だから、俺は平気なんだと思う」

アリスと遠距離恋愛が始まってからは何があっても性的に興奮することも無くなってしまい、機能不全に陥ってしまっている。誰にも言えない悩みの一つだ。

「もし俺達が変な組織に摑《つか》まって、変なマスコットがルール説明を始めて、エッチしないと出れない部屋に閉じ込められたら流石《さすが》にパイセンも興奮しちまうだろ」

「この現実でそんなデスゲームみたいな状況にならないから安心しろ」

「最近、非現実的な事が起きてててありえねー話じゃないと思えんだよ。修学旅行で離島に行ったり、モデルの白坂と遊ぶようになったり、赤間の友達を騙すためにナンパ絡みしたりとか、パイセンと出会う前の俺に聞けば、そんなこと起こるわけねーだろって言うさ」

金田の言う通り、それぞれ問題を抱えた俺達が出会ったことで非日常的な出来事が発生しているのは否めない。だとしても、変なゲームには絶対に巻き込まれないがな。

「だから、俺はそんな日が来るんじゃねーかと思って日々妄想してるわけさ。万が一の時に、関係が崩壊しないように俺はその状況を乗り越えられるのかってな」

「時間の無駄過ぎるだろ……」

金田の発想力は前々からおかしいと思っていたが、どうやら想像力豊かな日々の妄想が彼の思考を歪《ゆが》めているようだ。

「待たせたわね」

金田と話しているとみんながぞろぞろと戻ってきた。鈴も紙袋を持っているので、黒沢と一緒に下着を買ったようだ。

「じゃあ、次の店に行こっか」

ご機嫌なキラが率先して前を歩き、俺達はその後ろを付いていく。

その後は服屋を何店舗か回り、黒沢はキラのアドバイスを参考にして服を買っていた。

「ふぅ〜これで休日も不安なく遊べそう」

目的を果たし、安堵《あんど》しているキラ。黒沢に似合う服を見つけられたようだな。

一方で黒沢はキラに色んな服を試着させられたので、しんどそうな表情を見せている。

「一旦、休憩しないか？」

「そうだね。黒沢もパンクしそうだったし」

二時間も買い物が続いたので、一旦近くのカフェに入ろうと提案しようとした。

その矢先に黒沢はすれ違った人に声をかけられた。

「未月《みつき》、久しぶり」

「……えっ、豊美《とよみ》？」

俺達の前に現れた一人の女性。長い黒髪で眼鏡をかけており、化粧は濃いめだ。顔だけ見たら地味な印象なのだが、へそ出しの服とショートパンツで格好は派手だ。

黒沢のことを名前で呼んでいるので、親しい関係だったのが一言でわかったな。

ただ、黒沢は目を逸《そ》らしており、どこか後ろめたい気持ちを抱いていそうな印象だ。

普段は堂々としている分、弱気に見える黒沢は珍しい。

「疑問形とか酷《ひど》くない？　まぁ見ない間にけっこう変わっちゃったかもだけど、未月も生徒会長の時とはだいぶ変わってるからお互い様だよ」

「そ、そうね」

生徒会長をクビになった黒沢がスカートを短くしたりピアスを付けたように、豊美という女性も以前とは印象が変わったようだ。

「黒沢に友達とかいたんだ」

キラに悪気はないのだろうが、随分と失礼な言い方をしている。

「ええ、同じ新都心高校の生徒よ」

同じ学校の生徒なのに制服を着ていない。豊美と呼ばれる女性は私服を着ている。わざわざ一旦家へ帰ってから買い物へ来たのか、それとも学校を休んでいたのか……

「未月、その人達は誰？」

「……ただのクラスメイトよ」

黒沢の回答に、少し気分が悪くなる。友達と答えてくれれば嬉《うれ》しかったのだが。

「買い物とか楽しそうでいいね。私はあなたのせいで修学旅行も行けなくて、学校にも行けなくなって、ずっと辛《つら》い思いをしているのに……」

そういえば、前にゲームセンターで現生徒会長の四谷と会った時に、緑川《みどりかわ》さんも学校に来なくなったと黒沢に伝えていた。きっとこの豊美が、緑川という人に違いない。

「豊美がもう関わらないでって言ったんじゃない」

「あれは、もう未月を巻き込みたくなかったから。でも、間違ってたみたい」

「そうだったの？　てっきり嫌われてしまったのかと思って悲しかったのよ」

「ごめんね。じゃあ……仲直りしない？　一緒に遊ぼうよ」

黒沢の腕を掴む女性。まるで俺達から黒沢を引き離そうとしているようにも見える。

「なにお前、こんな可愛《かわい》い女の子達と友達なの？　先言えよ」

女性の背後にやってきた金髪のガラの悪い男と茶髪のホストみたいな男。地味な女性には不釣り合いの男二人が後ろに立っているな。

「豊美、これはいったいどういうこと？」

「みんなでこれから隣駅のカラオケに行って、オールしようって流れなの」

「彼等《かれら》は誰なの？　新都心高校の生徒ではないようだけど」

黒沢は豊美に不良男共の紹介を求める。どうやら黒沢も知らない男のようだな。

「花山《はなやま》さんと馬地《ばじ》さん。二人とも大学生」

女子高生が大学生の男二人を引き連れているなんて珍しい光景だ。

仲睦《なかむつ》まじい様子も無いし、どこか闇を感じざるを得ない組み合わせになっている。

ぱっと見て恋愛関係ではなさそうだし、一緒に居る理由が気になるな。

「何見てんだてめぇ」

「す、すみません」

花山と目が合ったら威嚇された。金田も見た目だけなら同じくらいの不良だが、花山は気質の荒さからみて根っからの不良かもしれない。あまり関わりたくはない相手だ。

「二人とも一見恐そうだけど優しいから安心して未月。カラオケも奢《おご》ってくれるし」

これは厄介な状況だな。連れてかれればあの男が黒沢に何かするかもしれないし、黒沢も三人の関係性を知るためにあえて危険な道を渡ろうと考えるかもしれない。

「ねぇ黒沢、早く他の服を見に行こうよ。いつまで待たせんの」

キラは戸惑っている黒沢に声をかける。苛立《いらだ》ちを見せており、この状況を早く終わらせたい気持ちも伝わってくるな。

「めっちゃスタイルの良い女もいるじゃねーか。お前も一緒に来ないか？」

「申し訳ないけど、恐ろしいほどタイプじゃないから無理」

「んだと、この女」

花山はキラに手を伸ばしてくる。止めに入りたかったが、間に合う位置じゃない。

「おい、そいつに触んじゃねーよ」

花山の腕を掴み、キラに触れさせなかった金田。

「てめぇこそ触ってんじゃねーぞ」

金田と花山は睨《にら》み合っている。こういう時に物怖《ものお》じしない金田は頼りになるな。

「ちっ、けっこう鍛《ふ》えてやがるな」

男は金田の腕を振り解《ほど》こうとしたが、金田は握りしめたまま放さなかった。

「そりゃ少し前までは本気でスポーツやってたからな。そこら辺のイキってるだけの不良と一緒にされちゃ困るぜ」

「んだよ、めんどくせーな。もう帰るから放せや」

金田が花山の手を放すと、馬地と一緒に舌打ちをしてこの場から黙って去っていく。

「じゃあね未月。今度は一人の時に誘うね」

「ええ……お願い」

豊美は何度か黒沢の方を振り返っては、花山達の後ろを追っていった。

最後は意外と乗り気な反応を見せていた黒沢。あんな奴《やつ》らと遊ばせては何かよくないことが起きてしまう気がするので、どうにか阻止しないとな。

「何なのあいつら」

キラは一連のやり取りに不快感を示している。キラだけでなく、他のみんなも気分を悪くしたことだろう。

「……申し訳ないわ。何だか騒がせてしまったわね」

黒沢の珍しく弱気な姿に俺も含め、みんなも心配そうな目で見ている。

「ここで突っ立ってんのも邪魔になるから、そこのカフェにでも入るか」

困惑しているみんなを落ち着かせるために、俺はカフェでの休憩を提案した。

黒沢と豊美という女子についての関係も気になるし、まずは話をじっくり聞きたい。

みんなはそれぞれ飲み物を注文する。俺と金田はコーヒーを注文し、鈴はレモンティーで黒沢はココア。キラはブラックコーヒーにマリトッツォを注文していた。

「お腹空《なかす》いてたのか？　こんな生クリームがパンパンに詰め込まれたもん買ってさ。これ何て言うんだっけか……イラマッチォだっけ？」

金田は一人だけ食べ物を頼んでいたキラを奇異の目で見ながら質問した。キラは常にダイエットして体形を気にしているので、スイーツを頼むのが意外過ぎたのだろう。

「マリトッツォね。これはあんたの」

「えっ、何で？」

「さっき助けてくれたでしょ？　ありがと」

みんなでテーブルを囲むように座ると、キラは金田に感謝しながらスイーツを渡した。

金田は花山がキラに伸ばした手を咄嗟《とっさ》に摑んで制止してくれた。キラも金田にわざわざおやつを買ってあげるほど感謝しているようだ。

「まっ、あれぐらいたいしたことねーって」

「見直した。やるじゃん、かっこよかったよ」

過去最高に好感度が高まっている金田。だが、金田は居心地が悪そうだ。

「そんな俺とエッチしなきゃ出れない部屋に閉じ込められたらどうする？」

「自害する」

「即答かよっ。もっと想像して恥じらう姿を見せろや」

「キモいで上塗りされて、さっきの金田忘れちゃった。やっぱマリトッツォ返して」

いつも通り上がった評価をしっかりと下げた金田。マリトッツォはキラに返さずに慌てて無理やり口に突っ込んで一口で食べてしまった。

「それで黒沢、あの豊美とかいう女性とはどういう関係なんだ？」

みんなが静かに飲み物を飲み始めたので、俺は黒沢に豊美について聞いてみる。

「彼女は緑川豊美。一年生の時に同じクラスだったの。豊美と仲良くなったのは入学してから一ヶ月後ぐらいだったかしら」

黒沢は臆することなく話し始める。あなた達は関係無いと突き放してくる可能性も考慮していたが……もしかしたら、一人では抱えられない問題があるのかもしれないな。

「中学の時の同級生に黒沢は性格が悪いから関わらない方が良いと言いふらされていたこともあって、私は高校生活が始まってもずっと一人だった。そんな私に声をかけてきたのが、同じくずっと一人で過ごしていた豊美なのよ」

最初に黒沢へ手を差し伸べたのは緑川だったようだ。黒沢にとっては俺達が思っている以上に緑川が大切な人なのかもしれないな。

「二学期に生徒会へ入った。生徒会は人員不足だったから、誰か誘わなければ厳しい状況だったのよ。そこで私は唯一、話ができる豊美を誘って生徒会に入ってもらったの」

「緑川も黒沢と同じ一人ぼっちだったみたいだが、性格に難がある人だったのか？」

俺は話を遮り、緑川の印象を聞いてみる。緑川がどういう人物か先に知っておいた方が話も入ってきやすいからな。

「いえ、私と違ってまともな人だったわ。ただ、変に負けず嫌いなところはあったわね。私と同じで友達がいないのねと言ったら、中学の時は友達がいっぱいいたからと怒られた。私と同じで彼氏いないのねと言ったら、作らないだけで地味にモテるからと怒られた」

何かとマウントを取りたがる性格だったのだろうか……

ああ言えばこう言うスタイルなら、黒沢以外に友達がいなかったのも頷《うなず》けるな。

「負けず嫌いな性格だったから、ぶつかることも多かったけど変に気が合うところもあったのよね。成績も競争することでお互いに高め合えていたし、生徒会での活動も一緒に頑張れた。お互い、唯一の分かり合える人同士だったのよ」

性格に多少の難はありそうだが、異性の大学生二人を連れて派手に遊ぶような生徒には思えない。やはり緑川の今の状況に何か異変が起きているのだろう。

「ただ、私が生徒会長になってからは少し関係性が変わってしまったの。豊美は私を生徒会長に推してくれていたのだけど、いざなったら仕事面やプライベート面で文句を言われることが多くなった。常にストレスを抱えているようだったわ」

黒沢が生徒会長になったことで、緑川よりも立場が一つ上になった。負けず嫌いな性格だったため、緑川にとってはその変化が想像以上に辛かったのかもしれないな。

「生徒会活動も大変だったわね。一年生中心になった生徒会に嫌気が差したのか、ただでさえ少ない生徒会役員の先輩が二人減った。現生徒会長の四谷君が生徒会に入ってくれて何とか持ち直したけど、上手《うま》くいかない生徒会の状況に豊美が文句をぶつけてくることも多かったわ。まぁ生徒会長の私が責められるのは当然の話だけど」

黒沢の代わりに生徒会長になったクラスメイトの四谷。その陰には木梨がいる。

つまり、木梨は生徒会を裏でコントロールできる。末恐ろしい奴だな……。

「二年生になって豊美と私は別のクラスになった。そこからは良い事なんて一つもなかったわ。豊美が生徒会長の私が原因で虐《いじ》められていると責めてきたの。私は豊美を助けるために、虐めてくると聞かされていた生徒に直接面と向かって注意をした。でも、そのせいで逆に虐めが周囲にも伝染して、もっと悲惨な状況になったと豊美が言ってきたのよ」

黒沢は虐めの現場を直接見たというわけではなく、緑川から聞かされただけ。

その点が少し気になったな。最初に出会った時の印象のせいで、俺が緑川をあまり信用できなそうな目で見てしまうからかもしれないが……

「私は生徒会の力も行使して虐めを徹底的に潰そうと動き始めた。その途中で生徒会長をクビになったの。そこからは今に至るといった感じね」

黒沢が俺達と出会うまでのエピソード。一部聞いただけでも苦労してきたのが伝わる。

「生徒会長をクビになってからは嫌われ度もピークに達したわね。立場を失った惨めな私に、周りからは悪口や非難の声を浴びせてくる人も多かった。幸いにも二年四組では無関心な人が多いからか、教室ではそこまで言われてないけど」

それは幸運などではなく、同じクラスにいる現生徒会長の四谷の影響が大きい。四谷は黒沢を気にかけており、誹謗《ひぼう》中傷を向けられないように目を光らせているようだ。

「結局、何しても助けられなかった私を見て豊美は怒ったわ。助けるどころか嫌がらせ、あなたも私を虐めているに等しい、もう関わらないでと」

黒沢が今まで緑川の話題を出さなかったのは、関わらないでという言葉を鵜呑《うの》みにして本当に関わらないようにしていたからだろう。

他の人なら心を病みそうな悲惨な経験をしていた黒沢。いつも強がっているが、もしかしたらこれ以上の傷は許容できないほどストレスを抱えているかもしれない。

無理してグレようとしているのも不安定な証拠だ。ふとしたきっかけで何か間違った道に進まないか心配にもなる。そうならないように見守っていてあげないとな。

「なんか緑川って人、自分勝手じゃない？　話聞いててちょっとイライラした」

キラは緑川にあまり良い印象を抱いてないようだ。俺もキラと近い印象を抱いたな。

「黒沢は不器用なりに助けようとしてくれてたのに文句を言うのはちょっとな。まぁ、緑川って奴も可哀想《かわいそう》なんだけどさ」

緑川に同情しつつも、黒沢を不憫《ふびん》に思う金田。

「あの男友達は最近できたの？　さっき話したエピソードには出てこなかったけど」

鈴の言う通り、あの謎の大学生二人組の話題は一度も出てこなかったな。

「もう学校に来なくなったって言ってたのは、あの男達が原因なのかしら……」

黒沢は緑川を心配しているのか、浮かない顔を見せている。

「関わらないでって言われたんだから、もう関わらないでいいじゃん」

「……そうね」

キラの言葉に頷く黒沢だが、迷っているようにも見える。

「やけにあの緑川って奴のこと毛嫌いしてんな」

金田は緑川に突き放すような言葉を向けているキラを見て不思議に思っているようだ。

「これは女の勘だけどね、緑川は関わっちゃいけないタイプの女よ」

「そうか？　普通の子に見えたけど。俺的にはワンチャンあるぞ」

「あんたはいつか変な女に騙《だま》されて一度は地獄を見るんじゃない？」

「そんな物騒なこと言うなよ」

キラの指摘は女の勘というか俺と同じように人を信用しきってないから、黒沢から聞いた緑川の話に疑念を抱いてしまうのだろう。

「というかあれ、明らかにヤバめの男友達だった。睨まれて恐かった」

「鈴の言う通り、健全なお付き合いには見えなかったな」

鈴は緑川の友達のことがやたら気になっているようだな。

「不良な男が好きになるって中学生じゃないんだから」

キラは呆《あき》れているが、不良の男を彼氏にするメリットはある。彼氏が恐《こわ》い人だと周りに知れ渡れば、虐めている人が報復に怯《おび》えて手出しをしなくなる。

強気な態度を取れるメリットもある。黒沢が生徒会長になった際も緑川が態度を大きくしたそうだったので、強面《こわもて》の彼氏でも連れて自分の地位を上げたかったのかもしれない。

「……どうすればいいのかしら」

一人思い悩んでいる黒沢。緑川に関わらないでと言われて距離を取ってきたが、再び関わってしまった。そして、緑川の現状は何だか不穏な空気に包まれていた。

「黒沢がどうしたいかだよ」

「碧……」

黒沢の性格的に緑川の現状を知って見過ごすことはできないはず。

「私は今度こそ豊美を救ってあげたい。学校に行かなくなったってことは何か問題が生じたはず。その問題を解決して、もう一度学校に連れて行くわ」

「わかった。俺も協力するよ」

「これは私の問題よ。碧は関係ない」

「前回は一人で上手くいかなかった。今回も一人で挑めば同じ失敗を繰り返すだけだ」

あえて厳しい言葉をかけたが、黒沢は反論してこない。

一度失敗したためか、緑川の件に関しては自信が無いようだな。

「でも、今の黒沢は違う。一人じゃない。今度は俺も手伝うから、きっと上手くいく」

黒沢には何でも突き通す力強さはあるが、客観視する能力は欠けている。一人だと失敗することも多いかもしれないが、誰かが協力すれば何でもできる超人になるはずだ。

生徒会長の時に出会えていれば、クビにならず人気の生徒会長にさせることもできたはずだ。そう考えるともっと黒沢と早く巡り会いたかったな。

「あたしもできることがあれば協力する。両親の説得の時に助けられたし」

聞きたい言葉が聞こえてきた。どうやら鈴は協力する姿勢を見せてくれたようだ。

「俺も手伝うぜ。どうせ暇だしな」

「わ、私も、一応……」

金田もキラも協力してくれるみたいだ。黒沢を見放す人は一人もいなかったようだな。

「お節介な人達ね。でも、心強いわ」

不安でいっぱいだった黒沢の表情が明るくなる。黒沢はもう一人じゃない。

「できる限り一人で解決するけど、もし誰かの手が必要になったらお願いするわね」

人を頼るのに慣れていないのか、自分で解決したいという気持ちは変わらないようだ。

「まずは緑川の現状を知ることから始めよう。何故《なぜ》、学校へ行かなくなったのか具体的に聞く。そして、どんな助けを求めているかもな」

「そうね、明日の放課後に豊美と会えないか聞いてみるわ。連絡先も知ってるし」

黒沢と緑川の一件は学校側も絡んでいるため、橋岡《はしおか》先生が詳細を知っていそうだな。

緑川と会う前に橋岡先生の元へ行って事情を聞いてみるか。何か裏もありそうだしな。

「そうと決まれば、今日はもう解散かな。いつの間にか夜になってるし」

俺の言葉にみんなは頷く。飲み終えたカップを返却口に持っていき帰りの準備を始める中で、俺はあの傷ついた言葉を思い出した。

「……黒沢からしたら、俺達は友達ってより知り合いなのか？」

「あ、あの時は、私が友達を作って楽しそうにしていたら豊美が傷つくかもと思ったの」

その場しのぎの嘘《うそ》かもしれないとは思っていたが、訂正をしてくれないと真実は分からない。そういう気配りができないから、黒沢は誤解されて嫌われることが多いのだろう。

「そういうのはちゃんと言葉にして伝えてほしい。俺達も軽く傷ついたぞ」

「私は豊美を守ってあなた達を傷つけてしまっていたのね。反省するわ」

申し訳なさそうな顔を見せる黒沢。きっとみんなも真相を聞けて安心したことだろう。

「子供扱いするなってまた怒られると思ったが、しっかり受け止めてくれたか」

「あなたの言葉はどれもこれも痛いくらいに納得できるの。今までは反発して強がっていただけで、家に帰ってその通りだわと反省することも多かったわ」

今はもう反発する気力すらないようだ。いじけているのは黒沢らしくないな。

「黒沢が正しいことも多いから、弱気になる必要はないぞ」

「そうよ。私だって凄《すご》いんだから」

両手を握って負けん気を見せてくれる黒沢。やはり黒沢はこうでないとな。

「じゃあ、明日から問題を解決していくぞ」

「ええ、問題は解決しないと先に進めないもの」

黒沢の言う通りだ。俺も自分の問題を先送りせずに解決していかないと先に進めない。


ショッピングモールを出て解散となり、一人で家へと向かって歩く。

家から一番近いコンビニへ寄り、栄養価の高い健康食を手に取る。プールの相談の時に橋岡先生に痩せすぎていると言われたので、少しでも健康になろうと努力を始めた。

用を済ましコンビニを出ると、偶然にもコンビニの前にいた鈴と鉢合わせた。

「あっ、茂中先輩」

「どうしたんだ？」

「ちょうどよかったです。これ、さっきのショッピングモールで買っていたのに、先輩に渡しそびれてて」

鈴は商品が入っている紙袋を手渡してくる。そこそこ重いので、電化製品だろうか。

それにしても、いつの間にこんな物を買っていたのだろうか。

俺が見てないところで買っていたのかもしれないが、少なくとも鈴がこの紙袋を持っていた姿は見ていないので変な違和感があるな。

「これは……ライトか？」

紙袋から商品の入った箱を取り出す。月を模した電球のようなパッケージであり、インテリアにもなりそうな電化製品だ。

「はい。先輩の部屋が暗いので、これで明るくしてもらえたらなと」

「……どうして俺の部屋が暗いのを知っているんだ？」

確かに夜に電気を点《つ》けることは少ないのだが、それを鈴に話した記憶はない。

「えっ？　前に言ってませんでしたっけ？」

「そうだったっけ？」

鈴はまるで俺がおかしいことを言っているような目で見てくる。となると、俺が話した記憶をド忘れしてしまったのか。まぁ、鈴が知っているならそういうことだろうな。

「暗い部屋で勉強とかスマホを弄《いじ》ると目にもよくないと思いますので、これで少しでも明るくしてもらえたらなと。ただの電気と違って優しく光るので、明る過ぎないですよ」

「それは助かるな」

アリスと離れ離れになってからは、部屋の電気が明る過ぎて嫌になり点けるのが億劫《おっくう》になっていた。ただ、デスクライトだけでは逆に暗過ぎる問題もあったからな。

「でも、こんな値段がしそうなものをわざわざ？」

「修学旅行費のお礼ですよ。きっと茂中先輩は現金では受け取ってくれないと思うので、物とか少しずつ返そうと思っていまして」

鈴の言う通り現金を受け取る気はない。ただ、物で受け取るのも気が引ける。

「展示品しか無かったので開封されちゃっていますが気にしないでください」

「わかった。でも、あんまり無理して恩を返そうとか考えなくていいぞ」

「茂中先輩を困らせたくないので、ほどほどにするつもりですよ」

鈴の言葉を聞いて安心する。どうやら闇雲に恩を返していこうとは考えてないようだ。

「家に帰ったらちゃんと箱から出してコードに繋《つな》いで、絶対に使ってくださいね」

「あ、ああ。せっかく貰《もら》ったんだし、ちゃんと使わせてもらうよ」

「できれば、机とか棚の上とか高い場所に置いてくれると嬉《うれ》しいです」

何故か場所も指定されたが、高い位置に置かないとライトの効果も薄れるからな。

「じゃあ、もう遅いので帰りますね」

「わかった。気をつけて帰るんだぞ」

てっきりコンビニに用事があるのだと思っていたが、鈴は引き返すように帰っていった。

まるで待ち伏せされていたような感覚にもなったが、俺の考え過ぎだろうか……

第五章　救うとは何か

強い日差しが降り注ぐ中の登校。俺は汗だくになりながら校舎へ入った。

涼しい時には生じなかった身体《からだ》のフラつき。橋岡《はしおか》先生や金田《かねだ》に体の細さや健康面を指摘されていたが、本格的な夏が始まって自分の体力の無さに気づけたな。

「茂中《もなか》さん、おはよう」

背後から聞こえた声で呆然《ぼうぜん》としていた意識がキュッと引き締まった。

「おはようキラ」

「ぼーっとしてたでしょ？　身体がビクンってなってたよ」

「ちょっと暑さにやられてたな」

「これ飲みな。熱中症はガチ危険だから」

キラは俺にペットボトルの水を手渡してくる。キラは半袖シャツの袖を肩まで捲《まく》っているので、綺麗《きれい》でエッチな脇が一瞬だけ垣間見《かいまみ》えた。

「助かるよ」

何故、俺は脇にエロさを感じたのだろうか。胸ならまだしも脇はそういう部位ではないはず。暑さで頭が変になっているのかもしれない。

「まじで苦しかったんだね」

無心でペットボトルの水を飲んでいたからか、キラに心配されてしまう。

「間接キスだってのに男らしくゴクゴク飲んで味気ない。ファンには数万円あげるから飲ませてって人もいるんだよ」

「ファンには申し訳ないな。俺は常に綺麗なワキラを間近で見れるんだから」

危うく脇と言いかけたがギリギリで修正できた。もっとしゃきっとしないとな。

「そうそう、ありがたみを感じて。みんなたまに私が人気モデルだってこと忘れるけど、世の中には死んでもいいから私に会いたいって人もいるんだよ」

キラは定期的に褒めないと、自ら褒めてもらおうと行動してくる。前にも似たような状況があったので、キラの気持ちが少しずつ理解できてきたな。

「……黒沢《くろさわ》の問題、大丈夫そうなの？」

「心配してるのか？」

「前も言ったけど、私は人を信用していないの。学校の友達にも騙《だま》されたことあったし、芸能界で知り合った人にも騙されたことあったし、挙句の果てには家族にも騙された。信用しているのは所属会社のマネージャーと世話になってる先輩だけ」

キラは家族さえも信用していないようだ。そして、そこに俺も含まれていない。

修学旅行の帰りには多少、信用のおける人だと判断していると言われた。だが、あの日以降、俺はキラの信用を落とすようなことをしてしまったのだろうか……

「黒沢は私の真逆。他人を信用してる傾向がある。だから、あの緑川《みどりかわ》って人にさ、いいように扱われていたんじゃないかなって思っちゃう」

「緑川が嘘をついているかもしれないって思うのか？」

「私はね。嘘をついて周りに迷惑をかける人を何度も見てきたから」

キラの言葉が胸を突き刺してくる。俺も人のことは言えない立場だからな。

「でもでも、完璧な人なんて滅多《めった》にいないから、自分に足りないものを嘘で補う人の気持ちも理解できるけどね。みんな生きるのに必死なんだと思う」

必死にフォローしているキラ。まるで俺が励まされているように感じるな。

「緑川と一緒にいたあの男達も何だか信用ならないし、変に関わらない方がいいと私は思うんだけどなぁ。まっ、黒沢みたいな頑固者は何を言っても意味無さそうだけど」

一度動き出したら目的地へ着くまで何があっても止まらないのが黒沢だからな。

「というか、そもそも一番関わっちゃいけない相手は私たち問題児だと思うけどね」

「そ、それもそうだな」

問題児の俺達は人のことを言える立場じゃない。周りから見れば、俺達も関わらない方が良いよと言われてしまうようなクラスの問題児を寄せ集めた訳ありグループだからな。

「……俺は、どうしたらキラに完全に信用されるんだ？」

「リーダーとしては信用してるよ。でも、もっと自分のことを話してほしいかな。茂中さんが何を考えているのか分からなくて、たまに怖くなっちゃう」

俺は自分の事情をみんなに話せないでいる。彼女がいるなんて嘘《うそ》もついている。

「私だけにでもいいから、聞かせてほしい。茂中さんのこと、もっと信じたい」

キラは俺を信じようと思っているのに、俺はそこから逃げているんだ。ちゃんと自分のことを言わないと駄目かもしれない。このままだと、これ以上仲は深まっていかない。

「私を……私達を信用してないのは、茂中さんの方なんじゃないの？」

みんなは俺を信用して自分の問題を打ち明けてくれたり、頼ったりしてくれる。

でも、俺は何も打ち明けないので、みんなからすれば自分達が信用されてないと思うはずだ。自分がみんなを信用していないのに、みんなには信用してほしいだなんて、俺はとんだ勘違い野郎だったな。驕《おご》り高《たか》ぶっていて、目も当てられないほど醜い。

「ごめん。俺にも色々と問題があったみたいだ」

「まぁ、茂中さんも含めて私達は問題児の集まりだからね。一緒に解決していこうよ」

俺に問題があっても見捨てられないのは、みんなも同じように問題を抱えているからだ。

こんな俺でもみんなと一緒に居られる場所なんて、きっとここにしかないな……

「おいおい、一緒にお昼食べませんかって君は私のことが好きなのか？」

橋岡先生に昼休み一緒に過ごしましょうと提案したところ、快く受け入れてくれた。

早速、二人きりの生徒指導室で肩を抱かれているが、わざわざ俺に時間を用意してくれたのでこれぐらいのサービスは安いものだ。

「聞きたいことがあったので」

「その前に好きを否定しないと勘違いしてしまうぞ」

「先生と生徒という立場なので好きとか嫌いとかは言えませんよ」

「おいおい、否定しないと勘違いしてペアリングとか買ってきちゃうぞ」

先生から急にペアリング買ってきたと言われて渡されたら恐怖だな。

「じゃあ、否定か肯定かはっきり言っちゃいますよ？」

「……いや待て、希望は残しておいた方がいいか。そうした方が先生と生徒のエッチな動画とかで、自分を当てはめて興奮できたりするからな」

「その台詞《せりふ》が世間に聞かれてたら一瞬でクビになりますよ」

「しまった、心の声が口に出てしまっていたか。まぁいい、聞きたいことがあるなら何でも聞いてこい。ちなみに私は恋人に言われたことは従順に何でもするタイプだぞ」

聞いてもいない性癖とかを答えられる前に、さっさと本題に入ってしまうか。

「黒沢が生徒会長をクビになった時の経緯というか詳細を聞きたくて」

「黒沢に恋でもしたか？」

「違います。緑川っていう黒沢の女友達と、ちょっとした揉《も》め事《ごと》になりまして」

「……それは面倒なことになったな」

顔つきが変わる橋岡先生。やはり緑川を知っているようだ。

「まずは黒沢が生徒会長をクビになった経緯でも話すか」

「以前に先生から軽く聞きましたけど」

「あの時は裏の一件を伏せていた。君が黒沢に踏み込んだらその裏も聞かせようと思っていたから、今が丁度いいのかもな」

裏の一件か……橋岡先生でも気軽に話せないような内容だったようだな。

「黒沢は生徒会で退屈で面倒で面白みのない活動ばかりを推進して、真面目が故に厳しいルールを生徒へ押し付けたりと、空気の読めない嫌われ生徒会長だった。だがな、先生側にとっては都合の良い生徒会長だったんだよ」

黒沢は嫌われているからとか、評判が悪過ぎてクビになったと思っている生徒が大半だが、実際は先生達からの印象が良かったみたいだな。

先生側からしたら汚れ役を自ら買ってくれる黒沢はある意味、理想だったのか。

「それなのに、何でクビになったと思う？」

「……逆に都合が悪くなったとかですか？」

「そうだ。ある件を機に先生側にとって都合が悪い生徒会長になってしまったんだ」

嫌われている黒沢を守ってくれていた学校側を敵に回してしまう出来事があったようだな。その件に緑川は一枚噛《か》んでいるのだろう。

「進級して二年生になった頃、黒沢の唯一の友達で生徒会役員だった緑川が新しいクラスで虐《いじ》められてると黒沢に助けを求めてきたそうだ」

黒沢から聞いていた話と流れは同じだ。きっかけは緑川の虐めの相談。

「黒沢は緑川を助けるために、虐めていたとされる女子生徒を謝罪するように追い込んでいた。だが、女子生徒は何もしてないと主張する。埒《らち》が明かない状況となり、黒沢は緑川に関する虐めのアンケートを生徒会長の立場を使って勝手に行おうとしていた」

「それは悪手ですね」

「だから、学校側は暴走する黒沢に生徒会長のクビを突きつけた」

虐めに関する問題というのは非常に繊細であり、学校側も慎重にならざるを得ない。

黒沢の行動一つで取り返しのつかない事態に発展してしまう場合もある。

「隠蔽体質ってやつですか？　確証がないとはいえ、それでクビは学校側も酷《ひど》いと思います。橋岡先生も黒沢を守ってあげられなかったんですか？」

「私も自分の生徒を守りたかった。それに、黒沢は正義のための行動をしていた。だが、状況は複雑だった。緑川が虐めてくると名指しした生徒は何もしていないと言い張り、周りの生徒の間でも彼女はそんな人じゃないと擁護する声しかなかったからな」

「どちらかが嘘をついているという状況だったんですね」

「そもそも虐めたと名指しされた女子生徒は、私から見てもそんなことをするような生徒には見えなかった。だから私は、木梨総悟《きなしそうご》に緑川に関する調査を秘密裏に行わせた」

クラスメイトで学級委員の木梨。橋岡先生が頼るほどの男なのか。

「結果はやはり、実際には虐めはなかったというものだった。そして、恥ずかしい失敗をした緑川のメンヘラ的な被害妄想だということも判明した」

「どういうことですか？」

「……例えばの話をするからな。本当のことを話せば、君も真実を知る者として緑川の被害妄想の中に引きずり込まれてしまう危険があるからな」

やはり緑川の方に原因があったのか。嫌な予感ほど当たってしまうものだな。

「例えば緑川は我慢できずにお漏らしをしてしまったとする。それはとても恥ずかしいことだ。その様子を一人のクラスメイトが見ていた。緑川的にはそいつが消えれば恥ずかしい失敗も自分だけが知る事実となる。だから、虐められたと嘘をついて真実を知るクラスメイトをどうにかして消そうとしたわけだ」

「そ、そんなの……ただの嘘つきじゃないですか」

「緑川にとってはそれが真実なんだ。事実のすり替えってやつだな。自分の恥ずかしい事実を知るクラスメイトは、私を虐めているようなものと変換されている」

客観的に見れば逆に緑川がただ居合わせた生徒を虐めているようなものだ。

被害者面して黒沢を巻き込み、加害者側にさせている。それでは黒沢も嫌われてしまうし、友達を助けたくて動いてくれた正義の黒沢が不憫《ふびん》でならない。

「実態が分かった私は、何とか遠回しに虐めはないことを伝えて黒沢を止めようとしたのだが、あいつの頑固な性格が災いして結局クビにさせてしまった」

無念そうな表情を見せる橋岡先生。先生も黒沢をどうにか守ろうとしていたようだ。

橋岡先生が修学旅行の班決めの前から黒沢のことを俺に伝えていたのは、全てを失い孤立してしまった黒沢が心配だったのだろう。

「それで、緑川が何をしに来たんだ？　最近は学校にも来ていないみたいだが」

「大学生のやんちゃそうな男二人を連れながら、黒沢を遊びに誘ってきました。その場では断ったのですが、黒沢は緑川を助けたがっていて学校へ戻そうともしています」

「……そりゃ災難だな。黒沢と緑川の二人は私から見ても良い関係性だったよ。それが、たった一つの嘘で最悪な結末になった。さらには足を引っ張り合う関係にまで落ちてしまうかもしれない。そうならないようにしっかりと頼むぞ茂中碧《あお》」

「任せてください。今度は俺が黒沢を助けますから」

緑川を助けたいわけではないが、放置していれば黒沢が巻き込まれるのは確実だ。

「君はどうすれば黒沢を助けられると思う？」

「緑川を学校へ戻す。そして、緑川の嘘を黒沢に白状させる」

「そうだな。緑川が学校に来なくなったのは、黒沢に対して後ろめたさがあるからかもしれない。根本的な問題を解決しないと、万事解決とはならないだろうな」

緑川には申し訳ないが、嘘を白状させて黒沢とのこじれた関係を断ち切らせたい。そうでもしないと、お互いにずっと負い目を感じて生きていくことになってしまうからな。

「それにしても面倒なことになったもんだ。問題児が集まると大変だろ？」

「面倒で大変な事の方が、自分を成長させることができます」

「頼もしいな。良い報告を期待しているぞ」

橋岡先生は俺の額に指を当ててくる。そして、目を真《ま》っ直《す》ぐ見つめてくる。

「君も嘘で人を不幸にしないようにな」

……そうか、俺が緑川を最初から疑っていたのは、俺と同じだったからか。

自分を守るために嘘をつく。弱くて脆《もろ》い心の持ち主なんだ。

「そういえば、木梨って何者なんですか？　信用できますか？」

「あいつは私の親友の弟なんだよ。何故《なぜ》か私を崇拝しているから、適当なことは言えないだろうし信用もできる。君と同じで優秀な生徒だが、君と違って可愛げは無いな」

木梨は橋岡先生と近しい仲だったのか。ただ、男子生徒好きの橋岡先生の好みではないのが意外だった。男子なら誰でもいいわけではないようだ。

「いつか君とぶつかる日も来るのだろうな」

「その時はどうなりますか？」

「木梨総悟が負けることはないだろうな。それだけは言える」

橋岡先生は信頼している目を見せながらそう答えている。俺には見せたことのない表情をしているので、それを引き出せている木梨に少し嫉妬してしまう。

周りから信頼されて、周りを楽しませて、周りから愛される。何でもできる凄《すご》い人。

最近は微《かす》かな自信も湧いてきていたが、木梨と比べると自分はまだまだ未熟だった。

自分にすら嘘をついている、か弱き問題児でしかない。

こんな自分を変えるには、まだまだ成功を積み重ねていかないといけないな。


放課後になり、俺の元にみんなが集まった。

「緑川とは会えそうなのか？」

黒沢に緑川の件が進展しているかを尋ねる。まずは緑川に会わないと話は進まない。

「ちょっと難しそうね。連絡は続けてはいるけど」

目を合わさずに答えた黒沢。きっと、上手《うま》く事が進まず後ろめたい気持ちになっているのかもしれない。態度に出やすいから分かりやすいな。

「今日はもう家へ帰るわ」

「待ってくれ、みんなとどうしたら緑川を呼び出せるか作戦会議しないか？」

「申し訳ないけど、今日はちょっと体調が優れないの」

そう言いながら俺から逃げるように教室から出て行った黒沢。

変に気負ってしまっているのか、普段とは異なり元気も活力も無さそうだった。

「素直にどうしようって相談してくれればいいのにね」

キラは俺を見て話す。その言葉通り、素直じゃない黒沢の相手は大変だ。

「そうだ。この前借りた本、読み終わったから図書室に返しに行きたいんだけど」

「わかった。じゃあ、みんなで図書室に行くか」

みんなを連れて図書室へ向かう。本当は緑川の問題をいち早く解決したいのだが、無理して急いで黒沢を追い込んでいたら元も子もないからな。

「本はどうだった？」

「けっこう共感できるところも多くて面白かった。自分と似た境遇の人の話を読むと、どこか安心できるね。自分だけが苦しんでいるわけじゃないんだって」

本を読むことでキラにとって何かプラスにでもなればいいと思っていたが、狙い通り良い経験になってくれたようだな。

図書室へ着くと、俺が促すわけでもなくみんなは本を新たに借りていた。

金田はカメラの本を見つけていて、キラはまた別のエッセイを手に取っていた。鈴《すず》は何故か心理学の本を借りていた。

「用事も済んだし、もう帰る？　黒沢もいないから遊びにも行けないし」

図書室を出ると、俺達にもう目的はなくなった。キラの言う通り、黒沢もいないしな。

「みんな、ちょっと待って」

鈴はスマホを見ながら、みんなを呼び止めた。

「黒沢に位置情報共有アプリを入れさせてたんだけど、それを起動してみたら家じゃなくて隣駅に向かってるっぽい」

鈴が黒沢の状況を教えてくれる。ただ、位置情報共有アプリなんていつの間に入れさせていたのだろうか。鈴の目的も少し気になるな。

「まさか……黒沢、一人で緑川の元へ向かったのか？」

「黒沢ならやりかねねーわな」

金田の言う通り、黒沢なら一人で特攻してしまいそうな性格ではある。

「急いで後を追おう」

「まったく、世話が焼ける女ね」

キラは面倒《めんどう》そうにしているがついてきてくれる。放っておけないのはみんな一緒か。

学校を出て駅へと向かう。学校から駅までは近いし、向かう先も隣駅なので時間はそこまでかからないはずだ。

「茂中先輩、場所的にカラオケみたいです」

「黒沢が一人で行きそうにない場所だな。そういえば、前に緑川は黒沢をカラオケに誘っていたし、どこか嫌な予感がする」

緑川と一対一で会うならそこまで心配はないのだが、あの男達が一緒となると不安の種は大きくなる。

「一人カラオケでもしてんじゃねーのか？」

「鈴は黒沢が一人カラオケをしているとこなんて想像できるか？」

「う～ん……できないですね」

電話をかけてみても黒沢は応答しないし、メッセージを送っても既読にならない。

スマホを見ていないのか、スマホを触る余裕すらないような状況なのか……

俺達はひとまず電車に乗り、席が二つ空いていたので鈴とキラを座らせた。

「でも、もしあの男達と一緒だったらヤバくねーか？」

金田も緑川と一緒にいた男達の存在を危惧している。

「心配にはなるな」

「黒沢のことだからちょろっと騙《だま》されて、ラブホとかに連れてかれて好き勝手やられて、何故か独り占めされず色んな男を呼ばれちまって、酒とか薬とか盛られ放題で、次会う時は黒ギャルどスケベ変態ビッチ化してるかもしれない」

「エロ漫画の見過ぎだろお前」

金田の仮定は度が過ぎているが、黒沢が騙されて危険な目に遭う可能性は高い。大切な黒沢を傷つけたくない。もし万が一、黒沢の身に何かあったら俺は……

「珍しく焦った顔してるね茂中さん」

焦りが顔に滲《にじ》み出てしまっていたのか、キラに指摘されてしまう。

「いつもの余裕はどこ行ったの？」

「……そうだな。こういう時こそ冷静でいないとな」

黒沢のまさかの行動に動揺している。いつもみんなが自分の言うことを聞いてくれるとは限らないし、問題児なので想定外の行動に出ることも多いのは俺も分かっていたはず。

焦っていては駄目だ。どんなアクシデントにも対応できる男にならないと。

隣駅の大宮《おおみや》駅へ着き、黒沢がいると思われるカラオケ店を目指す。

人通りの多い歓楽街の中にカラオケ店はあった。周りにはラブホテルやキャバクラがあり、何やら怪しい雰囲気のお店もある。金田が話していた仮定が頭をよぎってくるな。

カラオケ店へ入り、レジで暇そうにしていた店員さんに話しかける。

「すみません、この人が何号室に入ったかわかりますか？」

スマホで黒沢の写真を見せて確認してもらう。覚えてくれていればいいが……

「ちょっと前に受付番を替わったばっかりだから知らんなぁ。前の人はもう帰っちゃっただろうし」

最初の作戦は駄目だったか。切り替えて次の手を考えないとな。

「じゃあ、とりあえず五人での利用をお願いします」

「かしこまりました」

黒沢を連れ戻す前提で五人の利用を告げる。

「茂中さんどうするの？　カラオケで人探すのは無理があるけど」

「そうだな……」

このカラオケは運悪く、扉から中の様子が見《み》え辛《づら》いタイプだな。三階までカラオケボックスがあり、そこまで大きな店ではないが全部屋を探すのは大変そうだ。

「一室一室入って確認してたらクレーム入って追い出されるかもしれねーぞ」

金田の言う通り、変な客がいると店員に連絡されて出禁になる可能性もある。

どうしたものか……周囲を見渡し、何かヒントが転がっていないかあてもなく探す。

早く黒沢の元へ行きたい。そんな焦りを抑えつつ、冷静に思考を巡らせる。

「……すみません、コスプレ衣装のレンタル良いですか？」

「はい。料金は人数分となりますのでご了承ください」

会計レジの隣にはマラカスやタンバリン等の楽器や、宴会用のコスプレ衣装が置かれていた。歓楽街にあるカラオケなので、こういったサービスが用意されているのだろう。

「おいパイセン、諦めてカラオケでパーティーしようってか？」

「警官のコスプレがある。これを着て、警官の振りをして一室ずつ回ろうかと思う」

「なるほど、良いアイデアじゃねーか。まさに巡回だな」

並んでいるコスプレ衣装を見て、咄嗟《とっさ》に閃《ひらめ》いたアイデア。本物に比べるとクオリティが低い衣装だが、薄暗さもあるカラオケなら気づかれる可能性は高くないはず。

「本当に一室ずつ回っていくの？」

キラは俺の無謀な作戦を聞き心配しているようだ。何か危険なことが起きても不思議ではないし、普通の人はこんなことやろうとは思わないだろうな。

「そのつもりだ」

「どうしてそこまでできるの？　連絡が返ってくるの待ってもいいんじゃない？」

「大切な人を守りたいんだ。キラの身に何かあった時も全力で助けるから」

「……もう。危険な目に遭いそうだったら一旦引いたりとかしてね」

「ああ。逃げ足だけは早いから安心してくれ」

みんなで案内されたカラオケボックスに入り、早速コスプレ衣装に着替えを始める。

「すまないが、女性陣は一旦後ろ向いててくれないか？」

「わかりました」

鈴とキラが素直に従ってくれたおかげで、着替えはあっという間にできた。

帽子も付いていたので、深くかぶってできるだけ顔を隠す。若い顔がはっきり見えてしまうと、怪しまれてしまう要因になるからな。

「よし、じゃあ行ってくる」

「気をつけろよパイセン」

警官のコスプレは一着しかなかったので金田は同行できない。これでは万が一、バレて喧嘩《けんか》になったら大変なことになるな。

他の店員に見つかれば怪しまれることは確実なので人目も気にしないといけない。

不安要素しかないが、それは黒沢を助けない理由にならない。

俺は何としても絶対に黒沢を救ってみせる。

もう、目の前で誰かを失いたくはないんだ――

●黒沢未月《みつき》は悪い子●

放課後になり、スマホを確認すると豊美《とよみ》から会ってもいいとメッセージが届いていた。

豊美に会いたいという希望は通ったけど、一人で来ないと駄目という条件付きだった。

……碧に報告すべきかしら？　でも報告したら、きっと碧は私を止めてくる。

何でも碧に頼っては駄目よ。私だって、誰かを救ったりできるの。

むしろ豊美を一人でも救えないと、碧を救おうなんてできない気がする。

そもそもこれは私の問題よ。まずは私一人で頑張って、一人でできないことがあればみんなを頼ればいいの。

私も成長したい。前回は失敗したけど、今度は成功させて自信を得たい。

碧には悪いけど、この件は伏せておいて一人で会いに行かせてもらうわ。

それで、自分で全部解決してきたって報告して、碧に未月は凄《すご》いなって思われたい。

ふふっ……碧に褒められている姿を想像したら、つい顔がにやけてしまうわね。

「今日はもう家へ帰るわ」

碧達にそう告げて、私は豊美が指示してきた隣駅へと向かった。


隣駅である大宮駅のまめの木というオブジェの前で集合となっていた。

改札を出るとすぐにまめの木があり、私を待っている豊美の姿を確認できた。

「豊美、待たせたわね」

「……来ちゃったんだね」

せっかく会えたのに豊美は来てほしくなさそうな顔を見せていた。

「豊美、ちゃんと学校に来なさい。休み続けると留年するわよ」

「いいよもう。辞めるしかなさそうだし」

「どうしてよ、豊美は別に生徒会をクビになってはいないでしょ？　それとも、まだクラスメイトが嫌がらせをしてくるの？」

「いや、私に関わると碌《ろく》なことにならないってクラスメイトからは避けられてたの」

嫌がらせはなくなって拒絶に落ち着いた。私が身を挺《てい》した意味は少しはあったようね。

「未月も一緒に辞めない？　周りから馬鹿にされて辛いよね？」

「誹謗《ひぼう》中傷を浴びせられるのも辛いけど、辞めた方がもっと辛いじゃない」

「そんなことない。学校行かなきゃ馬鹿にされないし、悩みやストレスともさよならできる。それに、学校外の大人の人はみんな可愛《かわい》いって褒めてくれるし、好きになってくれるし物もいっぱい貰《もら》える。未月だって、男の人からいっぱい愛される」

生徒会長だった私がクビになり、クラスの問題児にまで落ちぶれてしまったのは屈辱的な気分だった。学校なんて行きたくないと思ったこともあったけど、今は……

「私と一緒に自由に色んな遊びしない？　車だって出してくれるから楽しい場所も楽に行けるし、お金だって出してもらえるし子供にはできない楽しい遊びもいっぱいできる」

大きな声で盛り上がっている男子高校生達、派手な格好で甲高い笑い声をあげている女子高生達。恋人と手を繫《つな》ぎながら歩く学生のカップル。

すれ違っていく周りの人は、みんな私の青春には無かった楽しい時間を過ごしている。

生徒会長の頃は見て見ぬふりをしていたけど、今じゃちょっぴり嫉妬を感じている。

「また未月と一緒にいたい。二人で楽しく過ごしたいの」

豊美と二人で過ごすのも別に悪くない気がしてしまうのは、生徒会長の座を失い自暴自棄になっているからだ。今度は豊美とお互いにグレ合っていたら楽しめそうな気もする。

「わ、私もいっぱいグレることができるの？」

「もちろん。学校なんて辞めればいけないことだっていっぱいできるし、やりたいことは何でもできる。洋服だって選び放題、欲しい化粧品だって好きなブランドバッグだって何でも手に入る。それに、みんな寝床も用意してくれるから家に帰らなくてもいいし」

見慣れない綺麗《きれい》なバッグ。濃い目になった化粧。豊美らしくない派手な洋服。

これも全て自分で買ったのではなく、誰かに買ってもらったのね……

「あの変な男の人達に買ってもらったの？　あの人達とは関わらない方がいいわよ」

「おいおい、変な男の人達って俺達のことか？」

「なっ」

この前も豊美と一緒にいた花山《はなやま》と馬地《ばじ》が、いつの間にか私の後ろに立っていた。

「未月、みんなと一緒に遊ぼうね。未月はこっちにいる方が幸せかもしれない」

この人達からは金田君よりも不快なオーラが出ているのだけど、仲良くなれば実は良い人だったりするのかしら。

「ようやくダブルデートできんじゃん」

「そうだね。一人で二人相手すんの毎回大変だったし、楽しくなるかもね」

花山という男は豊美の腰に手を回していて、豊美も満更でもなさそうにしている。

「黒沢未月ちゃんだっけ？　聞いてるよ〜ん、豊美の友達なんしょ？」

もう一人の馬地という男が、私の肩に手を置いて話しかけてきた。

「ちょっと、触らないで」

「おっと、わりぃわりぃ。いきなり馴《な》れ馴《な》れしかったな」

……私は何をしているの？

私は豊美を救おうとしていたはず。場の空気に飲まれそうになっていたわ。

男達がいてピンチかと思ったけど、これはむしろチャンスよ。直接、豊美から遠ざけられる良い機会じゃない。全員まとめて説教してやるわ。

「あなた達もいて丁度良かったわ。私から話があるのだけど」

「じゃあカラオケ行かね？」

「何でそうなのるよっ」

私の真剣な言葉とは違い、軽いノリで返してくる花山。

「涼しいところでゆっくりお話ししたいじゃん？　歌うのはほどほどにするからさ」

「それならまぁ……いいけど」

確かに、こんな人通りの多い場所で説教してやるわけにはいかない。個室となっている

カラオケの方が都合はいいのかもしれないわね。

四人でカラオケに向かって歩き出す。カラオケは初めてだし、知らない人達と行動を共にするのは不安が募ってくる。

知らない人についていってはいけないと口酸っぱく両親から言われてきたけど、私はその真逆のことをしている。それが少し快感ではあったけど、知らない人についていくのは危険に繋がるから、あれだけ駄目だって言われてきたのよね。

「や、やっぱり駄目よ豊美。私と一緒に帰りましょう」

「……一度踏み外した道は、もう戻れないの」

出会った頃の赤間《あかま》さんのような全てを失った目で私を見つめる豊美。思わず息を飲んだ。

「未月、あれ同じ学校の大塚《おおつか》さんじゃない？」

豊美の視線の先には、同じ新都心《しんとしん》高校に通っている制服姿の大塚香苗《かなえ》さんがいた。

「そうね。去年は私達と同じクラスだったけど、今は二組だったかしら？」

「うん、私達のことめっちゃ敵対視してきて本当にウザかった」

豊美の言う通り、大塚さんは私達にとやかく言ってくることが多かったので、あまり良い印象は無い。嫌な記憶が蘇《よみがえ》ってくる。

「隣にいるほっそい男は彼氏かな？　偉そうにしてたわりに、変な男連れてて笑えるね」

相変わらず負けず嫌いな豊美は、相手の馬鹿にできるところを探すのが上手い。

「ねぇ未月、強くなった私達で復讐《ふくしゅう》してみない？」

「えっ、どうするつもりよ？」

「いいから見てて」

豊美は花山と馬地よりも先を歩いていき、大塚さんにわざと肩をぶつけた。

「いたっ」

わざとらしい演技をして、花山の方を見つめる豊美。大塚さんの方は豊美に向かって何すんのよと強気な態度に出ている。

「おい！　俺達の豊美に何してんだよっ」

花山は大塚さんとその彼氏と思われる男の前に立って睨《にら》みつけている。

「わ、私は別に」

「いいから謝れよ！」

花山に激昂《げきこう》された二人は、震え出して今にも泣きそうな顔を見せている。

「おい香苗、謝らないとやべーぞ」

「ご、ごめんなさい。私が悪かったです」

彼氏と一緒に頭を下げている大塚さん。圧倒的弱者の対応だ。

「ははは っ見てよ未月、私達を馬鹿にしてた奴《やつ》があんなにも惨めになってるの。彼氏もビビってただっさいね。あんな男と付き合ってるなんて笑えるというか虫唾《むしず》が走るレベル」

下品に笑っている豊美。楽しそうな豊美を見て、私も少し吹き出してしまう。

「ふふっ、いい気味ね」

こんなことでも、どこかスカッとしてしまう。私は悪い女ね。

碧にこんなところ見られたら、何て言われるんだろう……

その反応を想像すると吐き気がしてきた。こんな私なんて嫌に決まっている。きっともう相手すらしてくれないはず。

「ほら、楽しいでしょ？　未月は馬鹿にされる女じゃないの。他の人より何倍も努力して て、勉強も運動もできて、ずっと立派だった。だから別の場所でなら輝けるはず」

そう言いながら手を繋いでくる豊美。

そうよ、私は馬鹿にされるような女じゃないの……


カラオケ店へ着き、みんなの後ろをついていきカラオケボックスへと入る。

私は最後に入室したので、出入り口に一番近い場所で座った。

「花山さん、さっきはありがとう。嫌いな奴やっつけてくれてスッキリした」

「俺に抱き着けよ。いつも助けてやってんだからこれからも俺の言うことは絶対だぞ」

「う、うん……」

部屋の奥では豊美と花山がベタベタしている。豊美には申し訳ないけど、花山という人は碧と比べてしまうと何の魅力も感じないわね。

「まぁいいや、とりあえず適当に歌えよ」

花山が豊美にマイクを手渡す。とても説教なんかできる状況じゃないわね。

「私、歌っちゃうね～」

マイクを手に取り、人が変わったように甲高い声で話す豊美。あんなアイドルのようなことを言う人じゃなかったのに、今では恥ずかしげもなくノリノリでリズムを取っている。

私も豊美やこの男達と一緒にいれば、今の自分を変えられるのかしら……

「豊美ちゃん可愛いよ～」

「いつもみたいに素敵な歌声を響かせろ～」

男達のやすい煽《あお》りで気分を良くしている豊美。きっと花山や馬地からお世辞を言われ続け、自分は可愛いんだと自信を得てきたのかもしれないわね。

「私は世界で一番のお嬢様なの～♪」

お世辞にも歌が上手いとはいえない豊美。立ち上がって振り付けも込みで歌っている。

「豊美ちゃんイイネっ！　七千イイネで大バズリ！」

「よっ、俺達のアイドル！」

歌が下手でも男二人が褒《ほ》め称《たた》え続けるから、豊美は気分良さそうに歌っている。

きっと白坂《しらさか》さんや金田君なら、気を使わずに下手とか言ってきそうね。

「じゃあ、次は黒沢ちゃん歌いなよ」

豊美が歌い終えると、隣に座っていた馬地という男にマイクを手渡される。

「私、カラオケとか初めてなのよ。歌とかもぜんぜん歌ったことなくて」

「うぇ～い、処女ちゃんの卒業記念ライブだ～」

花山は意味不明なことを言って、場を盛り上げている。

「大丈夫だよ黒沢ちゃん。大事なのは上手さじゃなくて気持ちだからさ」

馬地の安い励ましの言葉。何の温かみも感じないし、あるのはべっとりとこびりついた下心だけ。不快だけど、こびりついているから振り払えない。

この場で歌わないと状況は変わりそうにない。とりあえず一巡歌う流れになっているようだし、それが終わるまで本題に入れないならとっとと歌うべきね。

私はベルゲンというバンドの曲を入れる。音楽はあんまり聞かないけど、このバンドの歌は何故《なぜ》か気に入っていて、スマホでたまに動画を再生して曲を流している。

イントロが始まり、歌詞が表示される。緊張しすぎて、マイクを持つ手が震えてしまう。

「あ、あなたが思い出になる前に～♪」

やだっ……私めっちゃ下手じゃない。声も出ないし、音程も取れてない。

周りもし～んとしている。きっと馬鹿にされるに違いない、笑われてコケにされる。

また、生徒会長をクビになった時のように恥をかくのよ……

「めっちゃ歌上手いじゃん！」

「黒沢ちゃんの歌声さいこ〜」

馬地と花山の反応は私が危惧していたものと真逆だった。

あんな安い煽りでも、私の恥ずかしさを鎮めてくれる。何で褒められているのか分から
ないけど、気分を高揚させてくれる。

「ふふっ」

駄目だ……沈んでいく。嘘《うそ》とかお世辞だってわかってるのに、そこに甘えて溺れてしま
いそうになる。水面から顔を出さないといけないのに、身体《からだ》がそれを拒んでくる。

「どうよ、私の歌は」

歌い終わり、恥ずかしさをかき消すように立ち上がった。

プライドなんか捨てて開き直った。別に甘えたっていいじゃない、女の子なんだから。

「百点満点〜」

「人気アイドルグループでも余裕でセンター張れるレベルだって！」

拍手が部屋に響き渡る。こんなに褒められたこと、今まであったかしらね……

私の後は男性陣が歌い始めた。花山の野太い歌声、馬地の鼻につくような歌声。どちら
も聞くに堪えなかったけど、歌い終わった時は笑顔で拍手をした。

空気を読むってこういうことなのね。私だってやればできるじゃない。

「じゃ～ん、コスプレ衣装借りてきたぜ～」

部屋から数分出ていた花山が何やらコスプレ衣装を持って戻ってきた。そういえば、受付の横にコスプレ衣装が並んでいたのを見たわね。

「豊美はこれな」

「ちょ、ちょっと何これ～下心丸見えなんですけど～」

豊美はレースクイーンの衣装を渡されている。拒否するかと思っていたけど、あろうことかみんなの前で躊躇《ちゅうちょ》なく制服を脱ぎ始め、コスプレ衣装に着替えだした。

迷いがないということは、もうこういうことにも慣れているのね。この人達と一緒にいたら、私も豊美みたいに恥じらいとか失ってしまうのかしら。

「黒沢ちゃんは、これ着てね」

「ちょ、ちょっと、こんなの着れるわけないじゃない」

手渡されたのは黒いバニーガールの衣装だった。明らかに露出が多く、肌をいっぱい晒《さら》さないといけない。これはもう水着に近いわね。

「はぁ？　何言ってんだよ、こっちは金払ってきたんだぞ」

花山に睨まれて身体が震えてしまう。今にも殴ってきそうな目をしている。

「ごめんなさい。でも……」

「おい、着ないっていう選択肢はねーぞ」

「……せ、せめてお手洗いで着替えさせてもらえるかしら」

「ちっ、仕方ねーな。早く行ってこい」

舌打ちされながらも許可を取れた。これでこの部屋から出られる。

お手洗いに行った振りして、そのまま逃げた方がいいかもしれないわね。こんな衣装、着るわけにはいかないもの。

「もしそのまま逃げたら、お前が帰ってくるまで豊美を痛めつけるからな」

「に、逃げるわけないじゃない……」

逃げ道を封じられて、頭が真っ白になる。私の浅はかな考えが見透かされていた。

もう覚悟を決めた方が良さそうね。これはきっと碧を騙《だま》した罰なのよ。

私はきっと痛い目を見ないといけないんだわ。最近グレてばかりいたから日頃の行いも悪かったし、そんな私に神様は罰を与えているの。

知らない人には付いていっては駄目と教えられてきたのに付いていって案の定、こんな目に遭っている。こんな悪い子はお仕置きされても当然ね。

「はぁ……」

憐れね私。豊美を助けるどころか、こんな格好をさせられるなんて。あの男達に何か言おうとしても恐《こわ》くて言えないし、豊美を救うどころか豊美に引き込まれようとしている。

「なんて、なんて無力なの私は……」

個室トイレで着替え終え、膝から崩れ落ちる。

大きなウサ耳のカチューシャ、大胆に空いた胸元、下着のようなラインの下腹部、丸見えの股下。こんな無様な格好で戻らないといけない。

なんという屈辱なの……悔しくて泣きそうだわ。

お手洗いから出ようとすると、扉が開いて他の客の女子高生が入って来た。

まるでヤバい人を見るような目で私を見てくる。その視線を逸《そ》らしてはくれない。

「そんな目で私を見ないでよっ」

「えっ待って、ウケる」

冷静になり、逃げるようにお手洗いから出た。知らない人に何言ってるのよ私。

廊下ですれ違った男性に奇異の目で見られた。とてつもなく恥ずかしいのに、どこかドキドキするようにもなってきた。変な感覚が芽生えてしまいそうだわ。

部屋に戻ると電気が消えており、薄暗く不気味な空間が私を待っていた。

「ちょっと豊美!?　何してるのよ！」

花山に覆いかぶさるように抱かれてキスをしている豊美。映画で見るような美しいキスではなく、全ての欲をぶつけているような下品なキスだ。

聞いたことのない唾液が絡む音。獣のような男の荒い吐息。淀《よど》んでいく視界。

「おかえり黒沢ちゃん。次の遊びでも始めようぜ」

花山と豊美の傍《そば》にいた馬地が、戻ってきた私に声をかける。

これはいったい何なの……今まで体感したことのない恐怖が胸を締め付けてくる。

「豊美っちには飽きたから、俺は黒沢ちゃんを頂こうかな」

「ちょ、ちょっと来ないで……」

馬地がこっちに向かって歩いてくる。危険だって頭の中で警告音が鳴り響いているのに、足が震えて一歩も動けない。少しでも油断すれば、腰が抜けてしまいそうになる。

「はぁ？　そんなエッチな格好で来ないでは無理でしょ」

どうしよう……こんな格好じゃ、恥ずかしくて外にも出れないわ。

どうすればいいの？　嫌だ、嫌だわ。こんなの絶対に嫌。

「ちょっと豊美、この人を止めて！」

「ごめん、私は彼らに逆らうことができないの。まぁ素直に応じればちゃんと優しくはしてくれるから安心して、ドSな人達じゃないから」

自分のことで精一杯の豊美。花山から向けられる欲望を全身で受け止め、恍惚《こうこつ》とした笑みを見せている。

「はい、黒沢ちゃんゲット～」

腕を摑《つか》まれ壁に押し付けられる。力が入らないし、震えていて足も動かない。

「お願い……やめてっ」

もう一方の馬地の手が私の胸元へ伸びてくる。

駄目だ、もう逃げられない。もう、今までの日常には戻れなくなる。

私はここで終わり。豊美と一緒に底なし沼へ沈んでいく。

さよなら碧……

「いやぁああ！　やめてっ！　誰か助けて！」

無意識に大声を出していた。震えた身体なんてお構いなく、本能が私を叫ばせる。

私はまだ、今の日常をどうしても捨てたくなかったみたいね——

「失礼しま〜す。巡回中です」

目の前の扉が開いた。そして、真っ暗闇の絶望をかき消すような眩《まばゆ》い光が差し込む。

「なっ、警察が何の用だよっ！」

扉の前にいるのは警察官。馬地は私から手を放し、慌てふためいている。

どうしよう……私、このまま捕まっちゃうの？

こんな悪い事をしてるんだもの、捕まって当然よね。

「黒沢未月、お前を捕まえに来た」

ほら、やっぱり——

「えっ？」

私は警官に手を掴まれ、部屋からいきなり連れ出された。底なし沼に沈みかけていた私を引っ張り出すように、力強くて頼もしい手が私を摑んでくれている。

「全力で走るぞ！」

聞き馴染《なじ》みのある声。私の大好きな、聞くと安心する低く落ち着いた声。

その声は私の身体の震えをかき消してくれた。足が動く、地に足がついてるわ。

「もしかして……碧なの？」

「まったく、本当に手に負えないな黒沢は」

呆《あき》れているけど、どこか嬉《うれ》しそうな碧の声。

まるで童話に出てくる王子様のように、私を連れ出してくれた。

もう、この手を二度と放してほしくない。ずっと私を摑んでいてほしい。

私はずっとずっと目の前にある背中についていきたい。できることなら抱き着いて、一生離れたくないと思ってしまうほどに心を奪われたわ。

誰かを救うとはこういうことだと、碧は背中で見せつけてくる。

私はもう、彼の虜《とりこ》になってしまったわね——

▲▼

まずは俺達が案内されたカラオケボックスのある二階から回っていく。

知らない人が利用しているカラオケボックスの扉を開けるのは、思っていた以上に勇気が必要だった。せっかく楽しんでいる空気をぶち壊すような真似《まね》をするのも気が引ける。

これは普通の人にできることじゃないな。俺みたいな失うものが無い人にしかできない無謀なことをしている。

「失礼しまーす。巡回中です」

三度目に入った部屋は、サラリーマンの中年男性と女子高生の異色な組み合わせのお客さんだった。女子高生の膝の上には万札が何枚か置かれていた。

「こ、これはパパ活じゃない！　信じてくれ！」

警官姿の俺を見て、とんでもなく慌てているおじさん。それは自らパパ活をしていると自白しているようなものだぞ。

「許します」

俺はそう告げて部屋を出た。今は社会の闇に首を突っ込んでいる場合ではないからな。

「ふぅー」

想像以上に気力を使う。これを何度も繰り返すのは大変だ。

はしゃぐ学生グループ。サイリウムを使って盛り上がっているオタクグループ。みんなスマホばかり見ていて誰も人の歌を聞いていない女子グループ。歌わずにキスをしていたカップル。トランペットの演奏を練習していた一人の客。

次々と扉を開けては空回りが続く。階を変えてもそれは変わらない。

本当はこのカラオケに黒沢はいないのかもしれないと不安も募ってくる。もう店を出て他の危険な場所に移動したのかもと焦りも生じる。

追い込まれていく中、やめてという声がどこかの部屋から微《かす》かに聞こえてきた。

耳を澄ますと、角の部屋から女性の叫び声が聞こえてくるのが分かる。

助けてと確かに聞こえてきた部屋の扉を急いで開けると、馬地という男に触れられそうになっていた黒沢が姿を見せた。

「失礼しま～す。巡回中です」

何故《なぜ》かバニーガールの格好で、見たこともない怯《おび》えた顔をしていた黒沢。

「黒沢未月、お前を捕まえに来た」

未月の手首を掴み、部屋から引っ張り出す。

嫌な予感が的中していた。だが、間一髪のところで助けることができたかもしれない。

「全力で走るぞ！」

言いたいことも聞きたいことも山ほどあるが、まずは逃げる。

廊下を走り、階段を駆け降りて、黒沢をみんながいる部屋へ連れて行った。

「はぁ……はぁ……黒沢未月被告を虚偽申告罪で現行犯逮捕してきた」

部屋に戻って報告すると、みんなは安堵《あんど》した表情に変わる。

だが、みんなの前に黒沢を立たせると驚きの表情に変わった。

「何でバニーガール⁉」

金田の言う通り、何故か黒沢はバニーガールのコスプレをしている。目のやり場に困るくらい露出が多い格好だ。

「こ、これは無理やり着せられたの」

カラオケのコスプレ衣装の一つだったのだろう。俺も警官の服を着ているから、黒沢からしたら何で警察官なのって疑問に思われているかもしれない。

「本当に助かったわ。ギリギリのところだったの」

腰を抜かしたようにソファーに座り込む黒沢。どうやら取り返しのつかないことになる前に、黒沢を救い出すことができたみたいだな。

「わ、私は、その……」

動揺していて落ち着きのない黒沢。ようやく言いたいことが言えるな……

「どうして黙って一人で行ったんだ！」

注意しようとしたら、無意識に声を荒らげてしまった。

俺にとって感情を抑えられないくらい黒沢は大切なんだ。絶対に傷つけたくなかった。

「ひ、一人で来なきゃ会わないと言われてたのよ」

「なら、それを話してほしかった。そしたら、俺達もこっそりついていけていつでも助けられる状況にできたんだぞ」

「私にだって救えると思ったのよ……」

普段とは全く異なる、か細く自信の無い弱気な声で反論してくる。

「う、うぅ……うえ〜ん」

まさかの子供みたいに泣き始めた黒沢。それだけ怖い思いをしてきたのだろうか……

「あ〜あ、茂中さん泣かした」

キラは黒沢の頭を撫《な》でながら、俺を冷めた目で見てくる。

「お、俺はただ注意しただけだ」

「茂中さんの本気で怒ったところ初めて見た。言ってることは何一つ間違ってないけど、女の子にはもっと優しくしないと駄目だと思うよ」

少しムキになり過ぎたな……女の子を泣かせるなんて、最低だな俺は。

「怒ったところもカッコイイですよ。痺《しび》れました」

鈴は凹《へこ》んでいた俺に声をかけてくれる。キレ様を褒められても素直には喜べないが。

「まぁ、黒沢はあのパイセンがガチギレする程のことをしたってことだろ？　誰かが何か危ないことをした時は、本気で怒るのも俺は必要だと思うぜ」

金田も俺の肩に手を置いて励ましてくれる。優しくするか厳しくするか、正解はどっちかではないと思う。きっとどっちも必要なんだろうな。

「ごめん黒沢、言い過ぎた」

「碧は何にも悪くないの！　私が全部悪いのよぉ～」

泣きながら両手をバタつかせている黒沢。まるで欲しい物をねだる駄々《だだ》っ子のようだ。

三分ほど経《た》つと黒沢は泣き止《なや》み、何故かソファーの上で正座を始めた。

反省している姿を見せながら、涙で腫らした目で俺をじっと見てくる。

「私のこと、見捨てないでほしいのだけど」

「見捨てるわけないだろ」

捨てられた子犬のような目で見られると、見捨てるどころかより放っておけなくなる。

「どうしてなの？　さっきあんなに怒ってたじゃない」

「黒沢をもう二度とあんな目に遭わせたくないから怒ったんだ。見捨てるならそもそも助けに行かないし、怒りもせずに放っておくだろ？」

「……そうね。ちゃんと反省するわ」

ここまで素直な黒沢は珍しい。心から反省しているのが伝わってくるな。

「でも、どうしようかしら……豊美を置いてきてしまったわ。あの人達、私が逃げたら豊美に何するかわかんないって言ってたのよ」

花山と馬地は緑川を人質にして、黒沢が逃げ出さないように脅していたのか。

「あいつらなら、さっきドリンクバー行った時に慌てて帰っていくのを見たぜ」

まさかの金田は緑川達の行方を見てくれていたようだ。

「そうなのか。もしかしたら本当に警察に見られたと勘違いして逃げたのかもな」

俺が部屋へ入った時に、どの部屋の客よりも花山達はやたら焦っていた。

もしかしたら何かバレてはいけないものを所持していたり、何かの罪で警察から逃げていたりしたのかもしれないな。過剰に反応する理由があるってことだ。

「それなら良かったわ。私が逃げ出したというよりも、捕まったと捉えてくれたのね」

冷静に考えれば警察がピンポイントで黒沢を捕まえに来たなんてあり得ない状況だが、冷静になれないくらいあの男達は警察に怯えているのか。

「てかさー、せっかくカラオケ来たんだから歌おうよ」

キラの提案はごもっともだ。カラオケへ来たのに一切歌っていなかったな。

それに、重たくなってしまった空気を明るくするためにもカラオケを楽しんだ方が良いはずだ。みんなで初めてのカラオケだし、良い思い出で終わらせたい。

「茂中先輩も黒沢もコスプレしててあたし達仲間外れみたいになってるから、せっかくだしコスプレして歌おうよ」

「赤間それナイスアイデア。人数分のコスプレ衣装代も払うことになっちゃってるしね」

鈴とキラが意気投合し、コスプレ衣装を持ってくると部屋から出て行ってしまう。

「みんなでコスプレするなら、これ脱げないじゃない」

バニーガール衣装で座っていた黒沢。不意に無防備になっている胸元に視線が行けば、そこから数秒は釘付《くぎづ》けになってしまう。

股も際どい場所まで見えており、黒沢の兵器とも言える太ももが全開になっている。

金田はスマホを弄《いじ》る振りをして、先ほどから二百回以上は黒沢をチラ見している。

「あんまり見られると恥ずかしいわ。碧だからちょっとは我慢してたけど」

「ごめん、似合っているなと思って。ただ、露出が多いのは好きじゃない」

俺は警察官のコスプレ時に脱いだ制服のシャツを取り出す。

「これでも羽織るか？」

「あ、ありがと」

バニーガール衣装の上に俺のシャツを羽織る黒沢。人生で初めて見る組み合わせだが、意外と悪くない。むしろセクシーさが増してしまったかもな。

「俺の服、嫌じゃないか？」

「嫌じゃないわね。碧の匂いがするもの」

幸せそうな黒沢。まるで恋人に言うような言葉を返してきた。

「じゃーん」

コスプレを終えたキラがご機嫌そうに部屋へ戻ってきた。

「おいおい、白坂嬢にチャイナドレスは反則レベルだろ」

スタイルの良いキラはチャイナドレスが似合い過ぎている。スリットから見える綺麗《きれい》な脚が、たまらなくセクシーだな。金田の言う通り、これはもう反則レベル。

「茂中先輩、これ似合ってますかね？」

キラの後に部屋へ入ってきた鈴。胸元全開のメイド服を着ており、目のやり場に困る。

「鈴みたいなメイドが家にいたら、ご主人様は居ても立っても居られないだろうな」

「あたしは尽くすタイプなので、とんでもなくご奉仕してあげますよ」

とんでもないご奉仕が何なのか興味はあるが、変なこと言ってきそうで聞けない。

「きゃっ」

鈴はスカートが引っかかってしまい、声をあげながら俺の元へ転んできた。

どうにか受け止めることができたが、目の前には鈴の深すぎる谷間が……

「ご、ごめんなさい」

「俺は大丈夫。むしろ怪我《けが》はないか？」

「はい。先輩が優しく受け止めてくれたので大丈夫です」

こんなドジっ子メイドは家に置いておけない。どのご主人様もきっと間違いを犯してしまうだろうからな。

「金田はこれね」

キラはコスプレ衣装を金田に渡している。ちゃんと金田も仲間に入れてくれたようだ。

「囚人かよ⁉」

「茂中さんが警察だからさ。二人セットでお似合いじゃん」

白黒ストライプの囚人服。これってよく見かける衣装だけど、いったいどこの国の囚人が着ているのかは不明だよな。後で調べてみよう。

「パイセンよ～みんなヤバすぎて今日はエッチな夢でも見ちまいそうだぜ」

「何だよその童貞丸出しな発言は……童貞罪で逮捕だな」

「そんな悲しい罪あんの⁉」

金田とふざけた会話をしていると、横にいたキラはマイクを手に取った。

「じゃあ、私から歌うね」

キラは自分の容姿に自信があるだけではなく、歌唱力にも自信があるようだ。

「少しだけならしてみてもいいよ～♪」

綺麗な歌声でビブラートも駆使しており、素直に上手いと言えるキラの歌。

何よりも歌っている姿がスターのように美しい。これは誰でも見惚《みと》れてしまうはずだ。

「歌は下手とかだったら隙があったのに、無敵ですか」

「残念でした～」

完璧な人を前にして肩を落としている鈴と、勝ち誇った態度のキラ。

鈴はアニメソングを可愛《かわい》く歌い始める。それにしても、みんな好き勝手に知らない曲を歌っているな。

前にクラスメイトと行った時は、みんなが知っている曲を歌わないとしらける空気があり、好きな曲を歌える状況ではなかった。

でも、俺達はそんなことお構いなし。周りに気を使わず、好きな曲を歌うのが当たり前という空気が最初から流れている。

「じゃあ、次は金田ね」

鈴は金田にマイクを渡そうとしたが、金田はそれを受け取らない。

「俺は歌わない。トラウマがあるんだ」

意外にも金田は歌うのを拒否した。この中では一番カラオケが好きそうなイメージだったが、何かのトラウマがあって歌うのを拒んだ。

「そっか。それなら茂中先輩」

鈴がマイクを渡してきたので受け取る。誰も金田が歌わないことに関して触れなかった。

クラス会等でカラオケへ行くと、絶対に一人は歌うのを拒否する生徒がいるものだ。

だが、その際はみんなどうにか歌わせようと強引に勧めてしまい、頑《かたく》なに拒否する生徒との間でひと悶着《もんちゃく》あり、空気が悪くなってしまう流れがある。

カラオケに来たんだから歌えよ。そんなこと言い出す人はこの場にいない。

歌いたくないなら歌わないでいいという、この空気感。それが俺にとっては初めての感覚だった。そのおかげで金田も気分を害さずに済んでいる。

気を使わない、空気を読まないということは世間一般では悪とされている。

だが、みんなが気を使わずに空気を読まなければ、それはそれで自由な空間が生まれるようだ。一見、無法地帯のような状態だが、一人一人が心地良く好きなことをできる。

俺が度を超えないようにみんなを見張っていれば、無法地帯でも悪くないはずだ。

俺はタブレット端末を使い、好きな曲を送信してマイクを持って歌う。

カラオケで歌うのは去年の秋にアリスと二人で来た時以来だ。悲しいラブソングを選んでしまったものだから、あの日のことを思い出しては悲しくなってしまうな。

「茂中先輩、意外と歌が上手いんですね」

「確かに。茂中さんって、そういうところは不器用なイメージあったけど」

素直に褒めてはくれない鈴とキラ。どうやら歌が下手そうなイメージがあったようだ。

歌い終わると、黒沢が笑顔で拍手をしてくれていた。

「次は黒沢の番だが……歌えるか？」

そう言いながら俺は黒沢にマイクを渡す。あまり歌うのが好きそうなイメージはないので、金田のように拒否されるかもしれない。

「歌えるわよ」

黒沢はマイクを受け取る。そして、立ちながら歌い始めた。

「私は猫になりたいの〜♪」

黒沢はアリスが好きだった曲を歌っている。ベルゲンというバンドのアルバム曲。

アリスは俺から見たら完璧超人だったが、歌は苦手だった。でも、楽しそうに歌っているのが可愛かった。

音程がズレた歌い方や、どこか甘ったるい声。目の前にいる黒沢も似た特徴がある。

どこか懐かしさを感じる。聞いていて安心するし、心が温まる。

「音痴だろうなとは思ってたけど、本当に音痴だった」

歌い終わった黒沢に容赦ない言葉を浴びせる鈴。

「まぁ歌の上手さって顔とか身長とかと一緒で生まれた時に決まる人の特徴だから、別に気にしないでいいいっしょ」

キラは黒沢をフォローしているが、あまり慰める言葉にはなっていない。

「む〜」

黒沢が何も言い返せず頰《ほお》を膨れさせているのは、本人も自分の歌の下手さを自覚しているからだろう。俺も何かフォローをしてあげたいが……

歌い終えた黒沢と部屋を出て、一緒にドリンクバーへ向かった。

「みんな言いたいことは臆せずに言ってくる。悪気はないと思うから気にしないでいい」

「みんなのことはもうわかっているわよ。私だって上手いと思ってないから、別に傷ついてはないわ」

音痴だと言われ傷ついていたかもしれないと心配したが、黒沢は平気そうにしている。

『あいつ、おにぎりみたいな顔してるのに歌上手いのウケるよね～』

『伊藤《いとう》さん、歌下手なのに私達のお世辞を真に受けてて草なんですけど』

先にドリンクバーにいた女子高生二人が何やら陰口を言い合って盛り上がっている。

「ああやって陰で悪く言われるくらいなら、みんなみたいに気を使わず直接言ってくれる方が心地良いわね。お世辞で褒められても、どうせ心の中では馬鹿にされてるもの。それに気づかない振りして、呑気《のんき》に気分良くする女は馬鹿よ。そう、私は馬鹿だったわ……」

また落ち込みだした黒沢。何か思い当たる節でもあったのだろうか。

言いたいことを素直に言うみんなと、言いたいことは言わずに気を使った言葉をかける人達。いったいどちらが正解なのだろうか……

本音を隠さないみんなに安心感があるのは確かだ。気を使う集まりだと、みんなに本当はどう思われているのか不安にもなってしまうが、今の俺達にはそれがない。

「黒沢が歌っていた曲、凄《すご》く好きだったんだ。久しぶりに聞かせてくれてありがとう」

「そ、そうなの⁉」

俺の言葉に驚く黒沢。俺達の世代ではベルゲンというバンドが好きな人は珍しいから、驚く理由もわかる。

「でも、私の歌が好きっていうのはどうせお世辞でしょ？」

「違う。俺の素直な気持ちだ」

「……周りにどれだけ褒められようが貶《けな》されようが、碧の言葉一つに勝てないわね」

黒沢は嬉《うれ》しそうな表情を見せながら、身体《からだ》を左右に揺らしている。

「やっぱり私は、今の居場所が好きよ。みんなといる時間が好き。碧の傍《そば》が良いの」

「そうか。そう言ってくれると俺も嬉しいよ」

黒沢ほど本音を素直に伝えてくれる人はいない。一緒に居て一番安心できる相手だ。

「嫌な事もあったが、またカラオケに行きたいと思ってくれたか？」

「ええ。碧の歌、凄く好きだった。もっと聞きたいと思ったわ」

俺の目を見て、微笑《ほほえ》みながら話す黒沢。その姿が愛《いと》おしいと思ってしまう。

改めて黒沢を救うことができて本当に良かったなと心から思える。

きっとこの先も、俺は自分の命を懸けてでも黒沢を救い続けることだろう。


カラオケで遊び終えた俺達は置き捨てられていた黒沢の鞄を回収し、会計を済ませて店を出た。このまま解散となる流れだったが、俺はみんなを呼び止めた。

俺には話さないといけないことがある。緑川に嘘《うそ》を白状させるのなら、まずは俺が嘘を明かさないといけない。そうしないと人のことなんて言えないからな。

緑川は言わば反面教師。このまま嘘をつき続けると、取り返しのつかないことが生じるかもしれない。みんなとの関係に亀裂が走り、居場所を失ってしまうかもしれないんだ。

「……すまん、みんなに黙っていたことがある」

俺の言葉を聞いたみんなは立ち止まって俺を見てくる。

アリスの件を話そう。彼女がいると今までみんなにも自分にも嘘をついていた。

今明かせば傷はまだ浅いはず。信用を軽く失うが、まだ致命傷とはならない。

「何だよパイセン。実はみんなにもっとエッチなコスプレをしてほしいとかか？」

「こら、茶化《ちゃか》しては駄目よ」

空気を明るくしようとしてくれた金田だが、黒沢に注意されている。

「何か隠し事でもしてたの？　みんなを裏切る真似《まね》はやめてよね」

「白坂さん、碧を追い詰めないで」

警告するキラを睨《にら》む黒沢。何故《なぜ》か黒沢は俺の言葉を誰よりも聞きたがっているな。

「実は……」

本当は、彼女はいない。そんな短い一言が何故か言葉にできない。

ちゃんとみんなに言おうと決意して話し始めたのに、身体が震え出して息が詰まる。

自分もみんなも騙《だま》しているこんな人間では、アリスに自慢できるわけがないのに。

「本当は……」

言えずにただ立ちすくんでいる。そんな俺をみんなは憐《あわ》れんだ目で見ている。

それだけ今の俺は痛々しいのだろうか……

自分でみんなを呼び止めておいて、何も話さない。そんな男、引かれて当然か。

「先輩にどんな秘密があったとしてもあたしは受け入れますよ」

「私も赤間さんと同じ気持ちよ。もし言いにくいことなら私だけに教えても良いのよ」

「それは駄目ですよ黒沢さん。あまり調子に乗らないでください」

微笑《ほほえ》んでいる黒沢を睨んでいる鈴。俺のせいでみんなの仲にヒビが入っては駄目だ。

「てかさー……言《い》い辛《づら》いことは無理に言わなくてもいいじゃん。もう遅いし、今度にしようよ。茂中さんの心の準備ができた時にさ」

キラは意外にも優しい言葉をかけてくれる。その言葉に甘えて出直すべきだろうか……

「駄目よ！　言わないと駄目なの！」

「……必死過ぎて引くんですけど。もっと人の気持ち考えてあげなよ」

「ちゃんと考えているわ！　考えてないのは白坂さんの方でしょ？」

「は？　さっきからうるさいんですけど」

黒沢と白坂が険悪なムードになってしまう。どうして黒沢はこんなに必死になってくれているんだろうか。

「はいストーップ！　次、吠《ほ》えた方の頬に問答無用でキスするから」

金田が二人の間に割って入り、言い争いを無理やり止めてくれる。また助けられたな。

「茂中先輩、焦らなくていいですよ。今日は駄目でも来月には言えるかもしれませんし。あたしも茂中先輩に言えない秘密とかありますし。いつかは言いたいなと思っているんですが、もう少し時間はかかりそうです」

「鈴……」

「ここにいるみんなは問題児ですから、先輩のどんな問題発言だって受け入れてくれるはずですよ。あたし達は普通じゃないので安心してください」

気を楽にさせてくれるような寄り添った鈴の言葉。こういう時はいつも傍観していることが多い鈴だったが、今日は踏み込んできてくれる。

「パイセン、そんな大事な話ならこんな夜に言う必要ないぜ。もっと時間に余裕がある時にでも聞かせてくれよ」

金田の言葉に頷《うなず》く。確かに、もっと状況やタイミングを選ぶべきだった。

みんなに嘘をついていたことを謝りたいという気持ちが、俺を焦らせていたようだ。

「……みんなごめん。俺の覚悟が中途半端だったみたいだ」

言えなかった。失敗。みんなからの信頼も落ち、理想の自分からも離れていく。

「もう先に帰るわ」

黒沢は悔しそうな顔を見せながら先に一人で帰ってしまう。

「黒沢……」

「追わないで。何か変に焦っているみたいだから」

キラに腕を摑《つか》まれたので立ち止まる。どうやら、黒沢も俺と同様に焦っていたようだ。

何故、焦っていたのだろうか。俺の秘密をどうしても聞きたかったのか？

それにしても、俺は少し自惚《うぬぼ》れていたかもな。

次々と周りの問題を解決していった影響で、身の丈以上の自信がついてしまっていたのかもしれない。自分の問題は何一つ解決できていなかったのに……

追い求めていた理想の自分は、まだまだ手の届かない場所にいるようだ。


【茂中さ〜ん、今から家来れる？　男手が欲しくなったんだけど、無理なら大丈夫だよ】

家に帰るとキラからメッセージが届いていた。何か困ったことがあったようなので、家に着いたばかりだが、また家を出た。

キラの住む高層マンションの入り口へ着くと、変装をしているキラが待っていた。

「ごめんね、急に呼んで」

「謝る必要はない。いつでも頼っていい」

「流石は茂中さん。みんなに優しいね」

キラは高層マンションの中へ歩き出す。どうやら入り口で話すつもりではないようだな。

「家入っていいのか?」

「う～ん……まぁ、茂中さんならギリギリオッケーかな」

活動休止中とはいえ、キラは芸能人だ。異性を部屋に招くのはご法度な気もするが。

「週刊誌に載ったりしないのか?」

「女子高生の私を盗撮してたら逆に訴えるっての。それに、私の事務所は別に恋愛禁止とか無いいし、犯罪とかしなきゃ問題無いと思う」

キラは別にアイドルではない。恋人の存在が噂《うわさ》されても別に悪い影響は無いのか。

「それで、今日は急にどうしたんだ?」

「リビングの電気が切れちゃってさ。無駄に天井高いから私じゃ取り替えようとしても届かなくて困ってたの」

「それぐらいならお安い御用だ。一人暮らしだと生活で困ることも多いだろうから、人手が欲しくなったらいつでも連絡をくれていいぞ」

「頼りになるね。普段はマネージャーさんが週に一度、家に様子を見に来てくれるんだけど、昨日来たばっかだから。電気が点《つ》かないまま六日も待てなくてさ」

「活動休止中にも来てくれるんだな。マネージャーって男なのか?」

「女性だよ。私は事務所モスカーの宝だから、活動休止中とはいえ放置はできないの」

マネージャーが女性と聞いて安心したな。一人暮らしであるキラの様子を頻繁に見てくれているようだし、俺以外にも心配してくれる人がいるみたいだな。

エレベーターで二十七階まで上がり、角に位置していたキラの部屋に入る。

「お邪魔します」

整理された玄関が出迎え、綺麗《きれい》な廊下が目の前に広がる。

「見て見て～」

キラは大きな靴棚の扉を開けて、何十足もの靴を見せてくる。パンプスもあれば、お洒落《しゃれ》なブーツも揃《そろ》っている。テレビで見たモデルさんの部屋も、やけに靴が多かった印象だ。

「どう？」

「靴がいっぱいだな」

正直、こんなに靴があっても履く機会は無い気がする。俺は二足分しかない。

「は？　リアクション薄くない？」

「ご、ごめん。俺には凄さが分からなかった」

男子はあまり女子の靴に興味を持てない。俺が女子なら気の利いた言葉が一つや二つ出ていたのかもしれないが。

「何で分かんないの？　も～この極細ヒールで踏んづけるよ」

あんな凶器みたいなヒールで踏まれるのは痛そうだが、痛いのはそこまで嫌いじゃないのでキラに踏まれるならギリギリご褒美に昇華できそうだ。

「夏の薄着だとキツいかもな。冬の厚着に着替えてきてもいいか？」

「いや冗談だから。そこまで鬼じゃないから私」

靴を脱いで廊下を進むと、広いリビングが姿を見せた。使用感の無いキッチン、大きいソファーの前に大型テレビ。夜空を大胆に写す壁一面の窓。

まさにお金持ちが住む部屋だな。綺麗好きなのか散らかっている様子も無く、整理整頓がされている。ただ、等身大の鏡が広いリビングだけでも十個以上は置かれている。

普通の家庭なら一つで十分なはずだが、何個もあるのは違和感がある。

「鏡多くないか？」

「え？　だって、色んな所にあった方がいつでも自分を確認できるじゃん」

別に変とは思っていないキラの説明。きっと俺には分からない感覚があるのだろう。

こんなに鏡があると常にどこかから見られている気分になり、何だか落ち着けないな。

壁や棚上には額縁《がくぶち》に入れられて飾られた写真やポスターがいくつもある。写っているのは全て美しい女性。モデルの仕事をこなしているキラの姿だ。

「よく見たら写真やポスターって全部キラだな」

「そうだよ。というか、私以外のは飾る理由ないでしょ」

鏡が多いのも、自分のポスターばかりなのも、キラはそれだけ自分のことが好きなんだろうな。悪く言えばナルシストだが、良く言えば自分を大切にしていて誇りを持っている。

「これ、めっちゃ綺麗だな」

キラが黒いドレスを身に纏《まと》っているポスターが目に留《と》まった。

思わず見惚《みと》れてしまうほど美しく、大人びて見えるのでとても年下には思えない。

「でしょでしょ。これは私も気に入っているの。ドレスメーカーのブランドのモデルやった時に撮ったんだよね。このへアメイクとかヤバくない？」

嬉《うれ》しそうに自分の写真を解説しているキラ。仕事の表情とは異なる無邪気さがあり、ポスターに写る儚《はかな》さや妖艶さを醸し出している遠い存在感は無い。

「こうしてキラの仕事っぷりを見せつけられると、いかに俺はとんでもない人と一緒にいるのかって改めて思い知らされるよ」

「ようやく私の凄《すご》さを実感してくれましたか」

「そうだな。キラのことは絶対に守らないといけない、大切にしなきゃいけないっていう自覚ができたよ」

「……嬉しい。けど、そういうの恥ずかし気もなく言えるのは引く。たらしじゃん」

「そういうつもりじゃないんだがな」

素直な気持ちを伝えていただけだが、俺は恥ずかしいことを言っていたみたいだ。

「でもさ〜こんな有名人で美しくて凄い白坂キラを彼女にして、あんなことやこんなことしてぇなぁとか思ったりしないの？」

「俺はキラと釣り合わないから、彼女にしたいだなんて恐れ多いよ。それに、みんなから大切にされている人を傷つけてしまうわけにはいかないしな」

例えるなら、貴重なダイヤモンドを手に入れられるチャンスがあったとしても、ちゃんと大切に管理できる人に譲るようなものだ。俺にはキラを扱えないし相応《ふさわ》しくない。

「それが唯一許されるのが彼氏なんじゃん。彼氏が求めてくるならちゃんと受け止めるし、ちょっと乱雑に扱われても許せると思うしさ」

キラが唯一身を委ねられる彼氏という存在は、今は空席となっている。その席に座りたい者は無数にいると思われるので倍率は信じられないくらい高そうだな。

「それに、茂中さんは私と釣り合うよ」

「えっ」

「だって私は活動休止中だもん。今は同じ一般人、今なら釣り合うじゃん」

キラは俺を見つめてくる。見つめ返すと、珍しく頬を赤くし始めた。

「と、というか早く電気直してよっ！」

恥ずかしくなったのか、キラは逃げるように替えの電気を取り出して渡してくる。

リビングにあった椅子を台にして、電気を入れ替える。キラでも工夫すれば自分でできそうな作業だったが、怪我《けが》する危険性もあるし俺がやった方が良いか。

「ありがと」

「どういたしまして。あんまり居られちゃ嫌だと思うからもう帰るよ」

「待って。別に嫌じゃないし、もう一個大事な用があるの」

帰ろうとしたが呼び止められた。どうやら電気の取り換えは本題では無かったようだ。

「他にも何か困ってることがあるのか？」

「困ってるのは茂中さんでしょ」

「……今日、みんなに言いたいことがあると言っておいて何も言えなかったことか？」

「うん、落ち込んでるかなと思って」

どうやら不安定だった俺を見て、心配させてしまったようだな。

「悪いな心配かけて。自分で言い出そうとして言えないなんて、情けない話だよな」

「そんなことないよ。誰かに何かを打ち明けるのって勇気いるもん」

俺を貶《けな》さずフォローしてくれる。罵倒されてもいいレベルなのに。

「修学旅行の時に女優を目指してるのとか、表情豊かになれなくて悩んでいることを打ち明けた時も私はハラハラドキドキしてた。でも、茂中さんは受け止めてくれて、問題解決に協力するって言ってくれた。打ち明けて良かったなって思えたよ」

みんなも自分のことを打ち明ける時は葛藤もして、勇気を振り絞ってくれていたようだな。それなのに、俺だけ逃げるわけにはいかない。

「私はもちろん、みんなも茂中さんのことなら何でも受け止めると思う。みんな茂中さんには恩があるだろうし、力になりたいなって考えてくれてると思うから」

「そう……なのかな」

「怖がらなくていいし、恥ずかしくもない。みんな問題児だから失敗だらけ。情けないしどこかズレている。茂中さんが何を言ったって、それを馬鹿にしたりしないし嫌ったりしない。問題児のリーダーなんだから、一番ヤバくてもむしろ相応しいってなるよ」

キラの言葉が迷いを晴らしてくれる。アリスのように背中を押してくれる。

「ありがとう。励まされたよ」

「私に励まされるとか、すんごい貴重なんだからね」

女神のような美しい女性に背中を押されるなんて、もはや加護とかそのレベルだな。

「幸せ者だと思ってるよ。でも、どうして俺にそこまでしてくれるんだ？」

「そ、それはさぁ……茂中さんが、う～ん」

返答に詰まっているキラ。顎に手を置いて、思い悩んでいるようだ。

「茂中さんと深い関係になった方が、色々と揺さぶられて知らない感情とか初めての表情とか出せるようになるかもしれないじゃん？」

「そういうことか。確かに仲が深いほど応援したくなったり、嫌なことをされたら傷ついたり、楽しい時は笑い合えたりするもんな」

外の景色が気になったのでリビングの奥へと進む。

「景色凄いな」

目の前には高層ビルや大型施設が立ち並ぶ景色。下を見ると家や車がジオラマのように思えるほど小さくなってしまっている。

「そりゃタワマンの二十七階だからね」

「部屋も広いし家賃とか高そうだな」

「東京じゃないし別にそこまで高くないよ。二十万ぐらいかな？」

金銭感覚が違うからか、俺には相当高いと思えた。一年も住んだら二百四十万もかかるじゃないか。まさに住む世界が違うってやつだ。

「私と付き合えれば、この家も利用し放題だよ」

「美しいモデルの彼女ができて、タワマンの一室も付いてくるなんて宝くじの一等が当たるようなレベルだな」

「一獲千金ってやつだね。ワンチャンあるかもよ～」

からかうような目で見てくるキラ。思わせぶりなことを言っておいて、告白したら無理ですと即答されそうだ。

「両親が金持ちだから俺も金持ちって友達は小学校の時に何人かいたけど、自分の力で稼いで金持ちですって人はキラが初めてだな」

「……両親とかむしろ金吸ってきたからね。もう縁切ったから両親なんて言い方もしたくないレベルだけど」

　ゲームセンターで遊んでいた時に、金銭トラブルで両親がいなくなったと言ってたな。

「最初は仲の良い三人家族だったけど、私がモデルとして予想以上に成功して大金を手にしてからガラリと変わっちゃった。お母さんは私が稼いだ金で贅沢《ぜいたく》を始めたし、お父さんは仕事も辞めちゃった。お金目当ての変な人達も家族にたかってきた」

　モデルとして成功しても、家族は崩壊していくなんて皮肉な話だな。

　お金は人を変える。そんな残酷な経験を中学生の頃から味わってきたみたいだ。

「報酬の話とか税金対策とか、ずっとお金の話題ばかり。夕食の時間さえも私のお金や仕事のことしか話さない。次第に両親の方向性が合わなくなって、毎日喧嘩《けんか》が起きるようになった。耳を塞ぎたくなるような怒鳴り合いの日々。挙句の果てには離婚した」

「……そんなことがあったのか」

「だからさ、一年前ぐらいに二人が仲直りするまでもう一生会わないって突き放したの。次会う時は必ず三人でって言ってやった。でも、それは絶対に無理だと思うから実質、絶縁したようなものかな。その後は会社の人にも協力してもらって、この家とか口座とか一人で暮らせるように色々用意してもらった。それで今に至るって感じかな」

　今まで口を閉ざしていた家族との関係を打ち明けたキラ。一度話し始めたら、全てを語るまで止まらなかった。

「悲しい話だな。キラに同情するし、両親に怒りも湧いてくる」

「愛《いと》しい娘を忘れさせちゃうくらいお金ってのは恐ろしいって話だよ。茂中さんも宝くじ当てて人が変わっちゃうとかあるかもね」

「宝くじ当たっても全部貯金かな。将来のために」

「うわ〜つまんない男」

答えを間違えたな。俺は周りを楽しませられるような面白い男を目指しているのに。

「でも、つまんない男が一番信用できる。茂中さんみたいにどこか冷めてて常に余裕のある人が、私にとっては理想なのかな」

貶されたと思ったら褒められた。理想の自分になりたいとは常々思っていたが、人によって理想は異なるようだ。俺が目指している自分は、キラの理想とは離れていくかもな。

「両親のこと、茂中さんに話して凄く気が楽になったかも」

スッキリした表情のキラ。両親について語っていた時の苛立《いらだ》ちや悲しみの表情は、もう消えているようだ。

「だから、茂中さんもきっと楽になるよ」

身をもって俺に打ち明けるとどうなるかを見せてくれたキラ。俺も打ち明けたらスッキリするのだろうか。キラみたいに開き直っている状態なら、スッキリできそうだが……

「……そろそろ解散にしよっか。シャワー浴びる時間だし」

毎日のルーティンを崩したくないのか、予定通りの行動を遂行したがっているキラ。

「う〜ん……男を家に呼べば、色んな感情が湧いて出ると思ったんだけどな」

ガッカリした様子のキラ。俺は女の子の部屋に来て、色々と思うことがあったけどな。

「何か茂中さんって、安心感が有り過ぎる。普通男が家に来たら、後ろから抱き着かれて無理やりキスとかされたらどうしよう〜とかなるけど、茂中さんだと考えるだけ無駄だよね。絶対にそんなことしてこないんだもん」

「そんなことしたら通報されるだろ」

「異性を家に呼んだ時点で、そういうのちょっとは覚悟して警戒するもんだよ」

「恋人とかだったら、ベッドに押し倒したりとかしてたけどな」

「恋人だったらそれは普通でしょ。私が言ってんのは、もっとハラハラドキドキな展開ね」

ガッカリしているキラのために、何かできることはないだろうか……

キラに青春を体験させて、色んな感情を呼び覚まして表情を引き出すように協力すると決意した手前、キラを望み通りハラハラドキドキさせてやりたい。

リビングのテーブルの上にはフルーツがいくつか置かれている。その中にバナナが一本あった。リビングの壁には電気が一箇所で管理できるように、各箇所の電源スイッチが敷き詰められたパネルもある。

これは一《いち》か八《ばち》かだが、やってみるか……

ONになっている電気のスイッチを全てOFFにして、部屋を真っ暗にさせてみた。

「えっ⁉　ちょっと、何で電気消したの？」

上手《うま》くいくかは分からないが、キラのために閃《ひらめ》いたことを実践してみるか。

「茂中さんどこにいるの？　何も見えないんだけど、電気点《つ》けて」

「キラの右手の傍《そば》にあるのを優しく握ってくれないか？」

バナナを持って、キラの近くでお願いしてみる。

「えっ、これ？」

キラがバナナを優しく掴《つか》んでくれたので、俺はバナナを放して静かに電気のスイッチの方へ向かった。

「これって……ちょっと茂中さんまじ？」

動揺した声が聞こえてくる。作戦は思いの外、上手くいったようだな。

「け、けっこうでかくないかな？　というか、何てことしてくれてんのよ……」

電気を点けると、顔を真っ赤にしてバナナを掴んでいるキラと目が合った。

キラは自分の手を確認し、握っているバナナを見て思わず投げそうになっている。

「いやバナナかい！」

「めっちゃ顔が真っ赤になってたぞ。あんな顔するんだな」

「ごらぁ！　紛らわしいことすんなぁ！」

俺に詰め寄ってくるキラは、顔を真っ赤にしたまま怒っている表情を見せている。

「感情が出てるぞ」

「あっ……確かに出てたかも」

今度は嬉《うれ》しそうな顔を見せる。その変化の激しさが動揺している証拠だな。

「流石は茂中さん、めっちゃ揺さぶられたんだけど、そういうこともできるんだ」

「金田が乗り移った。さっきのは本当の俺じゃない」

「違うでしょ。茂中さんは彼女とやることやってんだから、変態なのは分かってるの」

キラの沈んだ感情を揺さぶるには過激なことをしなければならない。とはいえ手を出したりしては駄目なので誤魔化《ごまか》しでやってみたが、初回ということもあり上手くできたな。

「次来た時は引っかからないからね。別の作戦でも用意しといてね」

またキラは俺を家に呼ぶつもりらしい。嫌われてなくて安心したな。

「何か考えておくよ。じゃあ、もう帰るぞ」

「うん。気をつけてね」

一区切りついたので玄関へ向かうと、俺を見送るためにキラも付いてきてくれる。

「今日はありがとう。気が楽になったし、貴重な時間を体験できたよ」

「こちらこそありがと。また来てくれる……？」

「呼ばれればいつでも行くよ」

そう告げて、玄関の扉を開けて外へ出た。

歩き出そうとした瞬間、スマホをリビングの机の上に置いたままだったのを思い出して、慌てて玄関を開けた。

「ごめんスマホ忘れた」

「あ～緊張した！　もうヤバいヤバいヤバい～ん！」

扉を開けると、両手で頭を抱えているキラが甲高い声を上げて悶《もだ》えていた。

「こ、こほん。取ってくるから待ってて」

まるで何事もなかったかのようにスマホを取りに行ってくれるキラ。ギリギリ見られてないと思い、誤魔化したのだろうか。それなら、指摘してあげない方がキラのためだな。

スマホを受け取り、今度こそ忘れ物なくキラの住む高層マンションを出た。

「先輩、何してたんですか？」

マンションから出たタイミングで背後から声をかけられた。

振り向くと、そこには何故《なぜ》か鈴が一人でポツンと立っていた。

「ど、どうしてここに？」

黒沢を探し出した位置情報共有アプリを俺にも入れてるんじゃないかと疑うほど、ピンポイントで現れた。だが、俺のスマホにそんなアプリを入れられた記憶はない。

「あたしは解散した後に隣の薬局へ寄っていたので、たまたまここにいました」

「そうなのか」

同じ街に暮らしているとはいえ、こんな偶然が重なることがあるのだろうか。鈴とは前日にもコンビニ前で鉢合わせたからな。

「それで、先輩はこの高層マンションに何の用があったんですか？」

どうやらここがキラの家だとは知らない様子だ。キラは俺以外に連絡先を教えていないし、家も伏せているので黙っていた方が良いかもな。

「もしかして白坂さんの家にでも行っていましたか？」

「何だ知ってたのか」

「知らなかったです。予想して言ってみたんですが、当たってたみたいですね」

鈴の言葉に引っかかり、答えを言ってしまった。キラには後で謝っておかないとな。

「家は隠してるみたいだから内緒な」

「あたしには茂中先輩しかいないので、誰も話す人なんていませんよ」

怒ってはないが、笑ってもいない鈴の不気味な表情。感情が読み取れない。

「キラに電気を入れ替えて欲しいと頼まれたんだ。初めて部屋に入ったが、一人暮らしで大変そうだった」

「そうでしたか。まぁ、この短時間じゃ変なことはできませんよね」

異性の部屋に行ったなんて聞けば、鈴が何かあったかもと疑ってくるのは当然か。

「もう夜も遅いし、家まで送るよ」

「ありがとうございます。茂中先輩はみんなに優しいですもんね」

キラにも同じことを言われたな。年上の男として当然なことを言っただけなのだが。

「何か最近、偶然会うこと多くないか？」

「ですね。茂中先輩と学校外でも会えてラッキーです」

俺と会えたことを鈴は幸運と捉えている。やはり、ただの偶然なのだろうか……

「友達とはいえ、異性である女の子の家へ行くのは良くないと思います」

「俺にもその考えはあるが、それ以上に困っている人は放っておけないんだ」

「なら、あたしもそうしますね。困っている人がいたら異性の家でも駆けつけます」

俺はオッケーで鈴は駄目だと言うわけにはいかないので、止めることはできない。

「放課後に出歩けるようになったとはいえ、夜に一人で出歩くのは危ないぞ」

「すみません。放課後解禁されたのが嬉しくて、つい心配されるような時間まで歩きたくなる日が多いんですよね」

「気持ちは分かるが、ほどほどにな」

十分ほど歩いて鈴を家の近くまで送り届け、自分の家まで運動がてら走って帰った。

いつもは上手く寝つけないのに今日は濃厚な一日だったので、ベッドで横になって一分も経《た》たずに寝てしまった。

第六章　嘘《うそ》を諦めた日

今日は学校が休みとなっており本来ならみんなで遊びに行く予定だったが、緑川《みどりかわ》の一件もあり予定を変更して黒沢《くろさわ》と二人で会う流れになった。

集合場所のけやきひろばへ着いたが、まだ黒沢は来ていない。

三分ほど待っていると、広場の入り口付近にある喫煙所から黒沢が出てきた。

「おい黒沢、もしかしてタバコ吸ってたの？」

予想もしていなかった展開に俺は思わず二度見してしまった。

「吸うわけないじゃない。でも、喫煙所を通る方がグレてる感じがするでしょ？」

理解できない主張。ここの喫煙所は通り道にもなっているが、吸わないのにわざわざ通る人なんて聞いたことが無い。

「新都心《しんとしん》高校の誰かに見られて勘違いされたら面倒なことになるぞ」

「構わないわ。元生徒会長がタバコを吸っていたなんて噂《うわさ》、グレ度が高いもの」

不良ぶる男子中学生と同じ感覚だろうか。大人になってから恥ずかしい思い出にならないといいのだが。

「私服、似合ってるな」

今日の黒沢はキラと一緒に選んだ私服を着ている。

Vネックの半袖リブニットを着ているので胸が制服時よりも強調されている。ハイウエストのミニスカートも太ももの魅力を引き立てており、思わず目を奪われる。キラが選んだからか少し大人っぽい服装で、制服の時とは異なる黒沢の可愛《かわい》さが出ている。明らかに修学旅行の時に見た地雷系ファッションより似合っているな。

「普段よりも大人びて見えるぞ。可愛いし、凄《すご》く素敵だと思う」

「そ、そう？」

頬《ほお》を赤く染めて、もじもじとしてしまう黒沢。ここでしっかりと褒めておかないと、また服装が変な方向へ走ってしまうかもしれないからな。

「それで、緑川はちゃんと呼び出せたのか？」

緑川と話をつけるために、今度は相手を呼び出す作戦に出た。相手の誘いに乗ると、あの男達を連れてこられる危険性があるからな。

「ええ。でも、私一人じゃないと会わないって。一人で来るとは約束してくれたけど、信用できるかは分からないわ」

「今回はちゃんと教えてくれるんだな」

「当たり前じゃない。碧《あお》にあんだけ言われたんだもの、約束は守るわ」

前回は一人で突っ走ってしまったが、あの時の黒沢はもういないようだ。

「碧はどうする？　近くで待ってるの？」

「堂々と一緒に行くよ。もうこの件で黒沢を一人にはできないからな」

黒沢は俺の服の裾を摑《つか》んでくる。黒沢も俺に付いて来てほしかったようだな。

「集合場所は？」

「ここの一階。暑いから室内の方にしてもらったわ。集合時間まであと三十分はあるから、先に行って待機しておきましょう」

「了解。じゃあ、早速向かうか」

エスカレーターで階下へ降りると、既にカフェ近くのベンチに緑川が座っていた。

「もういるみたいだな」

「豊美《とよみ》っ、待たせたわね」

緑川の姿を見て駆け寄る黒沢。唯一の友達だったからか、昨日の一件があっても突き放したりはできないようだ。

「未月《みつき》……」

駆け寄る黒沢を抱きしめている緑川。仲睦《なかむつ》まじい姿を見せているが、黒沢を抱く緑川の目は笑っていない。

「一人で来てって言ったよね……この人は誰なの？　彼氏でも見せびらかしに来たの？」

俺が同行することを伝えていなかったため、緑川は機嫌を損ねている。

ただ、黒沢が連れてくるのを黙っていたとしても、酷《ひど》い煽《あお》りをしている。とても唯一の友達にかける言葉ではないと思うし、黒沢をどこか下に見ているのが伝わってくる。

「私のクラスメイトよ。けっこう頼りになるから、サポート役として連れてきたわ」

「茂中《もなか》碧。よろしく」

俺を睨《にら》んでくる緑川。信用されていないので、当然の反応か。

「巻き込まれたくないなら帰った方がいいよ」

「黒沢を危険な目に遭わせたくないから帰らない。巻き込まれても構わない」

「……じゃあ、勝手にして」

一緒に居てもいいという許可を得ることができた。俺がいるなら帰ると言われるパターンも想定していたが、そうならずに済んで助かったな。

「昨日の警察は何だったの？　未月に用があったみたいだけど」

「あれは彼よ。私をあの場から連れ出してくれたの」

「えっ」

緑川が本物と勘違いしていたということは、やはり花山《はなやま》達も勘違いしていたのだろう。

「単刀直入に言わせてもらうが、あの男達とは縁を切った方がいいんじゃないか？」

「私のこと何にも知らないくせに勝手なこと言わないでよ！」

これまで淡々としていた緑川が俺の言葉を聞き急に怒鳴ってきた。ヒステリックになっているのは明白で、精神的に追い込まれているのが見て取れる。

「花山って人とは恋人なんじゃないの？　昨日もキ、キスとかしてたじゃない」

「別に付き合ってない。私はあの二人の都合の良いおもちゃでしかないから」

「どうしてそんな人達と仲良くしているのよ」

「それは……別に今は関係ないでしょ」

明らかに不適切な関係だ。それでも一緒に居るということは、一緒に居なければならない理由があるに違いない。

「脅されてるんじゃないか？」

「し、知ってるの？」

「推測だったが、当たっていたようだな」

やはり、脅されていたか……これでは問題解決も困難になるかもしれない。

「豊美、二人に何か弱みでも握られているの？」

「で、でも……」

人に話せば楽になるはずだが、躊躇《ちゅうちょ》しているということは言《い》い辛《づら》い内容なのだろう。

「知ったら、あの二人に何されるか分からないよ？」

「私は豊美を救いたいの。教えて」

「……リベンジポルノで脅されてるの」

噂では耳にしていた言葉だが、実際に身近な人でも被害に遭っているようだ。

「リベンジポルノって？」

「分かりやすい例で言うと、恋人の裸をスマホのカメラで撮っていたとする。大好きな恋人から別れを切り出された時に、もし別れるなら裸の写真をバラ撒《ま》くぞって言って脅したりすることだな」

「……最低ね。ゲスの極みといったところかしら」

リベンジポルノほど怖いものは無い。最近は話題になることも多く、この前も有名な芸能人がリベンジポルノされて恥ずかしい写真がＳＮＳで公開されていたな。

「豊美はあの男達に裸の写真を撮らせてしまったの？」

「裸というか、まぁ……裸ではあったけど。隠し撮りされてたから気づかなかった」

恋は盲目だなんて言ったりする。その瞬間は愛し合い相手を信じていても、ちょっとしたすれ違いで恋は終わってしまい、写真に収めた思い出は黒歴史と化してしまう。

恋が冷めると、どうしてあんな写真を撮ってしまったのだろうと後悔する人は多い。

学生時代にできた恋人と生涯を共にする確率は極めて低いので、恥ずかしい写真は撮らせない方が良い。アリスも今ごろ後悔しているに違いない。

「そもそも、何であんな見るからにガラが悪そうな男達と仲良くしたのよ」

「学校に行き辛くなって、家でも両親と気まずくて、もう行き場を無くして一人でふらふら歩いてたら、あの二人に声をかけられたの」

女の子が道を踏み外す王道パターンだな。悪い男と出会って、悪い遊び方をして、元いた社会から離れていく。

俺達みたいな問題児ってのも道を踏み外した存在なのだが、俺達は道を踏み外しているというよりかは逸《そ》れているといった感じだろう。あと一押しで緑川のように道から落ちてしまう危うい場所に立っているので、みんなが踏み外さないように見守っていないとな。

「最初は優しかったし、二人はルームシェアしててその部屋を使っていいと私に居場所をくれた。でも、部屋で寝泊まりするようになってからは散々な目に遭わされて、あの優しさって下心でしかなかったんだなって思い知らされた」

人は目的無く人に優しくしない。俺も自分のために人に優しくしているからな。

「距離を置こうとしたけど、先読みされて脅されたの。まぁ、もう開き直ってはいるけどね。こんな生活も悪くないかもって。一応、二人は生活費とか出してくれるし、遊びにも連れてってくれるし、私を守るとか大切にするとか言ってはくれているし」

現実が変えられないなら、現実逃避するしかない。大切になんてされていないのに、都合の良い事だけを信じて臭い物には蓋をする。

「だ、だから、未月も一緒に来てよ……二人だったら楽しくなるかもしれない。学校にいるよりは幸せになると思う。お願い」

泣きながら懇願する緑川。そこには幸せの欠片《かけら》すら存在しない。

きっと自分でも分かっているのだろう。自分が人生のどん底にいることを。

「未月、可哀想《かわいそう》だもん……生徒会長をクビになって周りから後ろ指さされて。そんな生活よりは男達にチヤホヤされる方がまだ幸せなはずなの。あんな学校は行かない方が良い」

「勝手に憐《あわ》れんだりしないでよ。それに、私はもう学校にも居場所があるの」

「そ、そんな……何で未月にだけ……」

誰と出会うかによって運命は大きく変わる。もし緑川が良心的な人と出会っていたなら、支えられて励まされ学校にも復学していたかもしれない。

もし黒沢と俺が出会っていなかったら、緑川の誘いに乗り二人で道を踏み外していったかもしれない。そんな光景を想像するとゾっとしてしまう。

出会いは紙一重。少しでもタイミングがズレれば、運命は大きく変わってしまう。

「碧、私は豊美を放っておけない」

俺はアリスと偶然出会い、留年する流れになった。それが無ければ、黒沢もキラも鈴《すず》も金田《かねだ》もどうなっていたことか……

もちろん、俺と出会わない方が良い運命だった可能性もある。

俺はその考えが一番のしこりだ。アリスと出会ったのが俺でない方が良かったかもしれないと考えては、堪《こら》えようもない苦しみに襲われてしまう。

だから、俺は出会った全ての人を幸せにしたい。たとえそれが無謀であっても。

「なら、救い出すしかないな」

「ええ。やってみるわ」

今まではみんなが道を踏み外さないように救ってきた。今度は道を踏み外した人を救い出さなければならない。誰かを救うのはできたが、誰かを救い出すのはさらに難しい。

「豊美、一緒に警察の元へ向かいましょう」

「えっ!?　何でよっ」

「当然の話よ。学校で問題が起きたら先生に報告する。学校外で問題が起きたら警察に報告する。社会の秩序を守るために警察は存在しているのだから」

黒沢の理論は正しい。緑川の話が全て真実なら犯罪にもなる脅迫行為だ。

「親とか学校に報告されるぐらいなら、黙っていた方がましだから」

「そんなこと言ってる場合じゃないでしょ」

緑川の気持ちも理解できる。俺も両親にはこれ以上、迷惑はかけたくないと思っているので、警察沙汰になるくらいなら自分でどうにかしようと考える。

「余計なことしないで」

「これは余計なことじゃないの。豊美のためなのよ」

話を聞き入れてくれない黒沢を前にして、緑川が我慢できずに席から立ち上がった。

「待ってくれ、俺に良い手がある」

緑川の腕を掴み、逃げるのを防ぐ。救い出すまで緑川は逃がさない。

「本物の警察を頼りたくないのなら、偽物の警察を頼ればいい」

「は？　どういうこと？」

「あの男達に電話をかけてくれ。俺が警察の振りをして話すから」

実際に会って騙《だま》すなら前回のようにコスプレ衣装が必要だし、証拠となるものを用意しなければならない。だが、電話なら必要なのは声だけ、今の俺にでもできる。

「目には目を歯には歯をってことだ。相手が脅してくるならこちらも奴《やつ》らを脅せばいい」

「そ、そんなの上手《うま》くいくわけない」

「そんなことない。あいつらは俺のコスプレにすら気づかず、警察ってだけでビビっていた。それだけ視野が狭くなっている、狡猾《こうかつ》にやり取りすれば騙せるはずだ」

「失敗したら、どうなるか分かってるの？」

「その時は別の手を考える。緑川を救いきるまで挑み続けるから安心してくれ」

「私も一緒よ。豊美を救うまで碧と共に行動する。ちゃんと責任を取るわ」

俺の背中に触れながら決意を口にする黒沢。どこまでも付いていく覚悟があるようだ。

「碧、良い作戦だと思うけど、チャンスは一回きりなはずよ。できるかしら？」

「安心してくれ。俺は嘘《うそ》をつくのが得意になっちまったんだ」

俺は彼女がいるなんて嘘をついて友達すら騙している。どうして騙せるのか、それは自分でも嘘をついている感覚が無いからだ。アリスはまだ生きていると思って過ごしている自分もいるから、俺の中では事実を語っているような感覚だった。

その理論を使い自分を警察官だと思い込めば、あたかも真実のように嘘がつけるはずだ。

「緑川、あの男達に電話をかけてくれ」

「で、でも……」

「変わるなら今しかない。このまま腐るか、俺と黒沢に救い出されるかを選べ」

緑川は観念して俺にスマホを渡し、花山という男の連絡先を表示させる。

「お願い……また戻りたい」

「望み通り、帰り道を用意してやるさ」

俺が緑川を摑《つか》んでいたのだが、逆に緑川は俺を摑んできた。自分の人生の行く末を俺に委ねてくれた。

『おい豊美、どこにいんだよ。もしかして逃げたんじゃねーだろうな』

通話をかけると、花山が出て開始早々から文句を言ってきた。

「こちらは埼玉《さいたま》県警の者です。緑川豊美さんならこちらで一時的に保護をしております。交流のあるあなたにお尋ねしたい事情があるのですが一度、警察署の方に来ていただけないでしょうか？」

『は？　警察？』

「はい。緑川さんとその親御さんからご相談を受けている状況です」

『俺はそいつと関係ねーっすよ。声かけられたから連絡先を教えてただけの関係なんで』

慌てて言い訳をしている花山。どうやら信じ切っているみたいだな。

「では、こちらからお訪ねします。ご在宅の時間を教えてもらえますでしょうか？」

『俺は何もやってねーですって。勝手に来ないでくれよ』

「ですが、緑川さんとの交流を続けるのであれば、あなたから事情をお聞きして」

『どーでもいい関係なので、むしろもう一生関わんないっすよ』

会話を遮り、食い気味で緑川との関係を断ち切ろうとする花山。

「わかりました。ですが、データの件もお聞きしておりますので、そちらの調査も兼ねて状況が整い次第、訪問させていただく流れとなっていますのでご了承ください」

『ざ、ざけんなっ』

通話が切れた。きっと慌てて逃げ出す準備でも始めているかもしれないな。

「どうだったかしら？」

「上手くいった。これであいつらは緑川と関わるのをやめるはずだ。警察と繋《つな》がっていると思わせることができたからな。それに訪ねる予定も話しておいたから、この街からも出て行ってくれるかもしれないぞ」

「流石ね。あなたに救えないものはないのかしら？」

「そんなことない。買い被《かかぶ》り過ぎだよ」

俺は一番大切な人を救えなかったからな。アリスの時は指を咥《くわ》えて見守ることしかできなかった。今はその自分を救うために行動しているに過ぎない。

「豊美、これでもうあの二人とは二度と関わらずに済むはずよ。もう何も心配はいらないし、何かあっても私達に相談すれば全部解決してあげるわ」

「本当に……？　こんなあっさり？」

緑川はまだ現実感が無いようだ。相手からしたら緑川はただの知り合いだ、リスクある相手とは未練なくあっさり縁を切るのも頷《うなず》ける。

「むしろあっちからもう関わらないって言ってくれたぞ」

「ぜ、ぜんぜん大切になんかされてないじゃん……」

「残念だがあいつらからしたら、代わりはいくらでもいるんだろうな。本当に緑川を大切にしているのは黒沢だ。関わるなって言っても、緑川を助けようとしてくれるんだから」

俺の言葉を聞いた緑川は目じりに涙を浮かべながら黒沢へ抱き着いた。

「撮られた写真とか動画とか、大丈夫かな？」

「消す方向に誘導した。あの様子じゃネットに載せたりもビビってできないと思う」

データは複製も転送もできるから、完全に消すのは誰がやっても難しいだろうな。

データを誰かの手に渡してしまったら、それは残り続けると考えた方が良い。ただ、緑川のようにリスクの高い行為だと自覚している人は少ないのが現状だ。

データをネットに載せられてしまえば終わり、もう一生消えることはない。赤間《あかま》もデジタルタトゥーとして、炎上の件が残り続けて生涯苦しむことになってしまった。

「それじゃあ、もう本当に……」

「何も心配はない。それに、何かあったとしても俺と黒沢がいる」

落ちた緑川を引っ張り出すことができた。落ちて傷ついた身体《からだ》は治らないかもしれないが、それも強さに変えられるはずだ。

「今度は豊美を救えたわね。あの時は上手くいかず逆に豊美を苦しめてしまった。その贖《しょく》罪《ざい》をようやく果たせたわ」

自分のトラウマを一つ取り除くことができたためか、黒沢は自信を得たような表情を見せている。これで黒沢も気がねなく、日常を送れるはずだ。

「どうして、こんな私なんかに……」

自分のせいで黒沢は生徒会長をクビになり、自分のせいで追い込まれていた状況を黒沢に解決してもらう。緑川はもう黒沢に頭が上がらないはずだ。

「もし他にも問題があるなら何でも言って。全部解決して救ってあげるわ」

「生徒会長をクビになった時に、もう関わらないでって言ったじゃん。なのに……どうしてここまでしてくれるの？」

「……友達だからよ。高校に入学してからずっと一人で、強がってはいたけど本当は心細くて、そんな時に豊美に話しかけてもらえて救われたの」

緑川にとっては何気ないことでも、黒沢にとっては救われる出来事だったようだな。

「だから、ずっと恩返ししたいと思っていたわ」

黒沢の嘘偽りない真っ直《ます》ぐな言葉。それは確かに緑川の心に響いたはずだ。

「本当にごめんね……未月」

黒沢への言葉は感謝ではなく謝罪だった。そして、そのまま去っていく緑川。

「おい、どこ行くんだっ」

「家へ帰るの。もう頭の中、ぐちゃぐちゃだから」

黒沢の前に居られなくなったのか、逃げるように帰ってしまう緑川。

「明日、ちゃんと学校へ来てくれるかしら」

「来なかったらどうする？」

「来るまで追い続けてやるわ」

緑川には残念なお知らせだが、黒沢は頑固者だ。

一度救うと決めた黒沢から、逃げ切れるとは思わない方がいい。

「碧、この後は何か予定あるの？」

「どうしてだ？」

「豊美との一件が早く解決したら一緒に買い物へ行こうと赤間さんに誘われていたの。できれば碧も連れてきてって言われてたから」

鈴と黒沢の関係は良好みたいだな。二人で買い物する約束まで交わしていたとは……

「なら俺は、クーバーイーツの仕事をしてお金でも稼ごうかな。三人で会うとなると、キラと金田を仲間外れにしているみたいで気が引けるからな」

「確かにそうね」

「鈴にはごめんと伝えておいてくれ」

黒沢と別れ、日が暮れるまでクーバーイーツの食品配達を行った。

その間に緑川の問題を根本的に解決する方法を模索する。

きっと緑川は学校に来ないからな。黒沢への罪を告白させない限りは――

▲

休みが明けたので、今日は学校に行かなきゃならない。

気持ちが臆していているのは、今日こそみんなに嘘を明かそうと決意したからだ。

一度目は言えずに失敗した。同じ失敗を繰り返すわけにはいかないので、今日は絶対に言うしかない。キラにも励まされたのに、また駄目な姿を見せては立つ瀬がないからな。

登校して教室へ着き、自分の席へ座ると黒沢が慌ててやって来た。

「ちょっと来なさい」

黒沢に腕を引っ張られ、問答無用で教室の隅に連れて行かれる。

「駄目ね。結局、豊美は学校へ来ていないみたい」

花山達との関係を解消させたにもかかわらず、緑川は学校には戻ってこないようだ。

黒沢は緑川が登校しているかを確かめに、二年一組の教室まで行ってきたみたいだな。

「来てないか……でも、諦めなきゃ絶対に救える。救うまで諦めなければいい」

「そうね。その通りだわ」

黒沢はもう下を向かない。諦めるのは簡単だが、諦めないのは根気も必要だ。

「次は緑川を説得して学校に行くと約束させればいい。それでも来ないなら、何度でも何度でもしつこく立ち向かえば、相手はいずれ学校に行った方が楽だって思うようにもなる」

「そんなことして嫌われないかしら？」

「嫌われてもいい。相手を救えるならな」

きっと嫌われるのは黒沢の方じゃないから、その心配は杞憂《きゆう》に終わるだろうな。

「放課後に緑川を呼び出して説得しよう」

「そうね。場所はどこがいいかしら？　無難に駅前の広場？」

「いや、そうだな……駅前のショッピングモールの立体駐車場の屋上にするか」

「どうしてその場所に？」

「景色が良くて非日常的な場所の方が良いと思ってな」

人の心を動かすには、環境で演出するのも大事なはず。

「緑川への説得は黒沢の手腕にかかっていると思う。後は黒沢次第だぞ」

「任せなさい。次こそ完璧に救ってみせるわ」

黒沢に緑川を救わせることが黒沢の救いになるはず。最後は黒沢に決めてもらおう。

「朝から教室の隅でイチャつかないでよ」

こちらの様子を見ていたキラが俺達の元へ来る。周りに聞かれないように話していたため、黒沢との距離が近くなっていたようだ。

鈴と一緒に教室へ入って来る金田が目に入ったので、手招いてみんなを集めた。

「今日の放課後……というか夜に、みんなに伝えたいことがある」

みんなの前で宣言する。これで、もう後戻りはできない。

「前に話そうとして言えなかったこと？」

「ああ、そうだ。察しが良いな」

用件を伝える前にキラが答えを言ってくれる。

「放課後に黒沢と緑川の一件を片づけてくるから、その後に会えるか？」

みんなは俺の問いに黙って頷いてくれる。

鈴は不安を募らせた目で見てくる。前回言えなかったので心配されているのかもな。

「大丈夫。今度はちゃんと言うから」

嘘《うそ》をやめるのは緑川だけではない。俺も嘘をやめないといけないんだ。

▲

放課後になり、俺はみんなより一足先に学校を出て、一人でさいたま新都心駅と隣接したショッピングモールの立体駐車場へ来ていた。

屋上に足を踏み入れると雲一つない青空が出迎えてくれる。

右手の方には立ち並ぶ高層ビルが見える。普段は見慣れない景色と、特別な居心地。

気温は下がってきているが、汗がにじんでくる。だが、風が強くて爽快でもあるな。

「……どうして、あなたが？」

約束通り集合場所へ来た緑川。待っていたのが黒沢ではなくて困惑しているようだ。

「な、何でこんなところに呼び出したの？」

「場所は別にどこでもよかった。気にしないでくれ」

ここへ呼び出したのは少しでも緑川の心情が変わるようにするためで、ちょっとした演出としてあまり馴染《なじ》みのなさそうな立体駐車場の屋上を選んだ。

「緑川豊美、もう嘘をつくのはやめないか？」

「……え？」

俺の言葉を飲み込むと表情が急激に変化し、睨《にら》みつけてくる。

「何で私が嘘ついてるって知ってるの？」

「俺だけじゃない、みんな知ってる。気づいていないのは黒沢だけだ」

「勝手なこと言わないで」

「気づかれているから周りから不信の目を向けられているんじゃないのか？　それで学校も行《い》き辛《づら》くなってるんじゃないか？」

俺の言葉を聞き、緑川は唇を噛《か》みしめている。どうやら図星のようだな。

「緑川の嘘のせいで黒沢も生徒会長をクビになったんじゃないか？」

「……そうよ。未月には言ったの？」

「言ってない。それを言うのは緑川本人じゃないと駄目だと思っている」

嘘を認めた緑川。後は黒沢に真実を話してもらうだけだな。

「私、運動神経も悪かったし、鈍くさいところもあって、顔も平均的で、勉強ができるぐらいしか取り柄がなかったの。だから、周りに馬鹿にされることも多かった。地味とか面白くないとか、何の魅力も無いとかね」

嘘がバレたと知り、開き直ったのか自分のことを語り出した緑川。

「高校生になってSNSを始めたの。だけど、クラスメイトに陰でフォロワーが少ないとか、投稿内容がいつも0いいねとか笑いものにされてた。私は変にプライドとか高くて、馬鹿にされるのとか笑いものにされるのが本当に嫌だった。どうにか勝てないかなと思って、SNSの裏アカを作った。スタイルだけは良かったから顔隠して自分の写真を投稿してたらいいねが沢山貰《もら》えて、フォロワーも増えて、嬉《うれ》しいメッセージも送られてきた」

女子高生の裏アカなんて詐欺ばかりだと思っていたが、中には本物もあるのか。

「嘘のエピソードとか投稿したらバズって気持ちよくなって、嘘のエピソードを投稿するのが癖になってた。写真も際どくすればするほど反応が増えていく。フォロワーも一万人を超えて、いいねも常に百以上あって、馬鹿にしてた周りの奴《やつ》らに勝った気になれた。それが快感で私の一番のストレス発散だった」

プライドを捨て自分を売り勝った気になれたって、冷静になれば虚《むな》しいだけのはずだ。

そのことに気づいても、一度始めたら続けるしかない中毒性があったのだろう。

「でも、二年生にもなると投稿も飽きられて、嘘のエピソードも胡散臭《うさんくさ》いって言われるようになって、反応もみるみる悪くなってきた。だから、誰もいない教室でいつもより過激な写真撮って載せようとしたら、それをクラスメイトの柳原《やなぎはら》さんに見られてね」

橋岡《はしおか》先生が濁していた緑川の恥ずかしい秘密。それも全てさらけ出してしまっている。

「柳原さんをどうにかしないとって切羽詰まって、唯一の友達である未月に泣きついた。虐《いじ》められたなんて嘘ついちゃったもんだから、未月が全力で私を助けようとした」

恥ずかしいところを見られるなんて経験は誰でもあるだろうが、見られた相手を消してなかったことにしようと考えるのは緑川の傲慢でしかない。

「そのせいで学校側とも揉《も》めて、生徒会長もクビになっちゃった。その時の未月、今まで見たことないほど絶望した顔をしてた。それを見て私は未月の元から消えようと思った。取り返しのつかないことをしたって気づいて、合わせる顔がなくなった」

後先を考えない刹那主義的な生き方で、周りを巻き込んで苦しめてきた緑川。俺もそういう傾向があるので、反面教師にして気をつけて行かないとな。

「騒動の件でクラスメイトから白い目で見られるようになって、未月への申し訳なさで学校にも行けなくなった。そしたら変な男に捕まって、人生もどん底に落ちてった。挙句の果てには未月まで引きずり込もうとした」

弱い人ほど誰かを巻き込む。緑川は周りを巻き込む厄介なタイプの問題児だな。

俺のグループはみんな問題児だけど強い人ばかりなので、強制的に繋《つな》がりが生まれるまでは誰も巻き込むことはせずにそれぞれ一人で生きていた。

「それでも未月は私を助けてくれた。こんな私、もう生きてる価値なんて無いのに」

この緑川の話を聞いたら、きっと呆《あき》れて見放す人が多数派のはずだ。特にキラなんかが聞いていたら、呆れを通り越して怒っていたことだろう。

だが、世の中は強い人ばかりではない。緑川のような弱い人間も多い。俺はどんな相手でも見捨てずに、手を差し伸べられる人間になりたい。

「恩を返す気は無いのか？」

「私が消えることが未月への一番の恩返しだと思う。もうこんな女と絡まなくて済むし」

「違う。黒沢にとっての今一番の幸せは緑川がまた学校へ通い始めることだ」

「もう学校は行けないの。周りの視線とか怖くて、みんな私の陰口を言ってるんじゃないかって思っちゃうし、あの秘密もきっと柳原さんにバラされてるはずだし」

「恥を忍んで通えばいい。それぐらい黒沢のために背負え。俺も留年してるから白い目で見られてるけど、恥を忍んで通い続けている」

「えっ、留年してたんだ……」

周りからの視線が痛いと感じる時もある。どう思われているのか不安になる時もある。それでも、通い続けなければ先へは進めない。立ち止まっていたら、永遠に暗いトンネルから抜け出すことはできないんだ。

「留年は本当に辛いぞ。このまま休み続けると俺と同じ地獄を味わうことになる」

俺の言葉を聞き、顔が青ざめている緑川。このまま休み続けて、やっぱりやり直したいと考えを改める時は来ても留年からのスタートはさらに厳しいと伝わったはずだ。

「学校に行けば、未月に会うことになる。私はもう未月に合わせる顔がないの」

「嘘をやめて正直に言えばいい。そうしたら、きっと合わせる顔もできる」

「でも嘘だと知ったら、さらに未月を傷つけることになる。このまま知らずに私が消える方が未月にとっては幸せかもしれない」

常に逃げる選択を取る緑川。現実逃避する癖はやめた方がいいが、俺が言えたことでもないので指摘はできない。

「世の中には誰かのためにつく優しい嘘と、自分のためにつく醜い嘘がある。黒沢のためだと言っているが、それは自分が黒沢から嫌われたくないという自分のための醜い嘘だ」

「うぅ……」

「本当に黒沢のことを思うなら、黒沢のために正直に話した方がいい。黒沢はずっと緑川を救えなかったことを後悔している。嘘が明らかにされなければ、このままずっと後悔し続ける羽目になる」

何も言い返せない緑川。納得してもらえないなら、納得してもらうまで説得を続ける。

「実は俺もみんなに嘘をついている。みんなに嘘だったと打ち明ければ嫌われるかもしれないが、今日は正直に言おうと思っている。緑川に嘘をやめろと言っているが、実は自分にも言い聞かせているんだ」

「……嫌われるかもしれないのにどうして嘘をやめるの？」

「このまま嘘をつき続けても前には進めない。俺は前に進みたくなったんだよ」

みんなの輪に信用が生まれて自らの悩みや秘密を素直に打ち明け始めている。それなのに自分だけが嘘をついていたら、いつまでも後ろめたい気持ちを抱え続けることになる。

「緑川もこのままだと前に進めない。嘘をやめれば、嫌われて傷ついたとしても前には進める。きっと今の自分を変えられるはずだ」

俺も今の自分を変えたい。変わりたいと行動すれば何度でも生まれ変われるはずだ。

「だから、今日ここで一緒に嘘をやめると約束しないか？」

「……約束する」

少し間を置いて深く頷《うなず》いた緑川。その目には約束を果たそうとする意志も感じられた。

「素直に約束してくれるんだな」

「あなたに言われたら、不思議と約束したくなる……あなた、いったい何者なの？」

屋上の雰囲気が特別感を演出している影響か、緑川の俺を見る目が変わってきている。

「ただの留年した問題児だ」

「……絶対に違う。ただの問題児は、私みたいなどうしようもない人。あなたは問題児を更生させる側。解決できない問題を抱えた私達を変えてくれる特別な人」

誰かにとって特別な人になりなさい。そんなアリスの言葉が脳内で再生された。

そしてスマホが鳴り、黒沢からの着くわよというメッセージが表示される。

「じゃあ、もう黒沢がここに来るから、約束通りちゃんと正直に話すんだぞ」

「えっ、急過ぎるでしょそれは⁉　まだ心の準備とかできてない……」

俺は黒沢よりも先に来ただけだからな。最初から黒沢はここに現れる予定だった。

「ほら、あれを見ろ」

「嘘でしょ……」

約束の時間になり、こちらに向かって歩いてくる黒沢。

「過去に囚《とら》われたままの黒沢を、今度は緑川が救ってやってくれ」

俺は最後にそう告げて、緑川から少し距離を取った。

「豊美、あなたを救いに来たわ」

緑川の前に堂々と立つ黒沢。相変わらず威圧的な態度だな。

「どうして学校に来ないの。今日は学校に行くって言うまで帰さないわよ」

「行けないよ。行く資格なんてないの。だって私、未月にずっと嘘ついてたんだから」

緑川は約束通り打ち明けてくれる。どうやらちゃんと緑川の背中を押せたようだな。

「どういうことよ」

「私が虐められてるって話、全部嘘だった。本当は自分にとって都合の悪い人をどうにかしたかっただけ。なす術《すべ》がなくて未月にすがっちゃったの」

黒沢は黙って聞いているが、顔は信じられないくらい怒っている。

「だから、未月が生徒会長をクビになったのは私のせい。私の嘘《うそ》が全て壊したの。私のせいで未月が周りから罵詈《ばり》雑言《ぞうごん》を浴びせられているのが見ていられなかった。未月が徐々に荒れていってるのも、見ていて心が痛んだ」

黒沢は緑川を助けようとしたが、緑川は逃げただけで黒沢を助けようとしなかった。

「未月を見て学校に行けなくなった。周りからも敵視されるようになってて全て上手《うま》くいかなくなっちゃったし、何より騙《だま》して苦しめてしまった未月を見ていられなかったから」

「……ふざけないでよ」

「本当はずっと謝りたかった。こんなことになっちゃって、ごめんね」

緑川の謝罪を聞いた黒沢は、緑川の元へ一歩踏み込んだ。

「許すわ」

そう言いながら、豊美の頬《ほお》を全力で叩《たた》いた黒沢。ぜんぜん許してなかった。

「あなたの嘘のせいで私の唯一の居場所だった生徒会長という立場を失った。学校でも酷《ひど》い扱い、家庭も滅茶苦茶《めちゃくちゃ》になった。こんな取り返しのつかないことあるかしら！」

緑川を間近で睨み、怒鳴っている黒沢。緑川はもう泣くしかない。

「裏切られて悲しい、自分勝手でムカつく、傷つけられて憎い」

「ごめん、ごめんなさい」

「あんたなんか大嫌いよ！」

黒沢は言葉を正直にぶつけている。黒沢を本気で怒らせると恐ろしいことが判明したな。

「……それでも許すわ。もう失ったものは戻らないもの」

黒沢は泣いている緑川を優しく抱きしめる。怒りをぶつけてスッキリしたのか、先ほどとは打って変わって優しい表情を見せている。

「許す代わりに約束して。明日から必ず学校へ休まず通うと」

「うぅ……」

「約束しなさい」

「……わかった。約束する」

緑川に約束をさせた。これで黒沢は緑川を完全に救い出すことができたはずだ。

「それと、もう二度と関わらないで」

「うん。許してくれてありがとう」

「もしまた学校へ来なくなったら、また何か悪さをしていたら、その時はまたあなたを叩きに行くわ。覚悟してなさい」

関わるなとは言ったが、見捨ててはいない黒沢。

「もう帰りなさい。これ以上、あなたに用はないわ」

「救ってくれてありがとう……さようなら」

緑川は去っていく。だが、下を向いてはおらず、前をしっかりと向いていた。

これで一件落着だな。緑川の問題も解決し、黒沢の後悔も晴らすことができた。

「よく許せたな」

空を眺めながら佇《たたず》んでいる黒沢に話しかける。

「……あなたがいるからよ」

俺の方を振り返り、黒い綺麗《きれい》な髪をなびかせながら微笑《ほほえ》みを向けてくれる。

「生徒会長だった時の私と、問題児達の集まりにいる時の私、どちらが幸せか天秤《てんびん》にかければ、わずかにだけど後者に傾いている」

「俺のおかげというよりかは、みんなのおかげなんじゃないか？」

「傾きを分けた要因は、あなたがいるかいないかなの」

俺の存在が黒沢にとっては大きいようだ。

誰かに必要とされる人。そういう者を目指していた俺にとっては嬉《うれ》しい言葉だな。

「碧と出会えたから生徒会長をクビになってよかったとも思えたわ。だから、これからも一緒に居てちょうだい。そうじゃないと、豊美を許せなくなってしまうわ」

そんなことを言われてしまえば、これからも傍《そば》に居続けるしかなくなる。

「これからもみんなと一緒にいるつもりだ。安心してくれ」

鬼のような表情で頬を叩く黒沢を見たので、本気で怒らせるわけにはいかなくなった。

「は～やっと救えた」

両手を空に伸ばし、開放的な空間で後悔から完全に解放された黒沢。

「お疲れ様。これで一件落着だな」

「ええ。スッキリしたし、自信も湧いたわ」

そう言いながら屋上の端に移動し、地べたに座る黒沢。

「地べたに座るなんて行儀が悪いぞ」

「グレてるからいいの。こんな屋上でたむろするなんて、良いグレっぷりだもの」

もう今の黒沢に品行方正な生徒会長の面影はない。

目の前にいるのは、自由奔放に我が道を進んでいる問題児の黒沢未月だ。

「次はあなたの番よ」

「どういうことだ？」

「今度は碧を救ってあげる」

全てを包み込んでくれるような温かい笑顔を向けながら宣言してきた。

黒沢と一緒にいれば、何の不安も恐怖もない。そう思わせてくれる頼れる姿だ。

「別に俺は緑川みたいに救いを求めている状況じゃないぞ」

「だからこそ厄介なのよ碧は。私たちはいつも蚊帳の外だから全然わからない」

俺のことは気にしないでいい。そういう態度でみんなと向き合っていた。

だが、黒沢はそれを許してはくれないみたいだ。

「そうなったら、もう踏み込んで探し回って見つけるしかないじゃない。あなたがみんなに見せないようにと隠し持っている悩みや問題を」

　俺に問題が無いとは考えず、どこかに隠していると判断している黒沢。

「覚悟しなさいよね」

「黒沢はいつも問答無用だな……お手柔らかに頼むぞ」

「ええ。ずっと傍にいて、ゆっくりじっくり碧という人間を理解していくわ」

　出会った頃は拒絶されていたが、今では全てを受け入れてもらえている。

　黒沢未月という人間は、敵だと恐ろしいが味方になると一番頼りになるタイプだな。

「さて、恩返しの時間よ」

「どういうことだ？」

「今回の件は私の問題だったのに碧がたくさん協力してくれたから、そのお礼よ」

　別に俺は自分のために動いていただけで、見返りが欲しかったわけではなかった。

「それに、カラオケで助けに来てくれたことは、どう伝えていいのかわからないくらい感謝しているの。碧が来てくれなかったら私はもうみんなの元へ戻ってこれなかったもの」

　運命の分かれ道。あの時はその瞬間だったようだ。

　誰かの人生を良い方向に変えることができた。その事実は俺の自信に変わっていく。

「これあげるわ」

鞄《かばん》から新品のカワウソのキーホルダーを取り出した黒沢。

「か、カワウソグッズか？」

「ええ。これは貴重で超大切な物なのよ」

黒沢からキーホルダーを受け取る。これは俺もカワウソを好きになった方が良さそうだ。

「でも、貴重なカワウソグッズを渡してもいいのか？」

「私も同じのを持ってるから問題ないわ。二つ買ってたの」

自慢げにもう一つのキーホルダーを見せびらかしてくる。

「お揃《そろ》いだったのか」

「ええ……そういうの嫌だったかしら？」

「嫌なわけないだろ」

少し気恥ずかしさはあるが、大切な人と同じものを身に着けるのは嫌な気分ではない。

「そろそろみんなが集まってくる頃よ」

「……そうだな」

俺も緑川と同じように、嘘をやめる。みんなに正直に話す。

緑川とも約束したからな。もう言わないなんて選択は取れない。

今回は退路を自ら塞いだ。これで言えなかったら俺は一生自分を恥じることになる。

「私が見守っていてあげるから、大丈夫よ」

俺の背中を押してくれる黒沢の言葉。おかげで止まっていた足が動き出した。

「よし、じゃあみんなの元へ行くか」

立体駐車場から出て、みんなの待つ駅前のけやきひろばへと移動する。逃げたいとは思わなかったが、みんなへ正直に話した後はどんな気持ちになるのか不安が膨らんでいた。

「良い結果で終わったっぽいな」

集合場所へ着くと、金田に声をかけられる。みんなちゃんと集まっているようだ。

「ああ。緑川の件は綺麗《きれい》に片付いたよ。黒沢のおかげでな」

「私がしっかりと救ってやったわ。もう何の未練もわだかまりも無いわよ」

後は俺の件だ。緑川だって黒沢に許してもらえたんだ、俺もきっと大丈夫なはず。

「今度こそ、みんなに伝えなきゃいけないことがある」

俺が話し出すと、みんなは真っ直《まっす》ぐに視線を向けてくる。

「実は……」

言葉が喉につまりかけるが、俺は思いっきり吐き出す。

「俺はみんなに嘘をついていた」

俺の中では嘘ではなかった話だが、みんなから見ればただの嘘でしかない。

「彼女がいると言っていたが、それは嘘だ」

言えた。言ってしまった。

みんなの反応は想像していたよりも薄かった。言葉を失っているのだろうか……

「本当は、もう彼女はいない。遠距離恋愛だなんてのも嘘《うそ》なんだ」

嘘をつき続けることを諦めてしまった。だが、これで良かったはずだ。

「アリスという彼女がいたのは本当だが、病気で亡くなってしまった」

アリスが亡くなったなんて自分の口から言いたくない。だが、その状況を作ってしまったのは自分自身だ。

「自分の中ではその事実を受け入れたくなくて、まだ生きている感覚で話してしまう」

自分の醜さを話すのは虫唾《むしず》が走る。みんなに信用されたくて、みんなに必要とされたくて理想の自分を作り上げていたのに、今はその真逆のことをしている。

「だから、みんなに嘘をついてしまっていた。みんなは自分のことを素直に話してくれるのに、俺は自分を偽り続けていた。本当に申し訳ない」

俺はまだアリスと本当のさよならができていない。ちゃんと決別できていれば、こんなことにはならなかった。ずっと現実を受け入れずに逃げ続けていた結果がこれだ。

「騙《だま》すような真似《まね》をして、本当にごめん」

みんなに向かって頭を深く下げる。

ちゃんと言えた。緑川との約束もしっかりと果たせた。

みんなへの罪悪感が薄れてきて、心が澄み渡っていく。だが、いつも脳裏にはっきりと浮かんでいた大好きなアリスの姿が、どこかぼやけるようになってしまった。

「せーの」

何故《なぜ》かキラがみんなを見ながら掛け声を上げている。

「ごめん茂中さん」「茂中先輩ごめんなさい」「パイセンすまん」「碧、申し訳ないわね」

みんなバラバラの言葉だったが、謝っていることだけは共通していた。

「えっ……」

「実は私達、茂中さんが嘘ついてたこと知ってたの。こっちこそ黙っててごめんね」

キラの言葉にみんなは頷《うなず》く。みんなのリアクションが薄かったのは、もう既に知っていたからなのか。

「そ、そうだったのか……」

「茂中さんが墓参りするところ見ちゃってね。それで色々察しちゃった」

どうやら俺の事情を知る者が勝手に話したわけではなく、みんなで偶然にも嘘を見つけてしまったみたいだな。

「でも、私達は碧が自分の口から話すことに意味があると思っていたの。だから、碧が真実を言うまで、こっちも黙っていたわ」

俺も緑川が自分で黒沢に嘘を告白することが大事だと思っていた。それと同じように、みんなも俺が正直に言う日を待ってくれていたようだ。

「茂中先輩、ちゃんと言えて偉いです」

鈴に称《たた》えられる。その笑みには、騙されたという悲しみは見えない。

「嘘ついていたこと、許してくれるのか？」

みんなに問いかけるが、誰も首を縦にも横にも振らない。

「許すとか許さないじゃないよ。茂中さんの中では、まだ付き合っていると思うくらい彼女を大切にしてたってことでしょ？　それって、別に悪いことじゃないもん」

キラは俺の気持ちを理解してくれていた。

悪いことじゃないと言われて、安堵《あんど》して焦りや不安が消えていく。

「私は騙されていたと思って、多少はムカついたけども」

「もう……黒沢って奴《やつ》は本当に空気が読めないね」

「あなたとは価値観が違うのよ」

受け取り方は人それぞれだ。黒沢には多少の不満があったようだな。

「パイセンは彼女いないいんだから、もう俺に偉そうなこと言えねーな」

「いないのは金田も同じだろ。勝ち誇った顔するな」

気を使わず、普段と同じように話してくれる金田。

「茂中先輩はフリーなんですね」

むしろチャンスと言わんばかりの顔を見せている鈴。ちょっとこれはアプローチがさらに過激になりそうで心配だな。

「茂中さん頑張った記念に乾杯しようよ」

「どうしてそうなる」

「だって、重い空気のまま終わりたくないもん。茂中さんが打ち明けてよかったって、この日を思い出せるようにさ」

俺のことを考えた上でのキラの優しい提案。その気遣いに、俺はきっと救われる。

「でも、居酒屋とか俺達はまだ入れないぞ」

「じゃあ、そこの自販機で好きな飲み物でも買おう」

キラの誘いに乗り、みんなはそれぞれ好きな缶ジュースを買った。

俺は喉が渇ききっていてスカッとする飲み物が飲みたかったのでコーラを買った。普段は水しか口にしないので、炭酸のジュースを飲むのは久しぶりだな。

「じゃあ茂中さん、乾杯して」

「そういうの恥ずかしいんだが」

「私達のリーダーでしょ？」

そうだ……俺はみんなの班長で、今はみんなのリーダーを任されていたんだ。

「それぞれの問題解決を祝して、乾杯」

「「かんぱ〜い」」「チンチ〜ン」

金田のおふざけを無視し、みんなは缶ジュースを一気に流し込む。

嘘を吐き出した喉に、強めの炭酸は爽快感が凄《すご》いな。

「金田は今日で追放ね。今までありがとう」

「おいおい白坂《しらさか》嬢、イタリアでは乾杯のことをチンチンって言うんだよ。俺は悪くねぇ、悪いのはイタリアだ」

「そうなんだ。今までありがとう」

「……すみませんでした」

俺達は問題児の集まり。それなのに、どうしてこんなにも居心地が良いのだろうか。

この大切なグループが俺の嘘で解散になってしまう不安もあった。許されなくて軽蔑されてしまう恐怖もあった。だが、その心配は杞憂《きゆう》に終わったようだ。

みんなはこんな自分を受け入れてくれた。それぞれ問題を抱えているからこそ、俺の問題も受け入れてくれる。お互いを支え合うことができる。

周りからは地獄だと思われている俺達のグループ。だが、住めば都というやつだな。

正直に話したことで、これからはみんなと何の後ろめたさもなく向き合える。

そして、これで俺も前に進める。

理想の自分に大きく近づいたはずだ――

エピローグ

☆赤間鈴《あかますず》は何でも知っている☆

茂中《もなか》先輩が本当は彼女がもう亡くなっていたと告白した次の日、茂中先輩はあたし達と出会ってから初めて学校を休んだ。

いつも茂中先輩の元へ集まるみんなは、行き場を無くして動けずにいる。

茂中先輩がいるから、こんな問題児だけのグループが機能しているんだ。茂中先輩がいなかったら、まとまりが無くなりバラバラになっちゃう。

「おいおい、パイセンがいないとこうも違うか」

休み時間になり、席が近い金田《かねだ》が居ても立っても居られずあたしの元へ来た。

「こういう時のために副リーダーとか決めておいた方がいいのかもな〜」

「……必要ない。茂中先輩の代わりなんていないんだから」

「た、確かにそうだ。俺も代わり務めろとか言われても無理だし」

茂中先輩がいないと成り立たないグループなら、いない時は活動休止でいいんだよ。

「そうだ、金田とも位置情報共有アプリやっておこうかな」

「あれか？　前に黒沢《くろさわ》が勝手にカラオケ行ったのが判明したやつ」

「そうそれ、万が一の時に役に立つからさ。金田が迷子になったらすぐ見つかるよ」

「この年で迷子になる気はねーけど、せっかくならやっておくか」

金田は特に警戒もせずにアプリを導入してくれる。これで、黒沢と金田の居場所は常に把握できるようになった。勝手に茂中先輩へ接触しようとしても邪魔できる。

茂中先輩にはGPS付きのお守りを渡しているので抜かりはない。どこにいるかずっと見てあげているし、今もちゃんと家にいるのも把握しているの。

白坂《しらさか》は用心深いし芸能人なこともあって、アプリの導入は絶対にしてくれない。警戒心も強いので下手な真似して疑われないためにも放置でいい。触らぬ神に祟《たた》りなしだから。

茂中先輩の場所さえ分かれば、この前のように家に呼んだことも把握できる。白坂が隠れてこそこそしようとしてもあたしには筒抜けなんだから。

「やっぱりパイセンいないと寂しいか？　いつもパイセンのこと目で追ってるもんな」

「別に寂しくない。そもそも休日とか会えない日もあるんだから」

あたしはみんなと違って、茂中先輩と常に繫《つな》がっている。

だから、寂しくなんかない。あたしはもう一人じゃないもん。

昼休みになり、いつもの空き教室にあたし達は集まった。

茂中先輩がいないと無音が続く。変な気まずさが漂っていて、みんな居心地悪そう。

「茂中さん、休みみたいだね」

しびれを切らした白坂が口を開いた。でも、出る話題は結局、茂中先輩のことだ。

「何かあったんかな？　パイセンが休むとか珍しいから心配になるぜ」

「碧《あお》でも体調崩す日はあるでしょ」

茂中先輩は昨日帰ってから、ベッドでずっと動けずに苦しんでいるのを知っている。あれはただの体調不良ではない、きっと精神が不安定な状態なんだと思う。

「返信も特に無いわね」

黒沢はグループチャットで茂中先輩に大丈夫？と連絡していたが、返信は来なかった。

「でも、茂中さん彼女のことちゃんと言えてよかったよね？」

「あれは私が碧の背中を押したのよ」

茂中先輩が正直に話したことは、あたしは良い事だとは思わない。

あれは茂中先輩が自分を守るためについていた嘘だもん。それを暴かせてしまった。

「前回、言えずにいた時は見ていて辛《つら》かったしな〜。でも、これで少しは前を向けたかな」

「まぁ私が碧の背中を押したから。私が救ったようなものね」

あんな誠実な茂中先輩が嘘をつくなんて、よほどのことだとみんな理解していない。

白坂も黒沢も勝手に自分の理想の茂中先輩を思い描いているだけで、本当はそんなに強い人じゃない。本当の茂中先輩を理解できているのはあたしだけなの。

「さっきから何なの黒沢。茂中さんが頑張っただけなんだけど」

「私が碧を頑張らせたのよ。これからも私が碧を救いまくっていくわ」

得意気に話している黒沢を見てイライラしている白坂。あたしからしたらどっちもどっちだ。だって二人とも茂中先輩の表面だけしか知らないんだもん。

それなのに白坂は私が一番分かってます感とか出してるし、黒沢は救うとかたいそうなこと言ってるしで、見ていて滑稽。

「茂中さんばかりに付き纏《まと》ってると迷惑がられるよ？　距離感とかわかってないでしょ？」

「迷惑なら迷惑と言ってくるもの。言われたら距離感とやらを調整すればいいじゃない」

スマホでアプリを起動し、茂中先輩にショッピングモールで買ったと偽って渡したライトに仕込んでおいたカメラの映像を再生する。

今朝と変わらず茂中先輩はベッドでうずくまったままだ……

いつも部屋の隅で膝を抱えて座っているのとか、たまにアリスさんと妄想電話しているのも、家ではほとんど部屋に引きこもっているのも、あたしだけは知っているよ。

「それに距離感は私が一番最適なはずよ。距離を詰めるために碧と名前で呼んでいるし」

「そうなんだ。私は黒沢と違って茂中さんから名前で呼ばれてるからさ」

「む〜私だって、きっともう近い内に名前で呼んでくれるはずよ」

みんなの説得のおかげで放課後も自由に遊べるようになってからは、ＧＰＳで得た位置情報を頼りに、ずっと茂中先輩を後ろから見守っている。

水曜日は必ずお墓に立ち寄るとか、コンビニはファミマ派とか、突然頭を抱えて座り込んだりするのも、あたしだけが知っている。全部見てきたから。

家の場所も知っている。夜に帰っても一切電気を点《つ》けないことも外から見ていた。

「赤間も名前で呼ばれてるし、黒沢を名前で呼びたくない理由でもあんじゃないの？」

「きっと私だけは恥ずかしいのよ。一番意識されてるってことかしら」

「絶対違うから！」

「そうなの！」

「……うるさいっ！」

あたしの一言で黒沢と白坂は黙った。

「二人とも何でそんなムキになってるの？　一緒にいるあたしと金田の気持ち考えてよ」

「ご、ごめん」「……申し訳ないわ」

二人は冷静になり、その後は黙って食事を続けていた。

白坂も黒沢も自分のことばかりで茂中先輩のことなんて何にも考えてない。あたし達の前では常に健全そうにしているけど、実際はもう壊れかけているってのに。

それもそのはずだ。一番大切な人を失うのは、みんなが思っているよりも何倍も辛い。

アリスさんのために留年するほど、彼女を愛して大切にして崇拝もしていたんだから。

このままだと、いつか茂中先輩は無理をし過ぎて取り返しのつかないことになる。ずっと無謀なことを続けているんだもん。その可能性に気づいているのもあたしだけ。

そして、その危機が今まさに迫っている。彼女はもう死んでいるって正直に言っちゃったものだから、アリスさんがいないことを再認識しちゃって茂中先輩は大ピンチなの。

今日はもうこのまま学校をサボって茂中先輩の家へ向かうしかない。

白坂も黒沢も知らないだろうけど、この大ピンチは大チャンスでもある。

あたしが茂中先輩を癒《いや》す。あたしが茂中先輩を上書きしてあげるの。

あたしは本気。あたしには茂中先輩しかいないんだから――

昼休みを終え、あたしは橋岡《はしおか》先生に早退を申し出て学校から一足先に出た。

そして、茂中先輩の家の前まで来ちゃった。

あたしは茂中先輩に全てを捧《ささ》げたい。だって、あたしは茂中先輩を世界で一番愛しているんだもん。白坂にも黒沢にも渡さない。アリスさんにも渡さない。

みんなあたしからしたら中途半端。どうにかできればとか、そんな浮ついた覚悟で挑んでいないの。あたしはもう人生終わっちゃってる。だから茂中先輩に全てを懸けてるの。

もう誰もあたしを止められない。あたしは茂中先輩と結ばれるまで止まらない。

インターフォンに指を押し込む。運命のスイッチを押しちゃいました。

「どうして鈴が？　学校じゃないのか？」

一分置きに鳴らし続けていたら、二十三回目で茂中先輩が応答してくれた。

「せんぱ〜い♡　いれてくださ〜い」

扉が恐る恐るゆっくりと開いた。茂中先輩に受け入れてもらえた。

白坂も黒沢もごめんね。いつも二人で仲良く張り合っているみたいだけど、この勝負はあたしの勝ち。だってあたしは茂中先輩の心の扉を開けることができたんだもん。

あたしが茂中先輩を頂いちゃいました……

◆◆

昨日、みんなに嘘《うそ》を明かした。その後、家へ帰ってからずっと寝たきりだ。

別に体調が悪いわけではないが、身体《からだ》に一切力が入らない。

結局、朝になっても起き上がれず、留年してから初めて学校を休んでしまった。

そういえば、アリスが亡くなった次の日も今と同じような状況だったかもしれない。

あの時は喪失感や虚無感が酷《ひど》く、一週間ほど何もできない日が続いた。

今まで常に傍《そば》にいるように感じられていたアリスが、みんなに嘘を告白してからどこか遠くへ行ってしまった気がする。瞼《まぶた》の裏にも姿を見せない。

スマホでアリスの写真が見たいのに、机に置いたスマホを取りに行く力すら湧かない。

そんな中、家のインターフォンが鳴った。動けないので居留守を使わせてもらう。

その後もインターフォンが鳴り続けた。連続ではないが、一分置きに確実に。

こんなに執拗《しつよう》に呼ぶなんて、まるで家に誰かがいるのを向こうは知っているようだ。

宅配便でも、何かのセールスでもない。確実に誰かが俺を呼んでいる。

どっか行ってくれと願っていても、決して鳴《な》り止《や》まない。

「おいおいおいおい、流石《さすが》に怖過ぎるだろ」

恐怖で足が動かないなんて表現はあるが、身の危険を感じて逆に恐怖で足が動いた。

部屋を出て恐る恐るインターフォンの液晶画面を覗《のぞ》くと、そこには鈴の姿が映っていた。

見知った顔で一安心したが、まだ放課後になっていないのに、どうしてここに……

とりあえずボタンを押して、外と会話ができる状態にする。

「せんぱ〜い♡　いれてくださ〜い」

普段とは異なる、鈴のこびりつくような甘ったるい声。

言われるがまま玄関の扉を開けると、鈴が問答無用で入ってきて靴を脱いだ。

「お邪魔しま〜す」

「ど、どうしたんだ？　学校は？」

「早退しました。茂中先輩こそ学校はどうしたんですか？」

鈴が学校をサボろうが、俺もサボっているので何も言える立場ではなかったか。

「安心してください。あたしは茂中先輩が心配で来たんですよ」

珍しく学校を休んだため心配させてしまったようだな。だが、早退してまでお見舞いに来られるのは逆に心配になる。

「先輩のお部屋でゆっくりしてもいいですか？」

「あ、ああ。むしろ俺の部屋で過ごしてくれ」

家族との共用スペースは使わないでほしいので、俺の部屋しか選択肢はない。

「これが茂中先輩の部屋なんですね」

俺の部屋に誰かが入るのはアリス以来だな。新鮮だが、あまり気分は良くない。

ここは俺とアリスの聖域のような場所だった。不可侵領域といっても過言ではない。

それを鈴は無理やり踏み込んできた。まるで思い出を踏み荒らしていくように。

「ちゃんとライトを置いてくれていて嬉《うれ》しいです」

鈴はプレゼントしてくれたライトの角度を何故《なぜ》か少しズラしている。

「何か飲み物とかいるか？」

「欲しいです。お茶とかで大丈夫ですよ」

鈴を置いて部屋を出る。リビングにある冷蔵庫からペットボトルの緑茶を取り出して、洗い立てのコップに注いでいく。

何故だが、変な胸騒ぎがするな。鈴には悪いけど、今日は早めに帰ってもらうか。

部屋に戻ると、先ほどまで椅子に座っていた鈴の姿が無かった。

ベッドを見ると、何故か布団をかけて横になっている鈴の姿があった。

「勝手に寝ないでくれ」

布団を剝《は》がすが、鈴は服を着ていなかったので慌てて布団を戻した。

思考が停止してしまう。お茶を取りに行っている間に何があったんだ……

——いや、何で裸？

「ここで先輩に残念なお知らせがあります」

まるで何も問題は無いかのように、少しも動じずに淡々と話す鈴。

「あたし、先輩が抱いてくれるまで絶対に帰りませんから」

どうやら、また問題が生じているようだ。問題児の集まりなんだから問題がたくさん起きて当たり前とは普段から思っているが、本当に尽きることがないな。

問題児のみんなと過ごすことになってから多くの問題が生じては、それを一つ一つ解決してきた。目を背けず向き合って、正面から挑んで、果敢に乗り越えてきた。

だが、この問題は……

この問題はどう解決すればいいんだ——

あとがき

お久しぶりです、作家の桜目禅斗《さくらめぜんと》です。

今巻では友達として結束した問題児達の日々をお送りしました。

問題児達に平穏が訪れるわけはなく、これからも更なる大きな問題が碧《あお》達の前に立ちはだかります。学校での日々はもちろん、恋愛面でも今後は大変なことになりそうです。

この物語にはまだ微《かす》かにしか触れていないとんでもない爆弾設定もありますので、いつ明かされるかは未定ですが今後の問題児達の行動から、どうか目を離さないでください。

注意喚起ですが、夜に学校のプールへ忍び込むのはいけないことですし、碧のように警官の振りをするのは犯罪になるので良い子は絶対に真似《まね》しないでくださいね！

茂中《もなか》パイセンは何食わぬ顔で自分の人生を賭け、危ない橋を渡っておりますので……とはいえ、私も合法の範囲内でちょっとした危ない橋をいくつか渡って来たので、人のことを言える立場ではありません。

海外での一例ですが、カジノで全財産を賭けてみたり、治安の悪い場所を取材してみたり、バッファローみたいな大型動物に追いかけられて足が血だらけになったり……

自分の人生を左右する場面での緊張感。無事に家へ帰ることができた安堵感《あんどかん》。

得られる物もあれば、失う物もあります。買った洋服を店の前で盗《と》られたことも。

そんな私が言えるのは、ちょっとした危ない橋を渡る際は人に迷惑をかけない範囲で渡りましょうということです。自己責任で一度何かに挑戦するのも悪くないかもですよ。

ここから先は謝辞です。

まず、この本を手に取ってくださった読者の皆様に大きな感謝を。

一巻発売後はWEBサイトやSNS等で温かい感想や熱いレビューを沢山拝見でき、作家として信じられないくらい嬉《うれ》しい気持ちになりました。口コミを広めてくれている読者の皆様には頭が上がりません。大変助かっております。

編集者K様、此度《こたび》も担当して頂きありがとうございます。今巻はスケジュールが大変でしたが、編集様の迅速な対応に救われました。今後ともよろしくお願いいたします。

なんと一巻発売時にはPVを作成していただきました。制作陣の方々や白坂《しらさか》キラ役を演じてくださった声優の直田姫奈《すぐたひな》様、本当にありがとうございます。

イラストレーターのハリオアイさん。素敵なイラストの数々……感謝の極みです。

私はハリオアイさんの大ファンなので、店舗特典になっていた描き下ろしタペストリーはそれぞれ五本以上所有しています。仕事部屋はハリオアイさんのイラストで埋め尽くされています。今後ももっと増えていくことでしょう。

某ハンターアニメを一緒に一気見することができて楽しかったです。毎度OPの真似をするぶっ壊れた私を温かく見守ってくださり、本当にありがとうございました。

以上です。桜目禅斗でした、どうもありがとう。

問題児《もんだいじ》の私《わたし》たちを変《か》えたのは、同《おな》じクラスの茂《も》中先輩《なかせんぱい》2

著　桜《さくら》目《め》禅《ぜん》斗《と》

角川スニーカー文庫　23347

2022年10月1日　初版発行

発行者　青柳昌行

発　行　株式会社KADOKAWA
〒102-8177 東京都千代田区富士見2-13-3
電話　0570-002-301（ナビダイヤル）

印刷所　株式会社暁印刷
製本所　本間製本株式会社

Printed in Japan　ISBN 978-4-04-112573-1　C0193

★ご意見、ご感想をお送りください★
〒102-8177 東京都千代田区富士見 2-13-3
株式会社KADOKAWA　角川スニーカー文庫編集部気付
「桜目禅斗」先生「ハリオアイ」先生